MORD IN DER WIENER WERKSTÄTTE

BEATE MALY

MORD IN DER WIENER WERKSTÄTTE

HISTORISCHER KRIMINALROMAN

emons:

© Emons Verlag GmbH
Cäcilienstraße 48, 50667 Köln
info@emons-verlag.de
Alle Rechte vorbehalten
Umschlagmotiv: Wikimedia Commons/public domain,
Koloman Moser
Umschlaggestaltung: Nina Schäfer
Gestaltung Innenteil: DÜDE Satz und Grafik, Odenthal
Lektorat: Christine Derrer
Druck und Bindung: sourc-e GmbH, Köln
Printed in Europe 2026
Erstausgabe 2024
ISBN 978-3-7408-1679-7
Historischer Kriminalroman
Originalausgabe
3.Auflage

Unser Newsletter informiert Sie
regelmäßig über Neues von emons:
Kostenlos bestellen unter
www.emons-verlag.de

Dieser Roman wurde vermittelt durch die Literarische Agentur
Thomas Schlück GmbH, 30161 Hannover.

Die automatisierte Analyse des Werkes, um daraus Informationen
insbesondere über Muster, Trends und Korrelationen gemäß
§ 44b UrhG (»Text und Data Mining«) zu gewinnen, ist untersagt.

Die Straßen Wiens sind mit Kultur gepflastert.
Die Straßen anderer Städte mit Asphalt.

Karl Kraus

|

Wien, 1906 – Kohlmarkt, Café Milani

Die Gasbeleuchtung im Separee hinter dem Billardzimmer flackerte unruhig. Die Luft war stickig. Jeder der Anwesenden rauchte und verschwand in einer dicken Wolke aus stinkendem Qualm. Das kleine Kämmerchen verfügte über kein Fenster, das man hätte öffnen können. Die rote Tapetentür mit dem floralen Muster in Gold hatte längst ihre Strahlkraft verloren. Aber Einrichtung oder Bilder interessierten die Männer am Tisch ohnehin nicht. Sie hätten genauso gut im Hinterzimmer einer Spelunke am Spittelberg sitzen können und nicht in einem der vornehmen Kaffeehäuser der Stadt, die den Einflussreichen und Wohlsituierten, den Männern, die das Sagen in der Stadt hatten, vorbehalten waren.

»Gehen alle mit?« Der General mit den drei großen Orden an der Brust sah fragend in die Runde.

Der Einsatz wurde erneut erhöht. Die Münzen in der Mitte des Tischs glänzten verheißungsvoll. Wie viel hatte er heute schon verspielt? Er hatte längst den Überblick verloren und sich wiederholt Geld ausgeborgt. Irgendwann musste die Pechsträhne abreißen. Unmöglich, dass es den ganzen Abend so weiterging. Das war rein rechnerisch gesehen unrealistisch. Irgendwann endete jedes Schlamassel und verwandelte sich in Glück. Er musste bloß noch ein bisserl Geduld haben, dann würde das Blatt sich zu seinen Gunsten wenden.

Klirrend wurden weitere Münzen in die Mitte geworfen. Er fasste in die ausgebeulte Tasche seines feinen Sakkos. Wie konnte sie schon wieder leer sein? Hilfesuchend drehte er sich zu seinem Sitznachbarn.

»Brauchst du noch etwas?« Der Leutnant der Kavallerie

hatte deutlich mehr Glück gehabt. Die Geldstöße vor ihm wuchsen von Runde zu Runde. Bald würde er nicht mehr darüber hinweg auf den Tisch schauen können.

Er nickte bloß.

Mit großzügiger Geste schob der Leutnant ein paar Münzen zu ihm. »Ich will das Geld morgen wiedersehen.«

»Selbstverständlich.« Er lachte nervös und kehlig. »Du kriegst es heute noch, sobald ich gewinne.«

Der Blick des Leutnants wurde mitleidig. »Ich muss auf einen Schuldschein bestehen.«

»Du hast doch schon einen.«

»Dann setz eine neue Summe ein.« Der Militär holte das zusammengefaltete Papier aus seiner Uniform und legte es gemeinsam mit einem Stift vor ihn auf den Tisch. »Ein Versprechen ist gut, eine Unterschrift besser.« Er grinste breit und legte einen Vorderzahn frei, dem ein Teil fehlte. Es verlieh ihm eine brutale Entschlossenheit.

Widerwillig besserte er die Summe auf dem Schuldschein aus und besiegelte ihn mit seiner Unterschrift. Dann nahm er die Münzen entgegen. Er schwitzte. Es war unnatürlich heiß in dem winzigen Raum. »Ein neues Blatt«, forderte er ungeduldig.

Er spürte es ganz deutlich. Jetzt würde er gewinnen. Und um diese Wende auch gebührend zu feiern, brauchte er noch etwas zu trinken. Sein Glas war leer und seine Kehle völlig ausgetrocknet von der schlechten Luft. Schon etwas benommen fasste er nach dem schweren Bleikristallglas, hob es an. Sofort eilte der Kellner, der die ganze Zeit im Hintergrund gestanden hatte, zu ihm. Der Bursche wartete nur darauf, die Wünsche der Gäste zu erfüllen. Bereitwillig schenkte er das Glas mit goldflüssigem Whisky auf. Sollte er jetzt nicht gewinnen, würde er auch dafür Geld ausborgen müssen.

Er schwenkte das Glas. Der rauchige Geruch erstklassigen schottischen Whiskys stieg in seine Nase. Das Getränk weckte

Erinnerungen in ihm. Für einen Moment schloss er die Augen. Ja, jetzt würde er gewinnen. Er wusste es. Das Glück würde ihm hold sein. Dann nahm er einen großen Schluck, stellte das Glas schwungvoll vor sich ab und wartete auf die neuen Karten. Voller Zuversicht nahm er sie auf. Seine Fingerspitzen kribbelten, er fühlte sich lebendig. Der Abend hatte erst begonnen, und das Spiel kam nun so richtig in die Gänge. Eines war gewiss: Er würde erst aufstehen, wenn die Pechsträhne ihn verlassen hatte.

2

Naschmarkt

Die Marktstände waren frisch poliert und glänzten in der Sonne. Vor einem Jahr waren die fix gemauerten Gebäude mit den hübschen grünen Dächern in drei ordentlichen Reihen über dem unterirdisch fließenden Wienfluss aufgebaut worden. Der Markt war der modernste der Stadt. Hier gab es alles, was das kulinarische Herz begehrte. Köstlichkeiten aus fünfzehn Kronländern wurden angeboten: eingelegte Paprikaschoten und Gurken vom Balkan, Knoblauchzehen aus Transsilvanien, Rosenöl aus Sofia, Salami aus der Puszta und frische, knusprige Topfengolatschen aus Böhmen, Zitronen und Orangen aus Triest, würziger Käse aus Bozen und luftgetrockneter Hirschspeck aus Vorarlberg. Wein aus dem Süden und Schnaps aus dem Osten des Reichs.

Liliane Feigls Magen knurrte beim Anblick der glänzenden Äpfel, der duftenden Pfirsiche und des goldbraunen Brots. Wann hatte sie das letzte Mal eine ordentliche Mahlzeit zu sich genommen? Es musste Tage her sein. Wieder einmal war die Haushaltskassa leer. Lilis Vater hatte einen Teil des Geldes, das ihnen zur Verfügung stand, versoffen, den Rest am Kartentisch verspielt. Zum Glück war Lili fingerfertig. Als einziges Kind eines Kleinganoven, das ohne Mutter aufgewachsen war, waren Geschicklichkeit und Gerissenheit für sie überlebensnotwendig gewesen. Mit vorgespieltem Interesse musterte sie einen Apfel, nahm ihn in die Hand und betrachtete ihn von allen Seiten, während sie mit der anderen einen weniger leuchtenden in der Tasche ihrer nicht mehr ganz sauberen Schürze verschwinden ließ. Wichtig war, sich nichts anmerken zu lassen. Auch wenn die Marktfrau sie wegscheuchte, galt es, ruhig zu bleiben und mit gelassenen Schritten zum nächsten Stand zu gehen, um dort mit dem gleichen Trick ein Stück Wurst zu stibitzen. Je dichter das Treiben am Markt wurde, umso einfacher war es, satt zu werden. Lili zwängte sich an Dienstmädchen in dunklen Uniformen und mit weißen Hauben vorbei, näherte sich flink Hausfrauen mit langen Mänteln und ausladenden Hüten, um aus offenen Einkaufskörben ein paar Weintrauben und ein Stück Käse mitgehen zu lassen.

Vor einem Stand mit feiner Schokolade und Bonbons hielt sie an. Eigentlich hatte sie bereits genug in ihrer Tasche. Aber so ein Stück Schokolade oder ein Fruchtbonbon waren einfach zu verlockend. Sie hatte erst zweimal in ihrem Leben richtige Süßigkeiten gegessen. Einmal als Kind. Da hatte eine Standlerin ihr eine Handvoll leuchtend roter Kirschbonbons geschenkt. Sie waren das Köstlichste gewesen, was Lili jemals gelutscht hatte. Und das zweite Mal als junge Frau, da hatte sie einen Schokoladenriegel gestohlen. Auch er war ausgesprochen gut gewesen. Immer noch träumte sie von dem mollig süßen Geschmack, der sich langsam in ihrem Mund ausgebreitet und ein Gefühl höchster Glückseligkeit in ihr ausgelöst hatte.

Die Köstlichkeiten in den hohen Körben waren ganz besonders. Sie waren in so hübsches Papier gewickelt, dass Lili sich fragte, warum man sie nicht im Museum ausstellte. Es gab kleine Pralinen in Kästchen, die so kostbar aussahen, dass man Schmuck darin hätte aufbewahren können, wenn man welchen besessen hätte. Lilis einziger Schatz war ein alter Hornkamm ihrer Mutter. Wie war es möglich, dass es Menschen gab, die etwas so Wunderschönes als schnöde Verpackung verwendeten? Sie fasste nach einem Bonbon in rosarotem Papier, auf das phantasievolle Blumen und Weinranken gedruckt waren. Sofort ertönte eine keifende Stimme.

»Finger weg!«

Die Marktfrau war ein paar Jahre älter als Lili, Anfang

dreißig. Lili wusste nicht, wie alt sie selbst wirklich war. Ihr Vater konnte sich nicht mehr genau erinnern. Der Alkohol hatte sein Gehirn aufgeweicht. Getauft worden war Lili nie. Geld für eine Geburtsurkunde hatte Franz Feigl nie gehabt. Das gefälschte Dokument, das er für sie angefertigt hatte, war vor Jahren abhandengekommen. Lili hatte beschlossen, sich selbst einen Geburtstag zu geben. Sie mochte den Frühling, also hatte sie sich für den 24. April entschieden. Ein schönes Datum, wie sie meinte. Und die Urkunde hatte sie allein ausgestellt. Lili hatte das Talent ihres Vaters geerbt. Er war ein Meister darin, aber seit ein paar Jahren hatte Lili ihn übertroffen. Ihre Stempelmarken sahen den echten zum Verwechseln ähnlich.

Widerwillig legte sie das rosarote Bonbon weg, nur um sich ein hellgelbes zu grapschen. Es hatte ein ähnliches Muster. Mit mehr Blumen und weniger Weinreben. Es gefiel Lili noch besser. Sie selbst würde das Muster mit Vergissmeinnicht ergänzen, die waren klein und unscheinbar und leuchteten trotzdem in sattem Himmelblau.

»He, hast du nicht gehört? Du sollst es zurücklegen.«

»Schon gut.« Lili gab das Bonbon auf den vollen Korb.

Die Marktfrau besaß mindestens hundert davon. Es würde ihr überhaupt nicht auffallen, wenn eines fehlte. Mittlerweile wollte Lili gar nicht die Süßigkeit, sondern die wunderschöne Verpackung. Sie würde ihr als Vorlage und Inspiration dienen. Bestimmt konnte sie ebenso schöne Muster zeichnen.

Sie blickte an sich hinunter. Wenn ihr Kleid nicht so schäbig aussehen würde und ihre Frisur ein bisschen ordentlicher wäre, hätte die Marktfrau niemals erkannt, dass sie die Süßigkeiten nicht bezahlen konnte. Lili war weder auf den Mund gefallen, noch war sie dumm, auch wenn sie bloß vier Jahre die Schule besucht hatte. Sie war des Lesens und Schreibens kundig und konnte rechnen. Was brauchte man mehr zum Leben? Sie blieb hartnäckig stehen und betrachtete die anderen Bonbons. Alle waren in kostbares Papier gewickelt. Die Marktfrau behielt sie mit giftigen Blicken im Auge. Sie hatte kein Verständnis für Lilis Wünsche. Da half es auch nicht, dass Lili sie gewinnend anlächelte. Die Frau blieb griesgrämig.

Lili verfluchte ihr löchriges Kleid, das viel zu locker an ihrem mageren Körper herunterhing. Ihr Gesicht war schmal, und ihre Lippen waren voll. Lili wusste, dass sie wunderschöne veilchenblaue Augen hatte, die je nach Wetterlage den Farbton änderten. Und ihr goldblondes Haar glänzte, wenn es mal gewaschen war, was heute aber nicht der Fall war, da das Brunnenwasser im Hof eiskalt war und sie wegen einer Haarwäsche nicht drei volle Kübel in den vierten Stock hatte schleppen wollen.

Während sie über ihr Äußeres nachdachte, trat eine Kundin mit einem Dienstmädchen und einer Gesellschafterin an den Stand. Der Kleidung nach zu urteilen, handelte es sich um eine sehr wohlhabende Dame aus gehobeneren Kreisen. Ihre breite Taille war mit einem Korsett eng geschnürt. Ihr Gesäß durch eine ausladende Turnüre verdeckt. Lili fragte sich stets, wie vornehme Damen mit so einem Gestell aus Fischbein am Hinterteil sitzen konnten. Ob sie ständig standen? Die Hände der Kundin steckten in Handschuhen, auf ihrem Kopf saß ein Hut, der mit mehreren bunten Federn geschmückt war.

Die Marktfrau erkannte in der Dame eine potenzielle Kundin, die möglicherweise viel Geld bei ihr ausgeben würde. Voll gespielter Liebenswürdigkeit widmete sie sich ihr.

»Grüß Gott, gnä' Frau. Darf ich Ihnen eine Kostprobe unserer handgedrehten Bonbons anbieten? Die Köstlichkeiten sind in Papier aus der Wiener Werkstätte verpackt.« Sie hielt ihrer Kundin ein silbernes Tablett entgegen, auf dem mehrere Süßigkeiten zur Auswahl lagen.

Das darf nicht wahr sein, dachte Lili verärgert. Die feine Dame und ihre Gesellschafterin bekamen die Bonbons geschenkt. Sogar das Dienstmädchen durfte zugreifen. Und sie wurde weggescheucht wie ein lästiges Insekt. Sie nutzte die Unaufmerksamkeit der Verkäuferin und griff blitzschnell nach einem hellblau eingepackten Bonbon. Kaum dass sie es in ihrer Schürze verschwinden lassen wollte, legten sich kräftige Finger um ihr Handgelenk. Ein Polizist stand neben ihr. Wie hatte sie nur so achtlos sein können? Der Wunsch, so ein schönes Bonbon zu besitzen, hatte sie unvorsichtig werden lassen.

»Diebsgesindel!«, sagte er finster.

Der Helm mit dem glänzenden Spitz war ihm zu groß. Er rutschte ihm in die verschwitzte rote Stirn. Lili wand sich wie ein Wurm, leider ließ er sie trotzdem nicht los. Im Gegenteil, seine fleischigen Finger bohrten sich tief in ihren Unterarm.

»Ich wollte das Bonbon bezahlen«, verteidigte sie sich.

»Ach ja? Dann bitte sehr. Ich warte.« Die Enden seines Bartes waren zu Schnecken gedreht, die zitterten, während er sprach.

Lili fasste mit der freien Hand in ihre Rocktasche. Sie spürte den Apfel, ein Stück Brot, das Ende einer Wurst. Natürlich war keine Münze da. Sie hatte gehofft, dass er jetzt ihren Arm loslassen würde und sie weglaufen könnte oder die feine Dame sich ihrer erbarmen würde und die Rechnung für sie beglich. Aber weder das eine noch das andere trat ein. Der Polizist hielt sie gnadenlos fest.

Sie legte das Bonbon wieder in den Korb. »Ich hab doch keine Münze dabei«, sagte sie entschuldigend. »Ich gebe es zurück. Das Bonbon ist wieder im Korb. Kann ich jetzt gehen?«

Er fasste nach ihrer Schürze und zog die Köstlichkeiten heraus. »Ich beobachte dich schon den ganzen Nachmittag«, sagte er. »Du kommst jetzt mit auf die Wache. Fürs Erste ist es mit dem Stehlen vorbei.«

»Eine Diebin!«, quietschte die feine Dame entsetzt.

Sie klang, als wäre Lili eine hässliche, fette Ratte. Nur das

Dienstmädchen, das bestimmt kein einfaches Leben führte, betrachtete Lili mit einem Hauch von Mitleid. Der Gesellschafterin schien sie egal zu sein. Ihr Mund war voller Schokolade. Gierig griff sie nach dem nächsten Stück. Die wunderschöne Verpackung zerknüllte sie nachlässig und warf das Papier achtlos auf den Boden. Lili wollte das kleine Kunstwerk aufheben und fein säuberlich glatt streichen. Aber sie konnte sich keinen Zentimeter bewegen.

Die Marktfrau keifte: »Faules Diebespack. Gesindel. Eingesperrt gehörst du.«

»Ein Jammer, dass der Pranger abgeschafft wurde. Für stehlende Schmarotzer wie die da wäre er gerade recht«, legte die Dame nach.

Lili spuckte der Frau vor die Füße. Sie hatte es satt, beschimpft zu werden. Keine von ihnen hatte eine Vorstellung davon, was es hieß, in der Gosse aufzuwachsen. Mit hocherhobenem Kopf und durchgestreckten Schultern ließ sie sich von dem Polizisten abführen. Was blieb ihr auch anderes übrig? Seine Finger schnürten das Blut an ihrem Handgelenk ab. Morgen würde ihr Unterarm blau sein.

3

Elisabethpromenade, Polizeipräsidium

»Am Spittelberg haben wir letzte Nacht zwei illegale Hübschlerinnen festgenommen, in der Leopoldstadt einen Trickbetrüger und am Naschmarkt eine Diebin. Womit wollen Sie anfangen?«

Polizeidiener Carel Novak reichte Max von Krause eine Liste mit Namen. Eigentlich hatte Max seit drei Stunden Dienstschluss, aber ans Nach-Hause-Gehen war nicht zu denken, da zwei seiner Kollegen krank waren und sein Vorgesetzter, Oberkommissar Peter Sobotka, darauf bestand, dass alle Festgenommenen noch am selben Tag verhört wurden. Auf die Idee, dass Sobotka selbst eines der Verhöre übernehmen könnte, kam der Mann nicht.

Max seufzte laut, fuhr sich mit beiden Händen durchs rabenschwarze Haar, das seit Wochen dringend einen Schnitt benötigte, und tippte willkürlich auf einen der Namen auf der Liste. »Schick die Diebin herein und bring mir bitte noch eine Tasse Kaffee.«

Carel nickte.

Er war ein zuverlässiger Bursche mit dem Blick und Haar eines Straßenköters. Längst hätte er sich eine Beförderung verdient. Aber solange Oberkommissar Peter Sobotka dafür zuständig war, würde das niemals geschehen, denn Carel Novak hatte keinen Schulabschluss, und Sobotka machte sich einen Spaß daraus, dem jungen Mann, Carel war an die zwanzig, diesen Makel spüren zu lassen. Bei Max verhielt es sich anders. Er war dem Oberkommissar an Ausbildung und Herkunft weit überlegen. Nur zu gern hätte Sobotka den Adelstitel seines Untergebenen übernommen. Dass er Oberkommissar war und nicht Max, war allein der Tatsache geschuldet, dass Sobotkas Schwiegervater der Schwager des Polizeipräsidenten war.

Max las den Namen der Diebin: »Liliane Feigl, Geburtsdatum: 24. April 1881«. Eine junge Frau, nur fünf Jahre jünger als er selbst. Der Name Feigl kam ihm bekannt vor. Er konnte sich aber nicht mehr erinnern, in welchem Zusammenhang er ihn schon einmal gehört hatte. Es waren zu viele Gauner, mit denen er sich Tag für Tag herumschlagen musste. Der Vorname Liliane gefiel ihm.

Carel brachte eine Tasse dünnen Kaffee, der nach nichts schmeckte, und einen Teller mit trockenen Butterkeksen. Die Verpflegung der kaiserlichen Polizeiagenten.

Noch bevor Max nach einem Keks greifen konnte, ging die Tür zu seinem winzigen Büro auf, und eine ungewöhnlich attraktive Frau trat ein. Selbst ihr mürrischer Gesichtsausdruck konnte daran nichts ändern. Einige ihrer blonden Strähnen hatten sich aus ihrer Frisur, einem einfachen Knoten am Hinterkopf, gelöst. Ihre Augen hatten einen ungewöhnlichen Farbton. Sie waren veilchenblau. Ihre schäbige Kleidung passte nicht zu ihrem fein geschnittenen Gesicht. Störrisch wie ein kleines Kind verschränkte sie die Arme vor der schmalen Brust.

»Ich hab nix Böses getan.«

Max brauchte einen Moment, um seine Gedanken wieder zu ordnen. Er schaute auf die Unterlagen auf dem Schreibtisch. »Hier lese ich etwas anderes. Sie haben mehrere Lebensmittel gestohlen.«

»Ich hätt das bunt eingewickelte Bonbon bezahlt!«

»Sie hatten kein Geld dabei.«

»Deshalb hab ich es zurückgegeben.«

Max lehnte sich nach hinten und verschränkte ebenfalls die Arme. Eigentlich waren ihm Verhöre wie dieses zuwider. Aber heute fand er Gefallen daran, was wohl der Person geschuldet war, die vor ihm stand.

»Der Kollege behauptet, Sie hätten auch einen Apfel, Brot, Wurst und ein Stück Käse gestohlen.«

Liliane Feigl löste die Arme und stützte sich frech auf seiner Tischplatte ab. »Ich hatte Hunger.«

»Wie wäre es mit ehrlicher Arbeit?«

»Das habe ich versucht. Ich war zwei Wochen lang Dienstmädchen in einem feinen Haushalt auf der Ringstraße.« Sie lachte bitter. »In der Dienstbeschreibung stand nicht, dass es auch zu meinen Aufgaben gehört, die Bedürfnisse des jungen und des alten Herrn des Hauses zu befriedigen. Ich bin davongelaufen, bevor ich schwanger werden konnte.«

Max presste die Lippen zusammen und schluckte. Liliane Feigl hatte eben eine bittere Wahrheit ausgesprochen. Nur zu gut wusste er um die katastrophalen Arbeitsbedingungen von Dienstmädchen. Sie dienten den jungen Männern als »erotische Versuchsobjekte« und den älteren als »Ersatz für die Ehefrau«, damit die nicht etwas tun musste, was ihr zuwider war. Max vermutete, dass sein verstorbener Vater auf diese Weise unzählige Kinder in die Welt gesetzt hatte. Halbgeschwister, die Max alle nicht kannte. Vielleicht liefen sie jetzt ebenso abgerissen durch die Stadt und stahlen Äpfel am Markt, um zu überleben. Der Gedanke schmerzte ihn.

»Es gibt auch andere Arten, sein Geld zu verdienen«, sagte er düster. »Man muss nicht als Dienstmädchen anfangen.«

»Ach ja? Sie scheinen ein Experte zu sein.«

Die Frau war unglaublich frech. Jetzt stemmte sie die Hände in die schmalen Hüften und richtete sich auf. Ihre Dreistigkeit imponierte Max.

»Wissen Sie, wie viele Frauen ihren Körper verkaufen müssen? Ich kenne eine Menge, die in Fabriken arbeiten und trotzdem im horizontalen Gewerbe tätig sind, um zu überleben.«

Max widersprach nicht. Er kannte das Elend auf den Straßen der Stadt. Trotzdem konnte er es nicht durchgehen lassen, dass eine Frau am Markt Lebensmittel stahl.

Er beugte sich ebenfalls nach vorn. Ihre Gesichter waren einander ungebührend nahe. »Jetzt hören Sie mir gut zu, Liliane Feigl.« Er mochte es, ihren Namen auszusprechen. »Ich drücke beide Augen zu. Weil unsere Gefängnisse ohnehin voll sind und ich nicht eine weitere Person darin wissen will.« Blitzte Überraschung in ihren Augen auf? Ganz bestimmt war da Erleichterung. »Aber ich will Sie hier nie wieder sehen. Haben Sie mich verstanden?«

»Sie nehmen mich nicht fest?«

»Nein, ich lasse Sie laufen. Ohne Vermerk, ohne Eintrag in Ihrer Akte. Einfach so. *Aber* ...« Er betonte das Wort. Um ihm noch mehr Wichtigkeit zu verleihen, erhob er oberlehrerhaft den Zeigefinger. »... ich will, dass Sie sich Arbeit suchen. Irgendetwas Ehrliches. Kein Diebstahl mehr.«

Sie sah ihn mit großen veilchenblauen Augen an.

»Und auch keine illegale Prostitution.«

Jetzt verfinsterte sich der hübsche Farbton und wurde zu einem Dunkelblau, das an eine Gewitterstimmung erinnerte. »So was würd ich nie machen.«

Er glaubte ihr. »Gut«, sagte er. »Dann sind wir uns einig. Sie gehen jetzt, und ich sehe Sie hier nie wieder. Keine weiteren Diebstähle oder sonstigen Gesetzesübertretungen.« Er schaute auf. Langsam wurde ihre Augenfarbe wieder heller. »Kann ich Ihren Namen von der Liste streichen?«

Sie stand auf und nickte. Ihr Blick fiel auf die trockenen Butterkekse neben seinem dünnen Kaffee.

»Greifen Sie zu«, sagte er. »Aber ich warne Sie, sie stauben einem aus den Ohren.«

»Hauptsache, sie machen satt.« Sie steckte gleich vier davon ein und verließ ohne weiteres Wort das Büro.

4

Neustiftgasse

Die vier trockenen Kekse hatten Lilis Hunger erst so richtig befeuert. Ihr Magen knurrte lauter denn je. Warum hatte sie das Brot und die Wurst nicht gleich gegessen? Was einmal im Bauch war, konnte einem niemand mehr wegnehmen. Eine alte Regel, die ihr Vater ihr mit fünf beigebracht hatte.

Ehrliche Arbeit, pah. Wie stellte der Herr Kommissar mit dem Adelstitel im Namen sich das vor? Selbst wenn Lili in einer der Fabriken Arbeit annahm, in denen ausschließlich Frauen tätig waren – Männer waren dort nur als Vorarbeiter angestellt –, würde das niemals zum Überleben reichen. Er sollte ihr mal vorhüpfen, wie man als Frau aus den untersten Schichten ehrlich überleben konnte.

Ein Kohlewagen ratterte laut an ihr vorbei. Der Mann am Kutschbock pfiff ihr anzüglich zu. »He, Süße, wie wär's mit uns zwei?«

»Schleich dich!«

Er lachte zur Antwort.

Verärgert stapfte Lili weiter. Sie hatte weder genug Münzen für eine Fahrt mit der Pferdestraßenbahn noch für einen Fiaker. Alle Wege in der Stadt legte sie zu Fuß zurück. Was den feinen Damen der Stadt verwehrt war, nämlich ein Spaziergang ohne Begleitung, war für Frauen wie Lili eine Selbstverständlichkeit. Sie bewohnte eines der nasskalten Löcher am Magdalenengrund. Im Volksmund wurde er auch Ratzengrund genannt. Es war eines der heruntergekommensten Viertel Wiens. Hier hausten nur die, die sich nichts anderes leisten konnten.

Der Weg von der Elisabethpromenade ins Elendsviertel

führte über den Ring, vorbei an den schönen neuen Museen, hinauf in die Neustiftgasse. Hier reihte sich ein Prachtbau an den nächsten. Wie es sich wohl anfühlte, in einem der neu errichteten Wohnhäuser zu leben? Mit Gasbeleuchtung, Kachelofen und Fließwasser am Gang? Wenn Lili Wasser benötigte, musste sie über die enge, wackelige Holztreppe hinunter in den Hof, wo sich ein alter Ziehbrunnen befand. An manchen Tagen verzichtete sie auf die Katzenwäsche.

Völlig in ihre verträumten Gedanken versunken, in denen sie sich ausmalte, saubere Kleider zu tragen und süßes Backwerk zu verspeisen, sah sie die Frau zu spät, die vor ihr aus einem der Hauseingänge stolperte. Sie stieß mit ihr zusammen, worauf die Frau sie wüst beschimpfte.

»Hast du keine Augen im Kopf?« Wütend erhob sie die Faust und hielt sie Lili drohend entgegen. Zwei ihrer Zähne fehlten, der Rest waren schwarze Stummel. Das Haar war ungepflegt und strähnig. Ihre Kleidung sah ungewaschen aus.

»Verschwinde, Thea, und lass dich hier nie wieder blicken!« Die Frau, die nun sprach, war aus völlig anderem Holz geschnitzt. Ihre Aussprache war gewählt. Ihre Gesichtszüge fein. Das helle Haar ordentlich zurückgebunden. Sie trug ein hochgeschlossenes Kleid. Eine lange Schürze war darüber gebunden, um den dunklen, feinen Stoff zu schützen. Die Schürze wies bunte Farbspritzer auf. In einer Hand hielt sie einen Druckmodel. Lilis scharfer, geschulter Blick erkannte das Blumenmuster. Sie hatte es heute schon einmal bewundert.

»Keine zehn Pferde würden mich hier noch einmal herbringen!« Die Frau auf der Straße spuckte aus, zog den löchrigen Umhang enger um ihre kantigen Schultern und stapfte schimpfend davon.

Lili sah ihr verdattert nach.

Die Frau im Türrahmen hob entschuldigend die Schultern. »Das war unsere Putzfrau.« Sie verzog leidend den Mund. »Sie haben nicht zufällig Lust, die freie Stelle zu übernehmen?«

Ihre Worte waren nicht ernst gemeint, denn schon wandte sie sich um.

Aber Lili reagierte schnell. »Ich bin auf der Suche nach Arbeit.«

Die Frau drehte sich am Absatz um. »Es war bloß ein Scherz.«

»Ich meine es ernst«, beeilte sich Lili. »Bedrucken Sie mit dem Model das hübsche Papier für die Bonbons, die am Naschmarkt verkauft werden?«

Die Überraschung auf dem Gesicht der Frau war nicht zu übersehen. »Sie haben das Muster erkannt?«

»Es ist ein außergewöhnlich schönes Muster. Es prägt sich ins Gedächtnis ein.«

»Wirklich?« Die Frau hob den Model, so als müsse sie sich von Lilis Worten selbst überzeugen. »Ich habe es entworfen.«

»Es ist sehr, sehr schön«, wiederholte Lili. Sie sah eine winzig kleine Chance auf eine Anstellung wachsen. Als Putzfrau in einer Werkstätte einer Frau müsste sie sich wohl kaum den erotischen Wünschen eines Hausherrn beugen. »Das Muster ist etwas ganz Besonderes«, wiederholte Lili. »Und ich suche Arbeit. Ich bin ordentlich und scheue mich nicht vor harter, körperlich anstrengender Tätigkeit. Ich kann einen Boden fegen, aufwaschen und mit der Drahtbürste schrubben. Fenster putzen.« Mehr fiel ihr im Moment gar nicht ein. Was galt es sonst noch sauber zu halten?

»Sie müssten eine Werkstatt säubern.« Mit einem Mal betrachtete die Frau sie mit wachsendem Interesse. Ihre Augenbrauen rutschten zusammen. Sie waren dunkel und bildeten einen interessanten Kontrast zu ihrem blonden Haar. Ihre braunen Augen musterten Lilis zerschlissenes Kleid. Beschämt hielt Lili eine Hand über das Loch im Rock.

»Das kann ich«, log Lili. Sie hatte die winzige Wohnung, in der sie lebte, noch nie ordentlich geputzt. Wozu auch? Es lohnte sich nicht, das Zimmer am Ratzengrund sauber zu halten. Ihr Vater würde es mit seinen Farben und Pinseln ohnehin sofort wieder einsauen. Mit ihrer nächsten Bemerkung sagte sie die Wahrheit. »Ich kenne mich mit Farben, Lösungs- und Bindemittel aus.«

»Tatsächlich?« Nun war die Neugier der Frau endgültig geweckt. »Thea konnte einen Fleck von Aquarellfarbe nicht von Öl unterscheiden. Sie hat alles nur noch schlimmer gemacht und gleich drei meiner Drucke zerstört.«

Lili nickte eifrig. »Ich weiß, dass man Pinsel niemals ins Wasser stellen darf. Ölfarbe muss man mit Terpentin entfernen. Druckmodel sind immer gleich zu säubern, da die Farbe das Holz sonst ruiniert.«

Die Frau kniff die Augen zusammen. »Woher wissen Sie das alles?«

»Mein Vater ist Künstler.« Der Satz war nicht vollständig gelogen. Franz Feigl war wirklich ein Künstler. Dass er seinen Lebensunterhalt mit dem Fälschen von Dokumenten verdiente, musste man ja nicht dazusagen.

»Ein Künstler?«, fragte die Frau misstrauisch.

»Einer, der nicht von seiner Kunst leben kann.« Auch das stimmte bis zu einem gewissen Grad. Franz Feigl versoff seine Einnahmen, also konnte er nicht davon leben.

Die Frau winkte Lili ins Haus. »Kommen Sie rein«, sagte sie. »Vielleicht sind Sie ja wirklich genau die Person, die wir brauchen.«

Lili konnte ihr Glück nicht fassen. Wenn das der anmutige Herr Kommissar mit den dunklen Augen erfahren würde, dass sie schon am Heimweg eine »ordentliche Arbeit« gefunden hatte, wäre er stolz auf sie. Seltsam, dass sie an ihn dachte. Lili hob ihre Röcke, stieg über die zwei Stufen und betrat das Haus. Sie folgte der Frau durch einen kurzen Gang. Am Ende gelangten sie in einen großen hellen Raum. Der Geruch nach Lösungsmittel, Gips, Holz und Papier schlug ihr entgegen. Lili sog ihn tief in ihre Lungen. Die Mischung war besser als jedes Parfum. Sie verband sie mit glücklichen Stunden mit ihrem Vater. Stunden, in denen er nicht betrunken gewesen war und ihr als Kind die Grundbegriffe der Farbenlehre beigebracht hatte.

»Willkommen in der Wiener Werkstätte«, sagte die Frau. »Mein Name ist Helene. Helene Gabler.«

»Ich bin Liliane Feigl, aber sagen Sie Lili zu mir.«

»Was für ein hübscher Name, eigentlich ist er viel zu schade, um ihn abzukürzen. Servus, Liliane.« Sie reichte ihr die Hand. Helenes Händedruck war ungewöhnlich kräftig für eine Frau.

Mit offenem Mund sah sich Lili um. Der Raum war von natürlichem Licht durchflutet. Erst beim zweiten Blick erkannte sie den Grund dafür. Die Decke war fast vollständig aus Glas wie in einem riesigen Gewächshaus. Eine hölzerne Treppe führte zu einer Art Galerie, wo sich Arbeitsnischen befanden. Dort arbeiteten zwei Frauen an Schreibtischen. Sie blickten nur kurz von ihrer Arbeit auf, widmeten sich dann aber wieder ihrem Tun.

In der Halle standen Tische und Staffeleien. Die Tische waren zu einer langen Reihe zusammengeschoben. Eine Frau bearbeitete eine Stoffbahn und bedruckte sie mit einem großen Holzmodel. Sie arbeitete voller Konzentration und ließ sich auch durch Lili und Helene nicht aus dem Konzept bringen. In einer Ecke saß eine Frau an einer Töpferscheibe. Mit dem Fuß bediente sie ein Pedal, das die Scheibe rasch zum Drehen brachte. Mit den Händen drückte sie einen grauen Klumpen genau ins Zentrum der Scheibe. Kurz darauf zog sie mit geschickten Fingern eine dünnwandige Vase in die Höhe. Was so leicht aussah, bedurfte jahrelanger Übung. Daneben modellierte eine andere Frau einen Kopf aus Keramik. Lili wähnte sich im Paradies. Hier waren Frauen, die ihrer Leidenschaft nachgehen durften: Sie kreierten Kunstwerke.

»Arbeiten hier nur Frauen?«, fragte sie ehrfürchtig.

»Nein, es gibt viel mehr Männer als Frauen. Aber in diesem Raum überwiegt der Frauenanteil. Wir haben alle die Kunstgewerbeschule besucht. Wir sind Kunstgewerblerinnen.« Helene lachte.

Es klang fröhlich und war ansteckend. Gern hätte Lili mit eingestimmt, wenn sie nicht so nervös gewesen wäre. Ihre Hände waren plötzlich feucht. Noch nie hatte sie sich etwas so gewünscht, wie hier zu arbeiten, und sei es bloß als Putzfrau.

»Eigentlich war es nie vorgesehen, dass so viele Frauen in der von Männern gegründeten Werkstätte arbeiten«, erklärte Helene. »Aber wir sind eben die besseren Dekorateurinnen.«

Die Frau, die eben noch gedruckt hatte, hob nun den Kopf. Eine Strähne fiel ihr in die helle, verschwitzte Stirn. Sie schob sie mit dem Handrücken zurück. »Vielleicht sind wir die besseren Künstlerinnen. Aber das müssen die Männer erst akzeptieren lernen.«

Helene lachte erneut. »Na, ja es wird wohl noch dauern, bis sie uns auch an die Architektur und das Möbeldesign lassen. Im Moment geben wir uns mit Stoffmustern, Postkarten und Keramiken zufrieden.« Sie machte eine Pause. »Es sind kleine Schritte, die wir gehen.«

Lili fand, dass es Riesenschritte waren. Noch nie war sie an einem Ort gewesen, an dem Frauen so frei arbeiten durften und sich nicht den Vorgaben von Männern beugen mussten. Hatte die Keramikerin gar eine Hose an? Das war völlig undenkbar. Oder etwa doch nicht? Sie hatte beim Arbeiten eine Zigarette im rechten Mundwinkel. Ihr Haar war unordentlich zusammengebunden. Auf der Straße wäre sie auf der Stelle von der Sittenpolizei festgenommen und in eines der überfüllten Gefängnisse geworfen worden. Hier schien sich niemand daran zu stören.

An der Rückseite des Raums hingen Stoffmuster, Drucke und Ansichtskarten an der Wand. Lili sah entzückende Karten, die spielende Kinder, Frauen in eleganter Kleidung und Szenen in der kaiserlichen Menagerie zeigten. Eine Serie mit Frauen in schmal geschnittenen Kleidern ohne Reifunterröcke mit Hunden an Leinen und extravaganten Hüten am Kopf stach ihr besonders ins Auge. Die Figuren wirkten auf dem verschwommenen, gepunkteten Hintergrund besonders plastisch, dabei zierte kein einziger Faltenwurf die Kleidung. Es war die Art des Drucks, die die Plastizität vorgaukelte. So als würden die Figuren den Betrachtern entgegentreten. Lili war fasziniert.

»Wollen Sie bei uns putzen?«

Hatte Helene die Frage eben wirklich gestellt? Oder hatte Lili sie sich nur gewünscht? Lili zwickte sich in den Unterarm, um sicherzugehen, dass sie nicht träumte. Helene sah sie abwartend an. Also war es kein Traum. Lili nickte. »Oh ja.« Sie verschwieg, dass sie gern auch malen und zeichnen und entwerfen würde. Aber dazu fehlte ihr die Ausbildung. Sie gab sich mit dem Putzen zufrieden.

»Wir zahlen Ihnen den Lohn wöchentlich aus.« Die Summe, die Helene nannte, ließ Lilis Kopf hochschnellen. Bestimmt hatte sie sich verhört. Aber Helene wiederholte die Summe.

»So viel Geld?«, fragte Lili erstaunt.

Helene verzog den Mund. »Wir wollen nicht, dass unsere Putzfrau abends dem ältesten Gewerbe nachgehen muss, um zu überleben. Wir sind Frauen. Wir sitzen schließlich alle im selben Boot.«

Lili konnte es nicht fassen. Sie zwickte sich ein zweites Mal in den Unterarm, diesmal fester. Kein Traum.

»Wann können Sie anfangen?«

»Jetzt gleich?«

Helene lachte erneut. Lili mochte dieses Lachen. Es würde sie heute im Schlaf begleiten.

»Das gefällt mir.« Sie winkte Lili weiter. »Kommen Sie, ich zeige Ihnen die Garderobe und die kleine Küche.«

»Es gibt eine Küche?«

»Ja, natürlich. Wir müssen ja irgendetwas essen. Mit leerem Bauch lässt es sich nicht kreativ denken. Da hört man doch nur das Brummen des Magens. Ich glaube, es gibt noch Reste vom Reisfleisch. Jeden Tag bringt eine andere von uns das Mittagessen mit. Haben Sie Hunger?«

Beschämt fasste Lili auf ihre Körpermitte. Ein lautes Brummen war zu hören.

»Ich werte das als ein Ja.« Helene hakte sich bei Lili unter. So als wäre sie ihr ebenbürtig. Sah sie denn nicht, dass Lili vom Ratzengrund stammte? Oder war es ihr gleich? »Keine falsche Zurückhaltung«, sagte sie. »Bei uns verhungert niemand. Vielleicht sind auch noch zwei Semmeln übrig. Sie können unmöglich hungrig den Boden schrubben. Ich will nicht schuld daran sein, wenn Sie wegen eines Schwächeanfalls umkippen.«

Jetzt war Lili sicher: Das war der Glückstag ihres Lebens. Besäße sie einen Kalender, würde sie diesen Tag rot anstreichen. Und der »von und zu«-Kommissar würde Augen machen, wüsste er, wie schnell sie eine ordentliche Arbeit gefunden hatte.

5

Magdalenengrund, Ratzengrund

Es war spät geworden, als Lili endlich nach Hause kam. Kathi hatte ihr gezeigt, worin ihre Arbeit bestehen würde. Neben dem Auffegen und Aufwischen des Bodens sollte Lili mithelfen beim Pinselauswaschen, beim Säubern der Druckmodel und beim Aufräumen der Tische. Arbeiten, die Lili nicht fremd waren. Sie erledigte sie jeden Abend, nachdem ihr Vater sich am wackeligen Küchentisch ausgebreitet hatte. Mit dem kleinen Unterschied, dass sie für die Tätigkeiten in der Werkstätte bezahlt wurde und dabei noch ein warmes Essen im Bauch hatte. Lili wollte ihre neue Anstellung auf jeden Fall behalten. Deshalb hatte sie sich bemüht, alles richtig zu machen und sich keinen Fehler zu leisten. Ihren Wunsch, hier und dort die Hand anzulegen, so wie sie es zu Hause bei ihrem Vater tun würde, hatte sie geflissentlich unterdrückt. Mit Sicherheit würde es nicht gut ankommen, wenn die Putzfrau sich dazu erdreistete, Verbesserungsvorschläge zu machen. Ideen hätte sie genug. Die Farbkomposition bei dem Stoffdruck war eine Spur zu grell. Die Proportionen der Keramik stimmten nicht. Es waren bloß Kleinigkeiten, aber Lili fand, dass eine Veränderung die Kunstwerke noch besser zur Geltung bringen könnte.

Lilis Auge fürs Schöne war von klein auf geschult worden. Man konnte Franz Feigl viel vorwerfen. Dass er ein Spieler und Alkoholiker war, dass er die Bildung seiner kleinen Tochter vernachlässigt hatte und sie schon sehr früh dazu gezwungen gewesen war, bei seinen Gaunereien mitzuhelfen, um den Lebensunterhalt zu sichern. Er hatte als Vater so ziemlich alles falsch gemacht, aber in zwei Punkten war er verlässlich: Er liebte Lili von ganzem Herzen, und er hatte ihr beigebracht, wie man Pinsel sachgemäß reinigte und mit ihnen umging. Schon im zarten Alter von vier hatte Lili Unterschriften fälschen können, mit zehn war sie in der Lage gewesen, Stempelmarken zu kopieren, und mit zwölf wusste sie, wie man nackte Körper auf die Leinwand zauberte. Ein Privileg, das Frauen eigentlich verwehrt war. Sie durften zwar auf der Kunstgewerbeschule lernen, aber die Tore zum Kunststudium blieben ihnen nach wie vor verschlossen. Lili hatte einfach mitgemalt, wenn ihr Vater eine Prostituierte über Nacht bei sich gehabt und am nächsten Morgen ihren Körper mit raschen Aquarellstrichen auf Papier festgehalten hatte. Das hastige Kunstwerk war der Lohn gewesen, und die Frauen waren damit stets zufrieden gewesen. Lili hatte einen Blick fürs Besondere entwickelt, das hatte ihr ihr Vater mehrmals versichert und gemeint, dass es ihr gelänge, das Wesen der Menschen einzufangen, mit ihren Stärken und ihren Schwächen, während er selbst nur das malen konnte, was er vor sich sah. Lilis Gemälde erzählten eine Geschichte, meinte er. Sie glaubte ihm. Wie ihr das genau gelang, wusste sie nicht. Sie versuchte, die Striche aufs Wesentliche zu reduzieren, und vielleicht hielt sie auf diese Weise die Essenz des Lebens fest.

Müde vom langen Tag durchquerte sie den dunklen Innenhof. Der Vollmond wies ihr den Weg. Straßenlaternen standen am Ratzengrund nur auf den befestigten Straßen, und davon gab es im Viertel wenige. In den meisten Gassen versank man bei jedem Regen knöcheltief im Schlamm. Die Häuser waren dicht an dicht gebaut. Die meisten waren windschief oder nach vorn geneigt. Auf einige der Gebäude waren zusätzliche Stockwerke gesetzt worden. Man hatte sie ohne Genehmigung errichtet. Die Beamten der Stadt verirrten sich nur selten in diesen Teil Wiens. Die Menschen, die hier hausten, waren sich selbst überlassen. Die Höhenunterschiede zwischen den windschiefen Häusern wurden mit engen Treppen ausgeglichen. Die Hauswände waren mit Plakaten vollgeklebt. Manchmal hatte Lili den Eindruck, dass man sie nicht entfernte aus Angst, die Gemäuer würden ohne den Kleister und das bunte Papier zusammenfallen wie einfache Türme aus Spielkarten. In den Hinterhöfen der Häuser stapelten sich Müll und Gerümpel. Niemand trennte sich endgültig davon, und nicht selten fanden alte Holzkarren, Drahtgestelle oder löchrige Töpfe doch noch einen neuen Besitzer, der noch ärmer dran war als der alte.

Im Hof stank es nach totem Tier. Irgendwo lag wieder eine verwesende Katze oder ein Hund. Lili hielt sich die Hand vor den Mund und betrat das Stiegenhaus. Hier roch es nicht besser. Eine Welle des Geruchs von ranzigem Speck und billiger Kohlsuppe mischte sich mit dem von Kümmel. Lilis Magen war zur Abwechslung einmal voll. Das Reisfleisch hatte himmlisch geschmeckt. Schnell stieg sie die schmale Holztreppe hoch in den vierten Stock. Das Holz knarrte unter ihren Schritten. Im zweiten Stock weinten die zwei Kinder von Grete. Wahrscheinlich waren sie wieder einmal allein zu Hause, während Grete anschaffen ging.

Lili lief weiter. Sie war zu müde, um nach den beiden zu schauen. Vielleicht würde sie es später tun. Vor der niedrigen Tür blieb sie kurz stehen. Sie lauschte. Hatte ihr Vater Besuch? Es wäre nicht das erste Mal, dass sie ihn mit einer Frau erwischte oder einer seiner Trinkkumpane in Ermangelung einer anderen Unterkunft die ganze Nacht dablieb. Heute war es still. Ein gutes Zeichen. Lili öffnete die Tür und trat ein. Die winzige Wohnung bestand aus zwei kleinen Zimmerchen. Das eine war nicht mehr als ein Schrank. Es war mit einem löchrigen Vorhang vom Rest abgeteilt. Darin befand sich ein altes Bett, das Lili allein gehörte. Es war mehr, als so manch andere Frau in der Stadt ihr Eigen nennen konnte. Lili war ihrem Vater dankbar dafür, dass sie es nicht mit Bettgängern teilen musste.

Das kleine rechteckige Fenster vor dem Bett ihres Vaters stand offen. Franz Feigl saß davor und rauchte seine Pfeife. Neben dem Alkohol der einzige Luxus, den er sich seit Jahren gönnte. Als Lili eintrat, hob er den Kopf. Seine Augen waren glasig. Er hatte getrunken. Aber nicht so viel wie an anderen Tagen.

»Meine Güte. Hab ich mir Sorgen gemacht. Wo warst du so lang?« Lilis Vater war in den letzten Jahren gealtert. Sein Haar war eisgrau, sein sonnengebräuntes Gesicht von tiefen Falten zerfurcht. Sein Körper war immer noch schlank. Er nahm die Pfeife aus dem Mund. »Ich dachte schon, dass ich dich von der Polizei abholen muss.«

»Da war ich auch«, gestand Lili.

»Ach du Schande. Was ist diesmal passiert?«

»Warum ›diesmal‹?«, fragte Lili. Es war Jahre her, dass ihr Vater sie von der Wache hatte abholen müssen. Für gewöhnlich war er es, der mit den Staatsdienern Probleme hatte.

Franz Feigl zuckte bloß mit den Schultern.

»Lange Geschichte«, sagte Lili. »Ich erzähl sie dir morgen, wenn du wieder nüchtern bist und dir einen Teil davon merkst.«

»Ich bin nicht betrunken«, verteidigte sich Franz. Der scharfe Geruch, der in der Luft lag, und der leere Becher vor ihm am Tisch bewiesen das Gegenteil.

Lili schaute auf die Unterlagen, die neben dem Becher lagen. Es waren zwei Pässe. Die Schrift war zittrig, und die Stempelmarken würden niemals einer genauen Kontrolle standhalten. Dass Franz Feigl noch nicht aufgeflogen war, war der Tatsache geschuldet, dass viele Polizisten und Grenzbeamte nur mäßig lesen und schreiben konnten und eine gewisse Person im Gefängnis, über die Lili nicht nachdenken wollte, ihn noch nicht verpfiffen hatte.

»Papa, du musst mit dem Fälschen aufhören«, sagte Lili streng. »Der Alkohol hat deine Fähigkeiten als Maler zerstört.

Deine Finger zittern, du kannst keinen geraden Strich mehr ziehen.«

»Es ist nicht der Alkohol«, widersprach Franz Feigl. »Es sind die Augen, die nicht mehr wollen.«

Lili musterte ihren Vater. Hatte sie ihm unrecht getan? Tränten seine Augen, weil er schlecht sah? Oder weil er zu tief ins Glas geschaut hatte? Es war wohl eine Mischung aus beidem. »Streck mir deine Hand entgegen«, forderte sie.

Nur widerwillig kam er ihrer Aufforderung nach. Die Hand zitterte so heftig, dass Lili erschrak. Sofort legte er sie wieder auf seinen Oberschenkel.

»Pah, von wegen die Augen, so ein Mist.« Lili setzte sich zu ihm an den Tisch. Sie ergriff den leeren Becher und schnupperte daran. Genau wie sie vermutet hatte, roch er nach billigem Fusel. Sie hatte sich nicht geirrt. »Es ist das giftige Zeug. Irgendwann säufst du dich in den Tod.«

Franz Feigl zuckte erneut mit den knöchernen Schultern. Noch nie war ihr Vater ihr so dürr erschienen wie heute Abend. Er schien nur noch aus Haut und Knochen zu bestehen. »Nicht der schlechteste Tod«, meinte er traurig.

»Unsinn, Papa. Ich brauch dich noch.«

Ein warmes Lächeln breitete sich auf dem schmalen Gesicht aus. »Manchmal denke ich, dass du besser dran wärst ohne mich.«

»Sag so was nicht.« Es war nicht das erste Mal, dass Franz Feigl sentimental und weinerlich wurde. Lili hasste es, wenn er in dieser Stimmung war. Sie zog die gefälschten Dokumente zu sich heran. So schlecht waren sie noch nie gewesen.

»Kannst du das ausbessern?«, fragte Franz.

Lili verzog den Mund. Das Gesicht des Kommissars mit den dunklen Augen tauchte vor ihr auf. Rasch schob sie es zur Seite. Sie brauchten das Geld. Bestimmt hatte ihr Vater wieder Spielschulden gemacht. Seufzend griff sie nach einem dünnen Pinsel und dem Farbkasten. Beides stand noch am

Tisch. Die Sachen würden auch morgen und übermorgen hier sein. Franz räumte seine Malutensilien nie weg. Es war Lili, die das für ihn übernahm. Wie auch alles andere.

»Es ist das allerletzte Mal, Papa. In Zukunft musst du dein Geld mit anderen Aufträgen verdienen.«

»Pikanten Illustrationen?«

»Nein, Papa. Die sind genauso verboten.«

Im letzten Monat hatte Franz Feigl eine neue Einnahmequelle entdeckt. Er zeichnete Postkarten mit schlüpfrigen Darstellungen von Frauen in eindeutigen Positionen. Die verkaufte er in den einfachen Praterhütten, die nach der Weltausstellung wie Schwammerl aus dem Boden geschossen waren. Ab einer gewissen Uhrzeit traf man dort nicht nur brave Bürger, Handwerker und Gouvernanten mit ihren Schützlingen an, sondern Männer und Frauen, die dem langen Arm des Gesetzes gern auswichen.

»Und wovon sollen wir dann leben?«, fragte Franz Feigl.

»Du könntest es zur Abwechslung mit ehrlicher Arbeit probieren.« Um Himmels willen, hatte sie das eben wirklich gesagt? Es musste an ihrer Müdigkeit und dem langen Tag liegen.

Franz Feigl lachte schallend. Er nahm sie nicht ernst, was Lilis Ärger noch weiter schürte.

»Ich bessere deine Dokumente aus. Aber frag mich nie wieder nach so einem Gefallen.« Mit finsterem Blick machte sie sich an die Arbeit. »Ich fälsche keine weiteren Dokumente mehr. Der Pass hier ist der letzte.«

Franz Feigl schickte ihr eine Kusshand über den Tisch. »Du bist mein braves Mädel. Das warst du immer.«

6

Burgring, Palais Falkenstein

Trotz der späten Stunde flanierten noch zahlreiche Menschen über die Ringstraße. Dort, wo vor ein paar Jahren die Stadtmauer gestanden hatte, entstand ein pompöser Prachtboulevard. Sobald die letzten Baustellen verschwunden waren, würde er die Wiener Innenstadt wie ein kostbares Band umschließen. Schon jetzt zierten aufwendig gestaltete Gebäude die Straße und legten Zeugnis über den Reichtum der Donaumonarchie ab. Die vergnügungshungrigen Wiener saßen in den Gastgärten der Kaffeehäuser und unterhielten sich bei einem Gläschen Schaumwein oder Limonade über die Werke von Skandalkünstlern wie Arthur Schnitzler. Seine Novelle über Leutnant Gustl und sein Theaterstück »Reigen« sorgten immer noch für Gesprächsstoff und erregten die Gemüter.

Das Treiben am Boulevard war den milden Temperaturen geschuldet. Max lief an ihnen vorbei, ohne die Besitzer an die Sperrstunde zu erinnern, die längst überschritten war. Sollten seine Kollegen in Uniform das erledigen. Auf Höhe der neuen Oper hielt er an. Das Palais Falkenstein lag rechts davon. Es glich einem königlichen Palast, viel zu groß, um eine einzige Familie oder wie in diesem Fall eine alleinstehende Witwe zu beherbergen. Wahrscheinlich erwartete man, dass Max den Personaleingang nahm. Aber das verweigerte er grundsätzlich. Alle Menschen, egal, welchen gesellschaftlichen Rang sie innehatten, sollten ein und denselben Eingang nutzen können.

Max trat auf die eindrucksvolle Rundbogentür zu, die rechts und links von je zwei mächtigen Säulen im griechischen Stil flankiert wurde. Er betätigte die Glocke, konnte nichts hören, da ein Fiaker hinter ihm die Straße querte und dabei laut übers Kopfsteinpflaster holperte. Schon nach wenigen Augenblicken öffnete ihm ein Diener in schwarzem Frack. Er musterte Max vom Scheitel bis zur Sohle. Der Mann machte kein Hehl daraus, dass er eigentlich beim Personaleingang hätte klopfen sollen.

»Kommissar Max von Krause«, stellte er sich vor. »Man hat nach mir gerufen.«

Das winzige Wörtchen »von« änderte wie immer den Gesichtsausdruck seines Gegenübers. Es war ein magischer Zauberschlüssel, der in Wien alle Türen und Tore öffnete. Der Diener tat so, als stünde auf einmal ein anderer Mensch vor ihm. Unterwürfig verbeugte er sich.

Max war das Spielchen leid. Das Personal hatte ganz genaue Instruktionen, wie sie wen behandeln sollten. Der Hausdiener stand in der Hierarchie an oberster Stelle. Er übte Macht über alle anderen Hausangestellten aus. In Wirklichkeit war aber auch er bloß ein Diener, der beim kleinsten Vergehen auf die Straße gesetzt wurde.

»Folgen Sie mir.« Der Diener winkte ihn mit seiner behandschuhten Hand weiter.

Das Palais war innen ebenso prunkvoll wie außen. Riesige Kristallleuchter hingen von der Decke und beleuchteten die Eingangshalle mit flackerndem Gaslicht, das das geschliffene Glas zum Funkeln brachte. Boden und Wände waren aus dunklem Marmor. Auf einer Kommode aus glänzendem Kirschholz standen mehrere modern anmutende Figuren aus Ton, sie bildeten einen gewollten Kontrast zu all den anderen Kunstwerken im Palais. Über der Kommode hing ein ovaler Spiegel. Ein roter Teppich führte über die Treppe in den ersten Stock. Die Wände wurden von goldgerahmten Gemälden angesagter Künstler der Stadt geziert. Max erkannte die üppigen Historiengemälde von Hans Makart, jenem Maler, den der Kaiser so schätzte, dass er ihm ein eigenes Atelier zur Verfügung stellte. Er folgte dem Diener nach oben. Beide Flügel einer hohen weiß gestrichenen Tür standen offen. Aufgeregte Stimmen drangen auf den Gang.

Als Max den Raum betrat, wurden die Stimmen leiser. Man flüsterte nur noch. Max blickte sich um. Drei Reihen mit je fünf Sesseln standen vor einer bühnenartigen Erhebung. Drei Sessel waren besetzt. Der Rest war leer. Die Gäste hatten sich im Raum verteilt. Einige hielten Champagnergläser in der Hand. Andere labten sich an kleinen Kanapees. Max entdeckte einen reichlich gedeckten Tisch auf der Saalseite, unter einem riesigen Spiegel, der dem Raum noch mehr Tiefe verlieh. Ein weiterer Diener, in der gleichen Frackuniform wie der, der ihm geöffnet hatte, stand hinter dem Tisch und bediente die Gäste. Neben der Bühne redeten verkleidete Schauspieler miteinander.

»Wurde hier ein Theaterstück gezeigt?«, fragte Max.

»Nein, drei lebende Bilder wurden nachgestellt.« Der Diener zeigte auf ein gerahmtes Gemälde am Rand der Bühne.

Eine Bibeldarstellung war darauf zu sehen. Die Schauspieler trugen exakt die gleichen Kostüme wie die Figuren auf dem Bild. Max' Mutter wäre begeistert gewesen, sie liebte derlei Veranstaltungen. Er selbst hatte sich bisher erfolgreich dagegen gewehrt und vermutete, dass er nicht viel versäumt hatte. Der Unterhaltungswert begrenzte sich wohl auf das gute Essen und die Musik, die dabei geboten wurden. Vor der Bühne war ein Klavier positioniert. Der Musiker hatte sich unter die Gäste gemischt.

»Guten Abend, Sie müssen der Kriminalbeamte sein!« Eine rundliche Frau in einem auffallenden Kleid aus roter Seide und mit einer Art Krone im Haar trat auf ihn zu. Das Kleid war deutlich zu eng. Trotz fest geschnürter Taille spannten die Nähte an den Seiten. Der Ausschnitt bot einen fast unmoralisch tiefen Einblick in ihre üppige Oberweite. Selbst das schwere Diamantcollier konnte nicht davon ablenken. Max bemühte sich, seinen Blick auf das Gesicht der Frau zu lenken.

»Max von Krause«, stellte er sich vor.

»Nein, das kann doch nicht sein!« Die Gräfin schlug sich die Hand vor den Mund. »Sind Sie der Sohn von Adele von Krause?«

»Ja.«

»Was für eine schöne Überraschung. Ihre Mutter ist eine alte Bekannte von mir. Richten Sie ihr die allerbesten Grüße aus.«

»Von wem darf ich Grüße überbringen?«

»Ich bin Gräfin Linda von Falkenstein. Wir haben die Polizei rufen lassen, damit der Ring von Madame Luzia Barone gefunden wird. Es wäre eine entsetzliche Schande für mein Haus, würde sie ohne ihr wertvolles Schmuckstück nach Hause gehen müssen. Den Dieb haben wir bereits entlarvt.«

Max hob beschwichtigend die Hände. »Eines nach dem anderen«, bat er. »Was genau ist passiert?«

»Aber das habe ich doch eben gesagt.« Ungeduldig, so als wäre Max langsam von Begriff, verdrehte die Gräfin die großen, wässrigen Augen. Ihr Doppelkinn wackelte. Sie schlug den Fächer, der an ihrem Handgelenk baumelte, auf und wedelte sich Luft zu. Es war in der Tat sehr heiß und stickig in dem Raum. »Ein kostbarer Ring ist verschwunden, und Sie sollen ihn finden. Außerdem will ich, dass Sie den Dieb mitnehmen. Er hat in meinem Haus nichts mehr verloren.«

Sie schnippte mit den Fingern der anderen Hand. Sofort eilte der Diener hinter dem Tisch zu ihr und reichte ihr ein Glas Champagner. Kleine Blasen perlten in der Flüssigkeit.

Sie nahm einen großzügigen Schluck davon. »Bitte beeilen Sie sich. Damit wir mit der Veranstaltung fortfahren können. Es wäre jammerschade, wenn wir auf die Unterhaltung verzichten müssten.«

Max holte seinen Notizblock aus seinem Sakko. »Ich fürchte, so schnell wird das nicht gehen«, sagte er. »Erzählen

Sie mir bitte, wann und wie der Ring abhandengekommen ist.«

»Meine Güte, ist das kompliziert.« Sie nahm einen weiteren Schluck. »Luzia, bitte kommen Sie zu uns. Der Kommissar will mich nicht verstehen.«

Sie winkte einer Frau, die vor der Bühne stand. Es handelte sich um eine der Darstellerinnen. Sie trug ein braunes Kostüm, das ärmlich aussehen sollte. In Wirklichkeit war der Stoff fein gewebt und von bester Qualität. Max bezweifelte, dass Maria Magdalena ein Kleid dieses Schnitts besessen hatte. Die Frisur war noch weniger passend. Das blond gefärbte Haar war zu einem kunstvollen Turm hochgesteckt.

Die Frau eilte zu ihnen. »Wie gut, dass Sie so schnell kommen konnten.« Es war die erste Stimme, die so etwas wie Dankbarkeit ausdrückte. »Mein Ring ist spurlos verschwunden.« Sie hielt ihm beide Hände entgegen. Ein schweres Armband und mehrere Ringe mit glitzernden Edelsteinen fielen Max ins Auge. Nur ein einziger Finger war leer. Es war der Ringfinger ihrer rechten Hand. »Sehen Sie? Hier sollte er stecken. Es war ein zwei Zentimeter großer Rubin in einer edlen Goldfassung. Der Stein war ein Geschenk eines indischen Prinzen.« Sie klimperte mit ihren langen Wimpern, von denen Max annahm, dass sie falsch waren. »Ich habe an seinem Hof getanzt, und der Prinz war so beeindruckt von meinem außergewöhnlichen Können. Ich bin Madame Luzia Barone.«

Max fragte sich, ob er den Namen kennen sollte. »Ach ja«, sagte er leise und schrieb den Namen auf seinen Block. »Wann ist der Ring verschwunden?«

»Ich habe all meine Schmuckstücke vor dem Auftritt in ein kleines Kästchen hinter der Bühne gelegt. Genau wie die anderen Darsteller. Wir sind hier an einem sicheren Ort. Nie und nimmer hätte ich gedacht, dass es im Palais von Gräfin von Falkenstein Diebe gibt.«

»Oh, mein Gott. Was für schreckliche Worte! Sagen Sie das nicht.« Die Gräfin fuhr sich mit der freien Hand an die Stirn und täuschte einen Schwächeanfall vor.

Sofort nahm der Diener neben ihr seiner Herrin das Glas ab und führte sie zu einem der rot gepolsterten Sessel, auf dem sich die erschöpfte Frau niederließ.

»War das Kästchen versperrt?«

»Nein, natürlich nicht«, sagte Madame Barone. »Als ich nach der Vorstellung meinen Schmuck wieder an mich nehmen wollte, war alles da bis auf den Ring des Prinzen. Der fehlte.«

»Wer hatte Zugang zu dem Kästchen?«

»Es stand auf einem Tisch hinter der Bühne. Ein Diener war daneben, weshalb ich nicht im Traum an einen Diebstahl gedacht hätte.«

Wieder stöhnte die Gräfin laut auf. »Wir glauben alle, dass der Junge den Ring gestohlen hat. Er behauptet, nichts getan zu haben. Wir haben seine Taschen bereits durchsucht. Sie sind alle leer.«

»Wo ist der Diener?«, fragte Max. Er schaute sich suchend um und glaubte, den Burschen erkannt zu haben. Ein Junge, nicht älter als vierzehn, saß zusammengekauert wie ein Häufchen Elend auf einem der Sessel.

»Nehmen Sie den durchtriebenen Dieb mit. Niemals hätte ich mich überreden lassen dürfen, den Schuft hier aufzunehmen. Aus reiner Freundschaft zu Gräfin Krakowsky habe ich ihm eine Anstellung gegeben. Er ist der uneheliche Sohn einer ihrer Dienstmägde. Ich bin einfach zu gut für diese Welt.« Die Gräfin verdrehte dramatisch die Augen. »Ich will ihn hier nie wieder sehen«, schimpfte sie.

Max verspürte Mitleid mit dem jungen Diener. Dieser Bursche schien ebenso überrascht wie alle anderen. Er bibberte und hatte Tränen in den Augen. Max ging zu ihm, setzte sich neben ihn. Die Pickel auf der Stirn des Burschen leuchteten dunkelrot. Sie bewiesen, wie jung er noch war.

»Ich hab nichts gestohlen«, sagte er weinerlich. »Ich schwöre es.« Er hob die Finger zum Schwur. Sie zitterten.

»Hast du gesehen, wer sich dem Tisch und dem Kästchen genähert hat?«

Der Junge schüttelte den Kopf. »Ich hab die ganze Zeit auf die Bühne geschaut. Es ist das erste Mal, dass ich lebende Bilder gesehen hab.«

»Genau das hättest du nicht tun sollen, du Schwachkopf!«, schimpfte die Gräfin laut.

Der Junge nickte geknickt.

»Hast du einen Namen?«, fragte Max.

»Werner Michiko.« Der Junge sah Max mit angstgeweiteten Augen an. »Muss ich jetzt ins Gefängnis?«

»Hast du den Ring genommen?«

»Nein!«, beteuerte er.

»Dann wirst du auch nicht ins Gefängnis kommen. Dort landen nur Diebe und anderes Gesindel.«

»Sie wollen doch nicht sagen, dass einer meiner Gäste ein Dieb ist.« Die Stimme der Gräfin überschlug sich förmlich.

»Ich muss mir ein Bild der Situation machen«, erklärte Max. »Dazu werde ich mich mit jedem Ihrer Gäste unterhalten.«

»Wie bitte? Das ist nicht Ihr Ernst!«

»Wie soll ich den Fall sonst lösen?«

»Er ist längst gelöst. Sie müssen nur den Ring finden. Dafür hat der Kaiser Sie in seinen Dienst genommen.«

Max spürte, wie sein Ärger gefährlich anschwoll. Zuerst war es nur ein winziger Funke gewesen. Je länger er sich mit der Gräfin unterhielt, umso größer wurde er, wie ein Flächenbrand, der seinen ganzen Körper erfasste. Vor seinem inneren Auge tauchte ein kleiner Junge auf, der beschuldigt wurde, eine chinesische Vase vom Tisch geworfen zu haben. In Wahrheit war es der Sohn des Hauses gewesen, er selbst. Und obwohl Max das Vergehen zugegeben hatte, war der Sohn der Dienstmagd vom Hausdiener drakonisch bestraft worden. Seine Mutter hatte sich für den Jungen nicht eingesetzt. Er war einen Monat lang mit Brot und Wasser weggesperrt worden. Hätte Max seinem Freund nicht heimlich Essen ins Zimmer geschmuggelt, wäre er zwar nicht verhungert, ganz gewiss aber verzweifelt.

»Ich werde mich neben die Bühne setzen und alle Anwesenden nacheinander befragen. Bitte schicken Sie die Gäste einzeln zu mir.«

»Das geht nicht. Wir haben noch zwei Bilder nachzustellen«, empörte sich die Gräfin. Sie klang nicht mehr ganz so fordernd wie zuvor. »Außerdem sind ein paar meiner Gäste bereits gegangen. Wissen Sie, wie lange ich hart gearbeitet habe, bis dieser Abend perfekt durchgeplant war?«

Max fragte sich im Stillen, worin diese angeblich harte Arbeit bestanden hatte. »Wollen Sie, dass ich all die erlauchten Herrschaften zu mir auf die Wache einlade?«

»Das würden Sie nicht wagen!« Die Gräfin schnappte nach Luft. Ihr Gesicht hatte die Farbe ihres Kleides angenommen. Schweißperlen bildeten sich auf ihrer Stirn. »Ich werde Adele von Ihrem Benehmen berichten. Sie wird vor Scham im Boden versinken.«

Damit konnte die Gräfin durchaus recht haben. Laut sagte er: »Ich warte neben der Bühne.« Mit aufrechter Haltung ging er los, drehte sich aber noch einmal um. »Kann ich bitte ein Glas Wasser haben? Oder nein, lieber ein Glas Zitronenlimonade und ein paar der kleinen Kanapees. Ich hatte noch kein Abendessen.«

»Jetzt wollen Sie sich auch noch den Bauch auf meine Kosten vollschlagen. Das ist skandalös.«

»Sie machen Ihrem Ruf alle Ehre. Schließlich sind Sie für Ihre Großzügigkeit bekannt. Vielen Dank!«, sagte Max gut gelaunt. »Und vergessen Sie nicht, eine vollständige Liste aller anwesenden Gäste zur Elisabethpromenade zu schicken. Ich will auch die Namen der Geladenen erfahren, die bereits nach Hause gegangen sind.«

Die Gräfin schluckte ihre weitere Schimpftirade hinunter. Sie nickte ihrem Diener zu. »Richte dem Herrn Kommissar einen kleinen Imbiss.«

»Vielen Dank.« Max deutete eine spöttische Verbeugung an. Manchmal mochte er seinen Beruf. »Ich fange mit der Bestohlenen an. Frau ... wie war Ihr Name?« Er sah die Darstellerin fragend an.

»Madame Luzia Barone.«

Max nickte. »Danach will ich die Gäste sprechen, die noch hier sind, und zuletzt die Dienerschaft.« Er lächelte den Mann an, der ihm die Tür zuvor geöffnet hatte. »Sie kommen bitte als Letzter zu mir.« Er zeigte auf seine Brust und genoss es, wie der überhebliche Mann erblasste. Max rieb sich die Hände. Vielleicht würde es doch noch ein unterhaltsamer Abend werden.

7

Alser Straße, Palais von Krause

Als Max endlich nach Hause kam, war er so müde, dass er auf der Stelle hätte einschlafen können, doch noch war nicht ans Bett zu denken. Er hatte die Schauspieler, die Dienerschaft und die Gäste befragt und alle Taschen leeren lassen. Die meisten Gäste hatten keine Ahnung davon gehabt, dass die Schmuckstücke einfach abgelegt und in einem unversperrten Kästchen aufbewahrt worden waren. Ein Freund der Gräfin hatte ihn ungehalten angeherrscht. »Denken Sie wirklich, ich mache mir Gedanken darüber, wo die Schauspieler ihre Kleidung oder ihre persönlichen Gegenstände verwahren?« Max konnte ihm die heftige Reaktion nicht verübeln. Dennoch hatte er allen die gleichen Fragen gestellt, in der Hoffnung, einen Hinweis zu bekommen. Leider ohne Erfolg.

Schon von der Straße aus sah Max, dass im Salon noch Licht brannte. Seufzend kramte er nach dem Haustorschlüssel, sperrte auf. Über die breite Marmortreppe lief er in den dritten Stock, der immer noch von ihm und seiner Mutter bewohnt wurde. Es war der letzte Rest des Familienbesitzes. Das übrige Palais, riesige Waldgebiete und zwei weitere Zinshäuser in Wien und Graz hatte sein Vater verspekuliert. Als alles weg gewesen war, hatte er sich ins Bett gelegt, war friedlich eingeschlafen und nie wieder aufgewacht. Seiner Ehefrau und seinem einzigen Sohn hatte er Chaos und Schulden hinterlassen.

Im dritten Stock angelangt, sperrte Max auch die Wohnungstür auf und wollte sich schnell am Salon vorbeischwindeln. Seine Rechnung ging nicht auf. Schon hörte er die hohe Stimme seiner Mutter.

»Max, wo warst du so lange? Ich habe ewig mit dem Abendessen auf dich gewartet.«

Müde spähte Max in den Salon, den Raum der Wohnung, der nach wie vor die Eleganz und Schönheit besserer Jahre ausstrahlte. Adele von Krause saß kerzengerade auf dem weinroten Canapé, ihrem Lieblingsmöbelstück, auf dem angeblich Maria Theresia einmal gesessen hatte, als sie bei den von Krauses zu Besuch gewesen war. Max vermutete, dass es sich bloß um eine Anekdote handelte, die seine Mutter mit Liebe zum Besten gab. Bis heute wollte sie nicht wahrhaben, dass sie zum verarmten Adel zählte. Der einstige Reichtum war fast gänzlich geschrumpft, ihr Sohn dazu gezwungen, sich seinen Lebensunterhalt mit Arbeit zu verdienen. Von der riesigen Dienerschaft, die vor Jahren für die Familie von Krause gearbeitet hatte, war nur noch Hedwig übrig geblieben. Die Haushälterin war ihrer Vorgesetzten treu ergeben und würde auch dann nicht von ihrer Seite weichen, wenn Adele von Krause ihr keine Krone mehr zahlen konnte.

»Ich habe dir schon so oft gesagt, dass du nicht auf mich warten sollst. Ich kann nicht vorhersagen, wann ich nach Hause komme.«

Adele von Krause klopfte auf den Polster neben sich. »Ich habe dich den ganzen Tag nicht gesehen, komm zu mir.«

»Mama, ich bin hundemüde.« Widerwillig gab Max nach und ging in den Salon. Er war das Herzstück der Wohnung. Im Winter strahlte der flaschengrüne Kachelofen behagliche Wärme aus. An den Wänden hingen die Gemälde, die Adele beim großen Schuldenbegleichen hatte retten können. Es waren nicht die Lieblingsstücke von Max. Er konnte den düsteren Landschaftsgemälden nicht viel abgewinnen. Max setzte sich nicht neben seine Mutter. Er nahm ihr gegenüber am ovalen Esstisch Platz. Abgeblühte Rosen standen in einer Vase in der Mitte. »Wo ist Hedwig?«, fragte er.

»Sie ist bereits zu Bett gegangen.«

»Das hättest du auch tun sollen.«

Adele winkte ab. Trotz ihres fortgeschrittenen Alters war sie eine äußerst attraktive Frau. Sie hielt sich gerade, achtete auf ihre Figur und war stets tadellos gekleidet. Max hatte seine Mutter erst einmal in seinem Leben ungeschminkt und unfrisiert gesehen. Das war an dem Tag gewesen, als der Notar ihr eröffnet hatte, dass ihr Ehemann ihr gesamtes Familienvermögen in den Sand gesetzt hatte.

»Ich will hören, wie mein einziges Kind seinen Tag verbracht hat.«

»Du weißt, wie ich ihn verbringe. Ich arbeite bei der Kriminalpolizei und suche nach Verbrechern.«

Ungeduldig warf Adele von Krause den Kopf in den Nacken und seufzte leidend. »Wann wirst du endlich einem ordentlichen Beruf nachgehen?«

Max war zu müde für diese Diskussion. Er hatte ein fertiges Jurastudium. Sehr zum Leidwesen seiner Mutter hatte er nie als Rechtsanwalt, Notar oder gar als Richter arbeiten wollen. Vielleicht würde er es irgendwann tun. Aber sollte er einmal eine Karriere in diesem Bereich anstreben, würde er es seiner Mutter gewiss nicht sagen.

»Mein Beruf ist sehr ordentlich.«

»Pah, was daran soll ordentlich sein, wenn dein Vorgesetzter ein dumpfer Mensch ist und du den ganzen Tag mit einfachen Verbrechern zu tun hast? Sobotka ist eine Zumutung für die Monarchie. Wenn der Kaiser weiter Männer wie ihn in den Dienst nimmt, wird die Monarchie bald untergehen.«

»Mama, ich muss ins Bett gehen.«

»Du willst mir also nichts von deinem Tag erzählen?«

Gräfin von Falkenstein fiel ihm ein. »Oh, doch. Ich soll dir Grüße von Gräfin von Falkenstein ausrichten.«

»Du hast Linda getroffen?«

»Bei ihrer Abendveranstaltung ist ein wertvolles Schmuckstück abhandengekommen.«

»Das kann nicht sein.« Neugierig lehnte sich Adele von Krause nach vorn. »Was ist für ein Wochentag?« Sie schaute an die Decke und dachte nach. »Hat heute nicht der Abend der lebenden Bilder stattgefunden?«

»Ja.«

»Ich war eingeladen. Aber ich habe mich entschuldigen lassen. Ich kann diese langweiligen Veranstaltungen nicht ausstehen.«

»Tatsächlich?« Max war überrascht. »Ich dachte, du magst jede Art kultureller Zusammenkünfte. Gräfin von Falkenstein hat mir nicht gesagt, dass sie dich eingeladen hatte.«

»Da siehst du wieder einmal, wie unaufmerksam du mir zuhörst.« Vorwurfsvoll wackelte Adele von Krause mit dem Zeigefinger. Sie neigte den Kopf. »Ich hätte doch hingehen sollen. Was für ein Jammer, dass ich diesen Skandal versäumt habe. So werde ich Babette bitten müssen, mir alles zu erzählen. Hoffentlich hat sie nicht auch abgesagt. Babette findet diese lebenden Bilder auch entsetzlich öde.«

Babette Rakovsky war eine von Adeles ältesten Freundinnen. »Falls sie dort war, muss sie früher gegangen sein«, sagte Max. »Ich habe hinterher alle Anwesenden befragt. Sie wäre mir aufgefallen.«

»Hm!« Seine Mutter dachte nach. »Wen könnte ich sonst noch fragen?«

»Denk in Ruhe nach«, sagte Max. »Ich geh schlafen. Bis morgen.« Er stand auf, ging zu seiner Mutter und küsste sie auf die Stirn. Der vertraute Geruch ihres Veilchenparfums stieg ihm in die Nase. Seit bekannt war, dass die Kaiserin den zarten Blumenduft liebte, zählte er zu den begehrtesten Duftwässern der Stadt. Adele verwendete nie etwas anderes. »Schlaf gut.«

»Du auch!«

Max war sicher, dass sie erst ins Bett gehen würde, wenn sie herausgefunden hatte, wen sie morgen wegen des herrlichen

Skandals löchern konnte. Und trotz der kurzen Nacht würde sie ausgeschlafen, adrett und munter beim Frühstückstisch sitzen. Adele von Krause war der Adelstitel in die Wiege gelegt worden wie anderen ein außergewöhnliches Talent. Würde sie eines Tages unter der Brücke schlafen müssen, würde sie das immer noch mit Stil und Würde tun.

8

Neustiftgasse, Wiener Werkstätte

In den folgenden Tagen tauchte Lili in eine völlig neue und faszinierende Welt ein. In der Werkstätte war es Frauen nicht nur erlaubt, ihre eigenen künstlerischen Ideen zu entwickeln, sie wurden von ihren männlichen Kollegen explizit dazu ermutigt. Umso erstaunlicher war es, dass in der Öffentlichkeit ausschließlich die Namen der Männer präsent waren: Koloman Moser, Josef Hoffmann und Fritz Waerndorfer.

Lili lief mit offenen Augen und Ohren durch die Werkstatt. Sie nahm alles wie ein Kind auf, das die Welt neu erklärt bekam. Bisher hatte sie nicht geahnt, dass es einen Ort wie diesen gab, wo Alltagsgegenstände geschaffen wurden, die so schön und exquisit waren, dass Lili es niemals wagen würde, sie zu benutzen. Wer einen einzigen abgeschlagenen Blechbecher besaß, konnte sich nicht vorstellen, aus einem Glas zu trinken, an dem eine Künstlerin eine ganze Woche gearbeitet hatte. Jeden Tag erfuhr sie mehr über die Künstlerwelt und fühlte sich als Teil davon. Wenn auch nur als putzende Kraft.

Natürlich war ihr das weiße, würfelartige Gebäude am Anfang des Naschmarkts aufgefallen. Wie alle Wiener und Wienerinnen war sie vor der runden goldenen Blätterkrone gestanden und hatte die Kuppel bewundert. Dass der Würfel von Männern geplant und erbaut worden war, die sich gegen die Kunst eines Malerfürsten wie Hans Makart richtete, hatte sie nicht gewusst. Auch nicht, dass das Gebäude Secession hieß und Maler wie Gustav Klimt und Koloman Moser die Vereinigung schon wieder verlassen hatten, weil sie ihnen nicht fortschrittlich genug war. All das waren abstrakte Namen für Lili. Sie hatte keine Gesichter zu den Künstlern. Anders verhielt es sich mit den Frauen der Werkstätte. Schon bald kannte sie sie alle beim Namen und wusste, welche Gegenstände sie entworfen hatten.

»Das reifste und vollkommenste Werk des Jugendstils ist ein Heim, das als völlig durchgestaltetes Reich des individuellen Lebens glänzt«, erklärte ihr Helene, während sie ihren eigenen Model auf eine hellblaue Stoffbahn drückte. »Eine Synthese der Kunst im Zusammenspiel von Innen und Außen.«

Lili unterbrach das Fegen des Bodens und sah sie mit großen Augen an.

»Unser Ziel ist es, alles – vom Dekor übers Mobiliar bis zur Beleuchtung und zu den Alltagsgegenständen, eben alles im Alltag eines Menschen – im gleichen Stil zu erschaffen. Die Gegenstände sollen abgestimmt auf die individuelle Person sein und explizit für den Auftraggeber hergestellt werden.«

»Jeder kriegt sein eigenes Haus mit eigenen Möbeln, Stoff, Geschirr und Kleidung?«

»Genau, so ist es«, erklärte Helene stolz.

»Ist das nicht unheimlich teuer? Wenn jedes Trumm im Haus für einen persönlich gemacht wird? Wer hat denn so viel Geld?«, meinte Lili. Wie immer dachte sie praktisch.

»Das ist es leider auch. Weshalb uns vorgeworfen wird, dass wir nur für die Reichen arbeiten. Aber ich frage dich: Wann in der Geschichte war Kunst etwas für die Armen der Gesellschaft?«

»Leider nie«, sagte Lili und seufzte. Auch wenn sie davon überzeugt war, dass Kunst das Leben aller verschönern würde.

»Die Wiener Werkstätte ermöglicht uns Frauen, zum ersten Mal öffentlich Kunst herzustellen, auszustellen und zu verkaufen. Hier sind Alltagsgegenstände gefragt, und deren Produktion trauen die Männer uns zu. Sie kaufen sie für ihre Frauen und ihre Kinder.«

»Daher Stoffe, Postkarten, Papier und Vasen.«

»So ist es.« Helene nickte. »Aber ich versichere dir, dass das nur der Anfang ist. Sobald die Welt sieht, wozu wir Frauen imstande sind, werden uns auch die Architektur, die Bildhauerei und die Malerei offenstehen.«

Lili wusste, dass Träume wichtig waren. Sie halfen ihr, das Elend am Ratzengrund zu ertragen. Gleichzeitig war ihr bewusst, dass man sich nicht ausschließlich im Wolkenschloss aufhalten durfte. Das war gefährlich. Sie fragte sich, ob Helene und die anderen Frauen sich nicht zu viel erhofften. Eine Frau, die einen riesigen Marmorblock mit Meißel und Hammer bearbeitete und dabei vielleicht noch einen nackten Körper schuf, war völlig undenkbar. Niemals würden Männer das zulassen.

»Fannys Spielzeugfiguren sind so beliebt, dass sie gar nicht nachkommt mit der Produktion«, fuhr Helene leidenschaftlich fort. »Die Kunst soll auch das Kinderzimmer erreichen. Auf diese Weise lernen die Kleinsten schon, was Ästhetik bedeutet.«

Lili war am Ratzengrund aufgewachsen. Sie verfügte über ein besseres Gespür für Farben und Formen als so manche Frau in der Halle. Natürlich würde sie das niemals laut äußern. Sie bewunderte die filigranen Püppchen von Fanny Harlfinger-Zakucka. Sie waren wunderschön. Hätte sie als Kind so etwas Kostbares besessen, sie hätte darauf achtgegeben und es in einem Kästchen versperrt. Niemals hätte sie gewagt, damit zu spielen.

Während sie Helenes Stoffe und Muster bestaunte, fand sie zu den Tonskulpturen von Rita Weiß keinen Zugang. Auch Helene schien es ähnlich zu gehen. Sie unterhielt sich nur selten mit der Künstlerin. Hinter vorgehaltener Hand wurde getuschelt, dass Rita bloß deshalb in der Werkstätte sei, weil sie die Tochter des Papierherstellers Weiß war, der die Werkstätte finanzkräftig unterstützte. Lili hatte gehört, dass Rita eine der wenigen war, die die Kunstgewerbeschule nicht besucht hatten. Ihr Vater hatte seine Beziehungen spielen lassen, um seine Tochter in der Werkstätte unterzubekommen. Was Rita an Talent fehlte, machte sie mit Überheblichkeit wett. Statt dankbar für diese einzigartige Chance zu sein, benahm sich Rita Weiß, als hätte sie das Recht, alle herumzukommandieren. Auf Lili schien sie es besonders abgesehen zu haben.

»He, du da, komm her und wisch meinen Dreck weg!«

Zum Glück hatte Lili eben die köstlichsten Fleischlaberl der Welt gegessen, weshalb sie die bösen Worte mit Gelassenheit nahm. Sie wollte ihre Anstellung auf keinen Fall wieder verlieren, weshalb sie sich davor hütete, Frauen wie Rita das zu sagen, was sie über sie dachte.

»Hör auf, auf Lili herumzureiten«, verteidigte Leopoldine sie. Die Keramikerin, die hübschere Objekte produzierte als ihre Konkurrentin, teilte sich mit Rita einen Tisch. »Lili kann nichts dafür, dass deine Skulpturen ausschauen wie schwangere Elefanten.« Leopoldine konnte sich die Kritik leisten, sie war die talentiertere Künstlerin. Jeder in der Werkstätte wusste das. Nur Rita verschloss die Augen vor der Tatsache.

»Besser, meine Skulpturen sehen aus wie Elefanten als ich selbst wie ein Pferd.«

Leopoldine erstarrte. Die Künstlerin hatte wirklich ein Pferdegebiss. Es war ihr wunder Punkt. Bis auf ihre Zähne war sie eine durchaus hübsche junge Frau. Ihr Gesicht war rund, ihre Wangen rosig, und ihr Körper hatte an den richtigen Stellen weibliche Rundungen. Das Beeindruckendste aber war ihr Haar. Es hatte einen ungewöhnlich orangeroten Farbton.

»Hör auf, so gemein zu sein«, sagte Helene streng.

»Schon gut«, beschwichtigte Leopoldine. »Ich mag Zähne wie ein Pferd haben, dafür habe ich Ahnung von Kunst. Was Rita von sich nicht behaupten kann. Wenn Koloman sieht, was sie fabriziert, wird sie aus der Werkstätte geworfen.« Sie stemmte die Hände in die breiten Hüften. »Oder nein, das wird sie nicht. Ihr Vater zahlt ja dafür, dass sie hier arbeiten darf.«

»Halt dein dreckiges Maul.«

»Hört auf, euch wie kleine Kinder zu benehmen.« Helene trieb die beiden Frauen auseinander.

Rita wischte ihre Hände an der Schürze ab, bevor sie rein zufällig einen Topf mit Glassplittern auf den Boden kippte. »Ups, wie kann ich nur so ungeschickt sein?« Sie hielt sich die Hand vor den Mund und riss die hellen Augen weit auf. Geschickt geschminkte Augenbrauen und purpurrote Lippen täuschten über ein durchschnittliches Gesicht hinweg.

»Das hast du absichtlich gemacht!«, schrie Leopoldine. In mühsamer Arbeit hatte sie den Topf am Vormittag mit passenden Glassplittern gefüllt. Mit den kleinen Teilen wollte sie ihren Lampenschirm dekorieren.

»Das würde ich niemals tun!« Rita drehte sich zu Lili. »Komm her, bevor ich dafür sorge, dass du deine Anstellung verlierst.«

Lili hoffte inständig, dass Rita nicht die Macht dazu besaß, sie rauszuwerfen. Vor allem dann nicht, wenn sie sich nichts zuschulden kommen ließ. Sie holte Besen und Schaufel und kroch damit unter den Tisch, um alle bunten Glassplitter einzusammeln. Einige waren zerbrochen. Natürlich schnitt sie sich schon beim ersten Glasteil, das sie anfasste, in den Zeigefinger. Sie steckte ihren Finger in den Mund, schmeckte Blut und unterdrückte einen Fluch.

Leopoldine kniete sich zu ihr. »Es hat Stunden gedauert, die Splitter auszusuchen.«

»Wir werden alle wiederfinden«, versicherte Lili. »Passen Sie auf, dass Sie sich nicht schneiden. Sie sind scharf.«

»Ich habe genug für heute«, sagte Rita. »Lili, räum meinen Arbeitsplatz auf.«

»Es ist nicht Lilis Aufgabe, deinen Dreck wegzuräumen.« Helene klang jetzt sehr verärgert. »Sie soll den Boden sauber halten, aber sie ist nicht deine private Bedienerin.«

Rita nahm die Schürze ab und warf sie nachlässig auf den

Tisch. »Ach so? Glaubst du das? Ich werde mit Koloman reden. Ganz bestimmt sieht er das anders. Wenn eine Zugehfrau vom Geld meines Vaters eingestellt wird, habe ich sehr wohl Mitspracherecht, was sie hier sauber schrubbt.« Sie machte einen Schritt auf Helene zu und senkte die Stimme. »Und wenn ich sage, dass sie meinen Arbeitsplatz aufräumt, dann ist das auch so. Hast du mich verstanden?« Sie öffnete ihren Zopf, schüttelte die dunklen Locken und steckte sie dann zu einem kunstvollen Knoten hoch. Lachend schnappte sie ihren Hut vom Kleiderständer. Es war ein hübscher kleiner Stoffhut, der mit bunten Kreuzstichen und Glasperlen bestickt war. Ihre Handtasche, ein dunkler Beutel, passte perfekt dazu. »Ihr entschuldigt mich, ich werde im Café Sperl erwartet. Im Gegensatz zu anderen Frauen hier habe ich ein Privatleben, in dem es auch Männer gibt.« Sie funkelte Helene hinterhältig an. Augenblicklich färbten sich deren Wangen dunkelrot.

Lili vermutete, dass es da irgendeinen Zusammenhang gab. Traf Rita vielleicht den Mann, in den Helene verliebt war? Zuzutrauen wäre es der Schlange.

Rita drängte sich an Helene vorbei, fasste im Vorbeigehen nach Helenes Model und beförderte ihn mit einem gezielten Wurf in einen Eimer mit Gips. Fassungslos stürzte Helene zum Kübel. »Du hast gerade meinen Model ruiniert.«

»Wirklich? Das glaub ich nicht«, sagte Rita mit gespielter Überraschung. »Du hast doch gesagt, ich soll Ordnung halten. Ich dachte, das Teil gehört in den Eimer.« Dann verließ sie die Werkstatt. Dabei schwang sie aufreizend ihren kleinen Beutel.

»So ein Miststück«, schimpfte Lili, stand auf und ging zum Eimer. Sie holte Helenes Model aus der Gipsmasse und lief damit zum Waschbecken. Es gab kaltes Fließwasser in der Werkstätte. Ein Luxus, den sich Lili zu Hause wünschen würde. Sie säuberte den Model mit einer weichen Bürste. Ihre Finger waren schon nach ein paar Minuten krebsrot und eiskalt. Aber der Holzmodel wurde sauber. Zufrieden trug sie ihn zu Helene. »Fast wie neu«, sagte sie.

»Danke, Lili. Heute kann ich ihn nicht mehr verwenden. Das Holz muss auftrocknen.«

»Stimmt, und morgen könnten Sie statt der beiden Grautöne Türkis und ein kräftiges Marineblau verwenden.«

Augenblicklich erstarrte Helenes Gesicht. Lili bereute ihre Worte. Hatte sie sich zu weit aus dem Fenster gelehnt? Sie hatte ja gar nicht viel gesagt, nur zwei neue Farbtöne vorgeschlagen.

»Das würde das Muster fröhlicher aussehen lassen«, sagte sie verzagt. Wie konnte sie wieder zurückrudern?

Leopoldine trat zum Tisch mit dem bedruckten Stoff. »Lili hat recht«, sagte die Keramikerin.

Helenes Gesichtsausdruck entspannte sich. Sie lachte. »Na dann. Ich werde es morgen ausprobieren. Koloman hat auch gemeint, dass ihm mein Muster zu düster ist. Aber ich wollte nichts davon hören. Wenn ihr beide der Meinung seid, probiere ich Türkis und vielleicht auch Blau. Mal sehen.«

Lili atmete erleichtert durch. Sie hatte die Eitelkeit der Künstlerin unterschätzt. Die meisten künstlerisch tätigen Menschen wurden gern bewundert, schätzten es aber nicht, wenn sie kritisiert wurden. Lili biss sich auf die Zunge, und so würde sie es auch in Zukunft halten.

»Wir sollten uns übrigens duzen, findest du nicht?« Helene streckte ihr die Hand entgegen. Überrascht ergriff Lili sie. »Und falls du jetzt glaubst, ich will keine Ratschläge mehr von dir«, sie zwinkerte Lili zu, »dann hast du dich gehörig geirrt.«

Lilis Verwirrung wurde noch größer.

»Es dauert immer ein bisserl, bis ich Verbesserungsvorschläge annehmen kann«, erklärte Helene. »Man legt so viel Herzblut in einen Entwurf, da braucht es ein wenig Zeit, bis man akzeptieren kann, dass wer anders es besser machen kann.

Du hast mit den Farben völlig recht. Keine Ahnung, wie du das machst, aber du scheinst ein Auge fürs Schöne zu haben.«

Lilis Herz ging über vor Freude. Am liebsten hätte sie Helene stürmisch umarmt. Sie beließ es dabei, die Hand zu schütteln. Noch nie hatte sie sich so wertgeschätzt gefühlt. Doch, ihr Vater hatte sie immer bestärkt in ihrem Gespür für Farben.

9

Neustiftgasse, Wiener Werkstätte

Am späten Nachmittag schickte eine der Frauen Lili in die Leopoldstadt, wo sie bei einem Farbhändler eine Bestellung abholen sollte. Weil der Händler die gewünschte Ware nicht fertig hatte, musste sie in seinem Geschäft warten, was sie aber nicht weiter schlimm fand, da der Mann sie mit Tee und Topfengolatschen versorgte. Erstaunlich, was alles möglich war, wenn man für die richtigen Menschen arbeitete.

Als Lili wieder zurück in die Neustiftgasse kam, war die Werkstätte leer. Lili hatte einen Schlüssel bekommen, weil sie oft die Letzte war, die das Gebäude verließ. Sie entzündete die Gasbeleuchtung und machte sich daran, die Farben zu verstauen und einen Putzkübel mit Wasser zu füllen. Der Boden gehörte noch ordentlich geschrubbt, damit morgen alles sauber war.

Nach einer Stunde Arbeit war sie fertig und müde. Dann machte sie eine Runde durch die Werkstatt. Neugierig musterte sie die Kunstwerke, die heute geschaffen worden waren. Zwei bezaubernde Stoffdrucke, ein hübscher Lampenschirm. Der Entwurf für ein Geschirrset und ein Besteck. Alles war wunderschön und einzigartig. Bloß mit den Keramikfiguren hatte sie nach wie vor ihre Probleme. Sie betrachtete einen Kopf mit riesigen Augen und einem viel zu kleinen Mund. Selbst wenn sie das Geld dafür hätte, niemals würde sie so einen Gegenstand in ihrem Zimmer aufstellen. Er jagte ihr Angst ein.

Lili löschte das Licht, doch sie wollte noch einmal in die Küche. Vielleicht war noch ein Fleischlaberl da. Bestimmt hatte niemand etwas dagegen, wenn sie eines für ihren Vater mitnahm, morgen würde es neue Köstlichkeiten geben. Lili räumte den Putzeimer weg, hängte den nassen Fetzen zum Trocknen auf eine der Wäscheleinen, die im hinteren Teil der Halle gespannt waren, und ging in die Küche.

In dem Moment hörte sie die Tür aufgehen. Reflexartig versteckte sie sich hinter einem Tisch. Lili schalt sich eine Närrin. Sie hatte vergessen abzusperren. Jeder konnte die Werkstätte betreten. Am Ratzengrund war es völlig egal, ob man die Tür hinter sich schloss. In den schäbigen Löchern gab es nichts zu holen. Diebe scheuten sich davor, sie zu betreten. Vorsichtig spähte sie unter der Tischplatte hervor, um einem etwaigen Einbrecher einen Schritt voraus zu sein. Hastig schaute sie sich nach einer Waffe um. Womit konnte sie einem kräftigen Mann auf den Schädel schlagen? Mit einer der Holzlatten, mit denen Helene die Farbe anrührte, vielleicht?

»Hallo, ist hier jemand?«

Zu Lilis großer Überraschung war es Ritas Stimme, die ebenso verängstigt klang, wie sie sich fühlte. Die Anspannung fiel von Lili ab. Augenblicklich ging es ihr besser. Gleichzeitig wuchs das Misstrauen. Was machte die Frau um diese Uhrzeit noch hier? Rita wirkte auf sie nicht wie jemand, der freiwillig mehr arbeitete, als es notwendig war. Wollte sie etwa noch weitere Kunstwerke ihrer Kolleginnen zerstören?

Lili rappelte sich auf und strich ihre Schürze glatt. »Ich bin noch da!«, rief sie.

»Ah, du!« Auch Rita wirkte erleichtert. Ihr Tonfall wechselte wieder in den überheblich nasalen, der Lili vertraut und verhasst war. »Scher dich nach Hause!«, schimpfte Rita abfällig.

»Ich geh, wenn ich mit meiner Arbeit fertig bin«, entgegnete Lili. Sie ließ sich von Rita gewiss nicht einschüchtern.

»Und wenn du jeden Tisch mit einem winzigen Drahtbürstel geputzt hättest. Es interessiert mich nicht. Pack deine Siebensachen und hau ab. Ich muss noch was arbeiten.«

»Charmant wie immer«, sagte Lili. »War wohl nichts im Sperl.« Boshaft konnte sie auch sein.

»Halt deinen Mund«, entfuhr es Rita.

Lili grinste zufrieden, sie hatte wohl den Nagel auf den Kopf getroffen.

»Wenn du nicht in einer Minute verschwunden bist, dann sorge ich dafür, dass du dir morgen einen neuen Arbeitsplatz suchen musst.«

Lili biss sich auf die Zunge. Ihre nächste Bemerkung schluckte sie lieber hinunter. Sie hatte sich bereits zu weit aus dem Fenster gelehnt. Vielleicht machte Rita Ernst. Die Frau war unberechenbar und gefährlich.

»Ich geh ja schon«, brummte sie missmutig. Es war ärgerlich, dass die Frau ausgerechnet dann kommen musste, wenn sie ein Abendessen für ihren Vater hatte einpacken wollen. Franz Feigl würde sich heute wieder einmal mit seinem billigen Fusel begnügen müssen. »Woran wollen Sie jetzt noch weiterarbeiten?«, fragte Lili.

»Das geht dich einen feuchten Dreck an. Du verstehst ohnehin nichts davon.« Rita schlüpfte aus ihrem dünnen Mantel und hängte ihn an den Haken an der Wand. »Jetzt redet mir niemand drein.« Sie starrte Lili feindselig an. »Ich will allein arbeiten, hast du mich gehört?«

»Ich bin ja schon weg.« Lili fasste nach ihrem löchrigen Umhang und legte ihn um ihre Schultern. Widerwillig ging sie zur Tür. »Haben Sie einen Schlüssel zum Absperren?«

»Ja, natürlich. Mein Vater finanziert die Werkstätte. Ohne ihn könnte Koloman zusperren.«

Lili fragte sich, ob Ritas Vater wirklich so viel Geld zuschoss oder ob sie schamlos übertrieb, wie mit allem, was sie sagte oder tat. Ohne sich zu verabschieden, verließ sie die Werkhalle. Leise zog sie die Tür hinter sich zu.

Die abendliche Luft war lau. Es waren nur noch vereinzelt Passanten auf der Straße. Auf der gegenüberliegenden

Straßenseite packte eine Lavendelverkäuferin ihre Säckchen zusammen. Lili kannte die Frau vom Sehen und winkte ihr freundlich zu. Aus einem der Fenster drang ein verlockender Geruch. Jemand buk Palatschinken. Lilis Magen knurrte schon wieder. Dabei hatte sie heute wahrlich genug gegessen.

Sie fürchtete, dass Rita ihren Arbeitsplatz nicht sauber hinterlassen würde. Bestimmt war morgen alles verwüstet. Vielleicht war es besser, sie kam als eine der Ersten, zeitig in der Früh, damit die Unordnung nicht auf sie zurückfallen würde. Lili wollte sich nichts zuschulden kommen lassen und sich im allerbesten Licht präsentieren. Es war verdammt schwer, einer »ordentlichen Arbeit« nachzugehen. Aber zum ersten Mal im Leben hatte sie das Gefühl, dass es sich lohnen könnte. Noch nie hatte Lili sich so willkommen und richtig am Platz gefühlt.

Ihre bisherigen Anstellungen waren im Desaster geendet. Als Dienstmädchen und Küchenhilfe hatte sie sich gerade noch rechtzeitig gegen unsittliche Übergriffe ihrer Dienstherren wehren können. In der Werkstätte war sie vor Belästigungen dieser Art sicher. Rita Weiß würde ihr die kleine Flamme eines vorsichtig aufflackernden Glücks nicht gleich wieder zerstören. Dazu war die hochnäsige Frau nicht stark genug.

10

Magdalenengrund, Ratzengrund

Als der erste Sonnenstrahl durch das winzige Fenster fiel, drehte sich Lili müde um. Hinter dem Vorhang schnarchte ihr Vater. Er war kurz vor dem Morgengrauen nach Hause gekommen, Lili hatte ihn in die Wohnung stolpern hören. Bestimmt würde er vor Mittag nicht aus seinem Bett kriechen. Schlaftrunken stand Lili auf und schob den Vorhang zu ihrem »Zimmer« zur Seite. Der Gestank von billigem Fusel schlug ihr entgegen. Vielleicht würde Franz Feigl auch erst am späten Nachmittag erwachen. So konnte er wenigstens nichts anstellen.

Lili trat ans Fenster und öffnete den wackeligen Holzladen, der seine Aufgabe längst nicht mehr erfüllte. Ein kühler Wind streifte ihre Wangen. Noch waren die Temperaturen angenehm. Es versprach erneut ein sonniger, wolkenloser Sommertag zu werden. Gut gelaunt kämmte Lili ihr Haar mit dem alten Hornkamm, der nur noch drei Zacken aufwies. Sie flocht ihr blondes Haar zu einem ordentlichen Zopf, den sie säuberlich zu einem Knoten hochsteckte.

War noch Wasser in der Waschschüssel? Na bitte, in der abgeschlagenen Emailleschüssel befand sich noch ein kleines Lackerl. Lili tauchte ihre Fingerspitzen in die kalte Flüssigkeit und säuberte sich im Eiltempo die Wangen und die Augen. Damit war die Morgentoilette erledigt. Sie schnappte ihren Umhang und sauste los. Immer zwei Stufen auf einmal nehmend, sprang sie ins Erdgeschoss und machte sich auf den Weg in die Neustiftgasse. Seit sie in der Wiener Werkstätte arbeitete, war jeder Morgen ein guter, an dem sie sich auf den Tag freute, der vor ihr lag.

Trotz der frühen Morgenstunde waren bereits zahlreiche Menschen unterwegs. Es waren die Handwerker, Lieferanten, Milchmänner und Botenjungen, die nun schon auf den Beinen waren. Marktfrauen zogen ihre voll beladenen Handkarren Richtung Naschmarkt. Zeitungsjungen trugen die Neuigkeiten aus aller Welt aus, brachten sie in die Kaffeehäuser, wo Kellner die Blätter in hübsche Holzrahmen spannten, oder in wohlhabende Haushalte. Dienstmädchen machten sich auf zum Fischmarkt und zum Bäcker.

Und Lili war mitten unter ihnen. Eine Frau, die einer ehrlichen Arbeit nachging. Am liebsten hätte sie es laut hinausposaunt: He, schaut alle her, heute werde ich keinen Apfel stehlen, und das hübsche Papier, das um die Süßigkeiten gewickelt wird, darf ich nicht nur anschauen, sondern auch anfassen, wenn es druckfrisch zum Trocknen aufgehängt wird!

Beim Einbiegen in die Neustiftgasse begegnete sie wieder der Lavendelfrau. Sie klappte einen winzigen Holzhocker auf, stellte ihren Korb vor sich auf den Boden und machte es sich bequem. Aus einer Stofftasche holte sie eine Semmel und einen Zipfel Wurst, die sie genüsslich verspeiste, bevor sie ihre Ware den Kunden anbot. Lili winkte ihr zu. Die Frau grüßte zurück. Dann lief Lili weiter.

Als sie die Neustiftgasse Nummer 32 erreicht hatte, holte sie den Schlüssel aus ihrer Schürze. Gut gelaunt steckte sie ihn ins Schlüsselloch und wollte umdrehen, aber die Tür war unverschlossen. Rita hatte wohl vergessen, abzusperren. Vielleicht hatte sie doch keinen Schlüssel. Na, hoffentlich hatte die Unachtsamkeit keinen Dieb angelockt. Vorsichtig machte sie einen Schritt in die Werkstatt. Alles sah noch so aus, wie sie es gestern verlassen hatte.

»Hallo? Ist da jemand?« Vielleicht war eine der Frauen besonders eifrig und wollte vor den anderen mit der Arbeit beginnen. Aber es war mucksmäuschenstill. Lili hängte ihren Umhang auf den Kleiderständer und wagte sich weiter.

Grundsätzlich war sie keine ängstliche Person, doch das Leben auf der Straße hatte sie gelehrt, wachsam zu sein und ihren gesunden Menschenverstand einzusetzen. »Vorsicht ist die Mutter der Porzellankiste« war einer ihrer Lieblingssprüche. Leise schlich sie in die Halle und sah sich um.

Hatte Rita ihren Arbeitsplatz selbst gesäubert? Das wäre die Überraschung des Tages. Lili ging auf den Tisch zu. Natürlich hatte sie ihn nicht sauber hinterlassen. Dicke rote Farbspritzer waren auf der Arbeitsfläche verteilt. Ein Teil davon war bereits eingetrocknet, aber ein paar waren noch feucht. Lili würde mit der Bürste schrubben müssen. Sie machte einen Schritt zur Bassena hin. Dabei trat sie in eine große Lacke flüssiger Farbe. Um ihre Röcke nicht schmutzig zu machen, hob sie sie hoch. Die Farbe war dickflüssig und klebrig. Was hatte Rita bloß verwendet? Lili stieg angeekelt aus der Pfütze. Sie wollte die Sauerei nicht noch schlimmer machen.

Da entdeckte sie einen Kopf. Schlagartig wurde ihr bewusst, dass sie nicht in Farbe stand, sondern in Blut. Lili schrie auf. Ihre eigene Stimme durchschnitt die Luft. Der Kopf war zertrümmert, die Hirnmasse quoll heraus. Das Haar war rot eingefärbt. Der dazugehörende Körper in unnatürlicher Haltung verdreht. Vor ihr lag Rita, und sie war mit Sicherheit tot. Neben der Leiche lag ein Druckmodel. Lili kannte ihn, sie hatte ihn erst gestern sorgfältig gereinigt. Sie schnappte nach Luft und unterdrückte einen weiteren Schrei. Beide Hände presste sie fest gegen ihren Mund. Sie musste sich setzen, um nicht in Ohnmacht zu fallen.

Lili war bestimmt nicht zartbesaitet, aber dieser Anblick brachte ihr Herz zum Rasen. Mit angstgeweiteten Augen starrte sie auf die Leiche, unfähig, sich auch nur einen Zentimeter von der Stelle zu bewegen. Und so verharrte sie, bis Helene die Werkstatt betrat und den ohrenbetäubenden Schrei ausstieß, der Lili immer noch in der Kehle saß.

II

Elisabethpromenade, Polizeipräsidium

Gleich drei gefälschte Pässe lagen vor Max auf dem Schreibtisch. Sie sahen täuschend echt aus. Ein wahrer Meister seines Fachs war hier am Werk gewesen. Es war dem akribisch genauen Blick des Grenzbeamten zu verdanken, dass die Fälschungen aufgeflogen waren.

Leider wussten die Besitzer nicht, wer ihnen die Dokumente verkauft hatte. Der Mittelsmann hatte unter falschem Namen agiert, und vom Fälscher fehlte jede Spur. Nur eine Personenbeschreibung des Mittelsmanns hatte Max in der Hand. Reichlich wenig.

Er würde Carel durch die verruchten Teile der Stadt schicken müssen, in der Hoffnung, dass er einen kleinen hinkenden Mann mit Hakennase und Glatze ausfindig machte. Die Aussichten auf Erfolg waren mäßig. Die Suche glich der einer Stecknadel im Heuhaufen.

Die Tür zu Max' kleinem Büro wurde aufgerissen. Es gab nur einen, der das ohne Anklopfen wagte: Oberkommissar Peter Sobotka. Und tatsächlich stand sein Vorgesetzter vor ihm. Seine ungesunde Gesichtsfarbe ließ darauf schließen, dass er aufgeregt war.

»Sie müssen auf der Stelle in mein Büro kommen!«, forderte der Oberkommissar. Wie immer war er darauf bedacht, Max ohne Namen anzusprechen. Es missfiel ihm, das kleine Wörtchen »von« in den Mund zu nehmen. Seine spärlichen Haare hatte er fein säuberlich über seine Glatze gelegt, in der Hoffnung, die haarlosen Stellen so zu verstecken. Jetzt hingen ihm ein paar davon schulterlang aufs dunkle Sakko. »Es hat einen Mordfall gegeben.«

»Wo?«, fragte Max unberührt. Es gab jede Woche mehrere Tote, die durch Gewalteinwirkung ums Leben kamen. Der Oberkommissar war bisher bei keinem so aus dem Häuschen gewesen, dass er persönlich in sein winziges Büro gekommen war und um Max' Hilfe gebeten hatte.

»In der Wiener Werkstätte.«

Max schob die gefälschten Dokumente zur Seite und stand auf. Der seltsam süßliche Geruch eines Rasierwassers stach ihm in die Nase. Er mischte sich mit dem von Schweiß. Beides stammte von Sobotkas übergewichtigem Körper. Er verzog die Nase und musste niesen.

»Wer ist getötet worden?«, wollte Max wissen.

»Eine Frau Namens Henriette Weiß.«

»Ist sie die Tochter des Papierherstellers Weiß?«

»Ja!«

Jetzt verstand Max die Aufregung. Der Industrielle gehörte zum kleinen bescheidenen Kreis des wohlhabenden Großbürgertums. Der Mord an einer Tochter aus gutem Hause war mit einem handfesten Skandal verbunden. Bestimmt lauerte bereits die Presse vor der Werkstätte. Es war jedes Mal erstaunlich, dass die Reporter schneller über blutige Verbrechen informiert wurden als die Kriminalpolizei. Ein besonders lästiges Exemplar war Herbert Rossberg. In den letzten Jahren hatte er sich zu einer regelrechten Plage entwickelt. Der hartnäckige Bursche ließ keine Sensation aus und machte sich einen Spaß daraus, die Polizei in einem fragwürdigen Licht erscheinen zu lassen. Manchmal vermutete Max, dass Rossberg eine offene Rechnung mit der Polizei hatte.

Max ergriff seinen Hut und setzte ihn auf. »Dann wollen wir keine Zeit verlieren«, sagte er. »Nehmen wir einen Fiaker?«

»Warum ›wir‹?« Der Oberkommissar sah Max indigniert an.

»Sagten Sie nicht, dass wir uns gemeinsam um den Fall kümmern werden?«

»Ich bin für den Fall zuständig«, sagte Sobotka. »Deshalb will ich, dass Sie sorgfältig und rasch arbeiten. Aber Sie denken doch nicht, dass ich den Tatort besuchen werde.« Er lächelte mitleidig. »Ich habe einen Termin im Café Griensteidl. Es gibt Wichtiges zu besprechen.«

Oberkommissar Peter Sobotka hatte sich immer noch nicht daran gewöhnt, dass das altehrwürdige Kaffeehaus jetzt Café Reil hieß. Es befand sich im Untergeschoss des neu errichteten Palais Herberstein an der Ecke Schauflergasse und Herrengasse. Nach Renovierungsarbeiten war das Kaffeehaus vor acht Jahren wiedereröffnet worden. Es hatte die Besitzerin gewechselt, den Namen vorerst aber beibehalten. Sehr zum Ärger von Susanna Griensteidl. Erst bei einer weiteren Übernahme erhielt es seinen neuen Namen, den Männer wie Sobotka geflissentlich ignorierten. Das ehemalige Literatenkaffeehaus, in dem Arthur Schnitzler, Stefan Zweig und Hugo von Hofmannsthal verkehrt hatten, war jetzt ein luxuriös ausgestattetes Lokal, in dem man kaum noch Schriftsteller antraf, dafür aber Max' Vorgesetzten. Es war ein offenes Geheimnis, dass Peter Sobotka mehr Zeit bei Kaffee und Gugelhupf verbrachte als in seinem Büro in der Elisabethpromenade. Andererseits, solange der Oberkommissar im Café war, konnte er Max und Carel nicht in die Quere kommen.

»Ich will rasch Ergebnisse ins Kaffeehaus geliefert bekommen. Gehen Sie im Laufschritt. Für einen Fiaker reichen unsere finanziellen Mittel nicht«, sagte Sobotka. »Denken Sie immer daran, dass unser guter Ruf von den Ermittlungen abhängt.«

Max wusste, dass Sobotka ausschließlich um seinen eigenen Ruf besorgt war. Wäre er nicht sein Vorgesetzter, hätte Max in ihm bloß eine traurige Lachnummer gesehen. So war er dazu genötigt, seine Befehle auszuführen. Nun ja, nicht alle. Max ging deutlich langsamer, als der Oberkommissar sich das gewünscht hätte. Damit verärgerte er Sobotka mehr, als jede freche Antwort es vermocht hätte.

12

Neustiftgasse, Wiener Werkstätte

Obwohl Fanny Harlfinger-Zakucka sowohl Lili als auch Helene eine dicke Decke um die Schultern legte, zitterten die beiden. Fürsorglich lief Fanny in die Küche, um den Frauen Tee aufzubrühen, den Leopoldine ihnen in Bechern servierte.

»Das ist der Schock«, meinte Dr. Böhm, der Polizeiarzt. Er hatte in der Nähe zu tun gehabt, weshalb er noch vor den Kriminalbeamten am Tatort war.

Auch die Presse war schneller als die Polizei gewesen. Ein junger Mann mit verknittertem Anzug, nachlässig rasiertem Kinn und neugierigen Augen löcherte Lili mit Fragen, die sie nicht beantworten konnte, da sie immer wieder auf die Leiche am Boden starren musste. In einer Hand hielt er einen Notizblock, in der anderen einen Stift.

»Wann haben Sie die Leiche gefunden? Was haben Sie als Erstes gesehen? Können Sie sich den Mord an Ihrer Kollegin erklären?« Jetzt kniete er sich zu Lili und blinzelte sie treuherzig mit seinen blitzblauen Augen an. Eine blonde Locke rutschte ihm in die Stirn.

Sie schüttelte bloß den Kopf und schwieg.

»Lassen Sie die Damen in Ruhe«, forderte der Arzt.

Er war ein älterer Mann mit grauem Haar und einem Backenbart, wie der Kaiser ihn trug. Auf seiner Nase saß eine kleine Metallbrille. Er sah genauso aus, wie Lili sich einen Mediziner vorstellte. Einfühlsam und vertrauenswürdig. Sie war in ihrem ganzen Leben noch nie von einem behandelt worden. Selbst als sie als kleines Mädchen eine Woche lang mit hohem Fieber, Halsschmerzen und dunkelrotem Ausschlag im Bett gelegen war, hatte ihr Vater das Geld für die

Behandlung nicht aufbringen können. Das Fieber und der Ausschlag waren zum Glück von selbst wieder vergangen.

»Die Allgemeinheit will wissen, was in unserer Stadt passiert. Sind die Wiener und Wienerinnen noch sicher? Oder schleicht eine mordende Bestie durch die Straßen und lauert hübschen jungen Frauen auf? Wurde Fräulein Weiß …?« Der Reporter räusperte sich.

»Was?«, fragte der Arzt.

»Na, Sie wissen schon …« Der Mann von der Presse warf einen Blick in die Richtung der beiden zitternden jungen Frauen.

»Sie meinen, ob ihr zuvor sexuelle Gewalt angetan wurde?«

Fanny und Helene zuckten zusammen. Lili konnten die Worte im Moment nichts anhaben. Sie nahm sie kaum wahr.

»Ja, das war meine Frage.« Er hielt den Stift erwartungsvoll über seinen Block.

»Das kann ich zu diesem Zeitpunkt nicht sagen. Schließlich habe ich den Körper noch nicht vollständig untersucht.«

»Schade«, flüsterte der Reporter leise. »Verraten Sie mir, wann die Tat verübt wurde? Oder ist das auch schon zu viel?«

»Das kann ich Ihnen gern sagen. Da die Leichenstarre noch nicht vollständig eingesetzt hat, aber schon beachtlich vorangeschritten ist, schätze ich, dass die Tat vor vier bis sechs Stunden begangen worden ist.«

»Das würde Mitternacht bedeuten«, sagte der Reporter. »Wie wundervoll schaurig.« Er machte sich freudig eine Notiz.

Ohne Vorwarnung betrat ein groß gewachsener Mann mit breiten Schultern, rabenschwarzem Haar und dunklen Augen gemeinsam mit einem Mann, der deutlich kleiner war und völlig unscheinbar aussah, den Raum. »Verschwinden Sie, Rossberg!«

Lili erkannte die Stimme sofort. Sie wusste nicht, ob sie sich darüber freuen oder sich fürchten sollte. Kommissar Max von

Krause stand breitbeinig neben ihr. Er hatte seine Hände in die Hüften gestemmt und funkelte den Reporter böse an. Sein kleiner Kollege hielt sich im Hintergrund. Er hatte schütteres Haar einer undefinierbaren Farbe und trug einen Anzug, der schon bessere Zeiten gesehen hatte. Auch seine Schuhe wirkten ausgetreten und alt. Es würde Lili nicht wundern, wenn er einer ihrer Nachbarn am Ratzengrund wäre.

»Ich arbeite für die Presse. Das Volk hat ein Recht auf die Wahrheit«, verteidigte sich Rossberg.

»Wie Sie sich doch irren können«, spöttelte von Krause. »Die Männer des Kaisers kontrollieren nach wie vor jeden noch so winzigen Artikel, der in diesem Reich gedruckt wird. Und wenn einer von ihnen erfährt, dass Sie die kaiserlich-königlichen Geheimagenten bei ihrer Arbeit behindern, sind Sie Ihren Arbeitsplatz so schnell los, wie ich ›Buh‹ sagen kann.«

»Sie werden Ihren Namen in der Morgenausgabe wiederfinden«, drohte der Reporter. »Die Wiener werden sich köstlich darüber amüsieren, dass ein Adeliger im Polizeidienst steht. Was für ein dramatischer gesellschaftlicher Absturz.«

»Darüber reden wir in ein paar Jahren weiter«, meinte von Krause. »Ich bevorzuge es, die Karriereleiter aus eigener Kraft emporzuklettern. Und ich muss zugeben, dass ich überrascht bin. Ich dachte, dass Sie Ihren Beruf mögen.«

»Wie bitte?«

»Wenn Sie es wagen, meinen Namen zu erwähnen, mache ich meine Drohung ernst.«

Rossbergs Gesicht lief dunkelrot an. »Sie fühlen sich wohl unglaublich mächtig.«

Der Reporter klappte seinen Bock zusammen und steckte ihn mit gespielter Nachlässigkeit in sein Sakko. Den Stift klemmte er sich hinters Ohr. Zu Lilis großer Überraschung blieb er dort. Sie hatte keine Ahnung, wie der Mann das machte.

»Sie werden Ihr aufgeblasenes Gehabe noch bereuen.«

Deutlich charmanter drehte er sich zu Helene, erfasste ihre Hand, hauchte einen Kuss auf den Handrücken, dann nahm er die von Lili. Sie errötete auf der Stelle. Noch nie hatte ein Mann ihr einen Handkuss gegeben. Noch dazu einer, der so attraktiv und verwegen war wie Herr Rossberg. So hatte der Kommissar ihn genannt. Sie würde sich den Namen gut merken.

Er lächelte sie schief an, und Lili wurde so heiß, dass sie die Decke nicht mehr benötigte. Helene schien es ähnlich zu ergehen. Sie streifte den dicken Stoff von den Schultern und ließ ihn achtlos auf den Boden gleiten.

»Man sieht sich«, sagte Herr Rossberg. Er tippte sich an die Schläfe, setzte seinen Hut auf und ging. Den Kommissar bedachte er bloß mit einem finsteren Blick, der von diesem ebenso grimmig erwidert wurde.

Als er gegangen war, erinnerte Lili sich wieder an die schreckliche Tragödie, in der sie eine nicht unwesentliche Rolle spielte.

»Sieh einer an«, sagte von Krause. »So schnell trifft man sich wieder. Wer hätte das gedacht? Hatten wir nicht vereinbart, dass wir einander nie wieder begegnen?«

»Du hattest schon mal Kontakt mit der Polizei?« Helenes Kopf schnellte nach oben, und Lili funkelte den Kommissar böse an.

Was dachte der Mann sich? Dass sie ihren neuen Dienstgebern auf die Nase band, wie sie bisher ihren Lebensunterhalt bestritten hatte?

»Es war purer Zufall, dass ich mit der Polizei zu tun hatte«, log sie und bedachte den Kommissar mit einem giftigen Blick. Würde er sie verraten, würde sie ihm nicht eine einzige Information liefern. Er schien die Botschaft zu verstehen. Er schwieg zu ihrer Vergangenheit – noch.

»Ich arbeite hier«, verteidigte Lili sich trotzig. »Ich putze die Werkstatt, reinige Pinsel und Tische und auch die Druckmodel, wenn es passt. Das ist eine ehrliche und ordentliche Arbeit.« Sie betonte die letzten Worte. Seine Mundwinkel zuckten. Schmunzelte er?

»Das freut mich zu hören«, sagte er. »Und wie kommt es, dass hier eine Leiche liegt?«

Lili hob die Schultern. Sie hatte sich weitgehend beruhigt. »Keine Ahnung. Ich dachte, das fällt in Ihr Aufgabengebiet.«

»Wer hat die Leiche gefunden?«

Lili hob den Zeigefinger. Der Kommissar holte einen Notizblock aus seinem Sakko. Es sah genauso aus wie das von Herrn Rossberg.

»Wann war das?«

»Kurz nach sechs. Ich wollte ganz früh kommen, damit ich alles noch sauber machen kann. Eigentlich war gestern Abend die Halle bereits blitzblank. Aber dann ist Rita hier aufgetaucht und hat mich weggeschickt. Sie räumt nie allein auf und hinterlässt jedes Mal eine riesige Sauerei. Sie bräuchte eine eigene Putzfrau nur für sich allein.«

»Rita ist das ermordete Fräulein, Henriette Weiß?«

Lili nickte.

»Verstehe ich Sie richtig, dass Sie die Letzte waren, die das Mordopfer lebend gesehen hat, und die Erste, die es tot aufgefunden hat?«

Lili presste die Lippen zusammen. Sie ahnte, dass das nicht gut klang. Lief sie gerade Gefahr, als Mörderin zu gelten? »Sieht wohl so aus«, sagte sie zerknirscht. Die Worte des Arztes fielen ihr wieder ein, und ein Hoffnungsschimmer tat sich auf. »Aber ich kann sie nicht umgebracht haben«, rief sie rasch.

»Ach ja?« Der Kommissar hob die Augenbrauen.

»Der Herr Doktor hat gesagt, dass die Frau vor vier bis sechs Stunden gestorben ist.«

»Wem hat er das gesagt?« Max von Krause drehte sich zum Arzt.

»Dem Reporter.« Dr. Böhm räumte seelenruhig seine Ledertasche ein. »Der Mann hat mich gelöchert. Ohne Information wäre er nicht gegangen.«

»Er hätte sich damit zufriedengeben müssen.« Von Krause zischte seine Worte zwischen zusammengepressten Zähnen hervor. »Ich habe Ihnen schon so oft erklärt, dass Sie der Presse keine Informationen weitergeben dürfen. *Ich* entscheide, was der Schmierfritz erfährt und was nicht.«

Dr. Böhm beeindruckte der Ärger des Kommissars nicht. Er schien sich keiner Schuld bewusst. Lili war sich sicher, er würde bei nächster Gelegenheit genauso handeln.

»Ich habe ihm bloß die vermutete Todesuhrzeit genannt, und die wird er ohnehin erfahren.«

»Artikel über den Mord können die Aufklärung behindern«, fuhr Max von Krause belehrend fort.

»Oder dienlich sein«, entgegnete der Arzt. »Ich bin seit über zwanzig Jahren Konsultationsarzt für die Polizei. Die Zeit der großen Zensur ist vorbei. Sie sollten der Bevölkerung keine Informationen vorenthalten.«

»Hier geht es nicht um Pressefreiheit, die ich voll und ganz befürworte«, entgegnete von Krause. »Es geht um Polizeiarbeit. Wir suchen einen Mörder oder eine Mörderin.« Er sah Lili finster an.

»Auf diese Diskussion lasse ich mich nicht ein«, sagte Dr. Böhm. »Ich werde mich jetzt um die Leiche kümmern.« Er kniete sich auf den Boden, zog die Decke weg, die man über den entstellten Leichnam gelegt hatte, und beugte sich darüber. »Wollen Sie auch einen Blick auf die Tote werfen, bevor wir die Frau mit einem grünen Heinrich in den Narrenturm bringen lassen? Es gibt einiges, was ich Ihnen gern gleich zeigen möchte.«

Lili kannte den Narrenturm nur von außen. Sie war einige Male an dem runden Gebäude am Gelände des Allgemeinen Krankenhauses vorbeigelaufen. Niemand wünschte sich, den Turm, der auch Gugelhupf genannt wurde, von innen kennenzulernen. Der Sohn von Maria Theresia hatte ihn für geisteskranke Patienten errichten lassen. Heute fanden Leichenbeschauungen dort statt. Hingebracht wurden die Toten mit einem grünen Heinrich, einer fensterlosen, zweiachsigen Holzkutsche, die der Polizei zum Transport der Verbrecher oder Leichen diente.

»Einen Moment«, bat von Krause und wandte sich an Lili.

Die drehte ihren Kopf weg, um die Tote nicht noch einmal anschauen zu müssen. Das Bild würde sie auch so in ihren Träumen verfolgen.

»Noch einmal zu Ihnen, Fräulein Feigl.«

Er hatte sich ihren Namen gemerkt. War das ein gutes oder ein schlechtes Zeichen? Sie rechnete fieberhaft im Kopf nach. »Ich bin gestern um neun gegangen und heute um fünf wiedergekommen. Die Frau ist gegen Mitternacht gestorben. Ich kann also nicht die Mörderin sein. Falls Sie das denken.«

»Zu diesem Zeitpunkt der Ermittlungen denke ich noch gar nichts.« Der Kommissar machte sich Notizen auf seinem Block. »Gibt es Zeugen, die bestätigen können, dass Sie die Wahrheit sagen?«

Lili steckte den Daumennagel in den Mund und fing an, daran zu knabbern. Das hatte sie seit Jahren nicht mehr gemacht. Die Lavendelfrau fiel ihr ein. »Ja!«, rief sie, nahm den Daumen wieder aus dem Mund. Ihre Stimme klang lauter, als sie wollte. Der Kommissar sah sie abwartend an.

»Die Lavendelfrau am Ende der Neustiftgasse. Sie hat mich gestern Abend gesehen und heute Morgen wieder. Ich habe ihr zugewunken.« Lili hoffte inständig, dass die Frau sich an sie erinnern konnte und nicht kurzsichtig war. Wieder machte der Kommissar sich Notizen.

»Carel, kannst du das überprüfen?« Er drehte sich um.

Der kleine, stille Mann schien nur darauf gewartet zu haben, einen Befehl zu erhalten. Ohne zu antworten, nickte er und lief eifrig los. Lili hätte ihn gern begleitet. Was, wenn er die Frau verängstigte, ihr die falschen Fragen stellte oder sich mit einem schnellen »Nein« zufriedengab?

»Kann ich mitkommen?«, fragte sie.

»Wozu? Wollen Sie die Zeugin etwa beeinflussen?«

»Nein, natürlich nicht«, entgegnete Lili. »Ich will bloß sichergehen, dass Ihr Kollege die richtige Lavendelfrau fragt.«

»Keine Sorge, das wird er. So viele Lavendelverkäuferinnen werden nicht in der Neustiftgasse unterwegs sein.«

Lili gab sich geschlagen. Der Mann würde sich nicht überzeugen lassen. Sie musste darauf hoffen, dass die Lavendelverkäuferin sich an sie erinnerte.

»Wann sind Sie in die Werkstätte gekommen, und wie heißen Sie?« Von Krause wandte sich jetzt an Helene.

»Ich bin Helene Gabler. Ich arbeite seit einem Jahr in der Werkstätte und beschäftige mich mit Stoff- und Papierdruck.« Ihre Stimme war ungewöhnlich leise. Sie fing wieder an zu zittern.

Lili hob die Decke auf und legte sie erneut über die Schultern der Künstlerin.

»Ich glaube, es war kurz nach fünf, als ich gekommen bin. Ich bin immer die Erste in der Werkstätte. Ich mag die frühen Stunden. Da ist alles noch ruhig, und ich kann mich voll und ganz auf meine Arbeit konzentrieren.«

»Das kann ich bestätigen.« Nun mischte sich Leopoldine ein. Sie schenkte die leeren Teebecher erneut aus einer Kanne voll. »Helene ist immer vor uns allen da. Rita ist stets die Letzte gewesen. Sie ist nie vor zehn gekommen.«

»Bitte eine nach der anderen«, forderte der Kommissar. »Wer sind Sie?«

»Leopoldine Hammerl, ich bin Keramikkünstlerin.«

Ungeduldig mischte der Arzt sich ein. »Was ist denn jetzt, von Krause? Kommen Sie, oder wollen Sie die Leiche erst im Narrenturm sehen? Ich habe nicht den ganzen Tag für Sie

Zeit. Meine Patienten warten auf mich. Es war purer Zufall, dass ich ausgerechnet im Nebenhaus war, als die junge Frau schreiend auf die Straße gelaufen kam.« Er deutete mit dem Kinn auf Helene.

Von Krause entschuldigte sich bei Leopoldine. Er ging zum Arzt und zur toten Rita, die nun ohne schützende Decke am Boden lag. Auch Helene drehte sich weg. Das Bild des eingeschlagenen Schädels war angsteinflößend. Leopoldine suchte ebenfalls einen Ort am anderen Ende der Halle auf.

Nur Hedwig Rix trat neugierig näher. Wie immer hatte sie eine Zigarette in der Hand. Sie trug einen knöchellangen Rock, der sich bei genauer Betrachtung als weit geschnittene Hose entpuppte. Ihr Haar war auf Kinnlänge gestutzt, was man nicht erkannte, weil es hochgesteckt war. Hedi war mit Abstand die modernste und revolutionärste Künstlerin in der Werkstätte. Lili hatte ihre Zeichnungen gesehen. Es waren auch menschliche Körper darunter, die überraschend gut waren. Mit Sicherheit hatte sie eine Menge Naturstudien gemacht. Hedi schien großes Interesse am Hässlichen in dieser Welt zu haben. Sie suchte darin eine neue Ästhetik. Ihre Entwürfe hatten etwas Abstoßendes und gleichzeitig Faszinierendes. Leider würde sie ihre Entwürfe niemals unter ihrem Namen verkaufen dürfen, da es Frauen verboten war, nackte menschliche Körper zu malen. Ihr Drang, das Grausame festzuhalten, war wohl der Grund, warum sie jetzt den aufgesprungenen Kopf der Toten genau betrachtete.

»Was war die Tatwaffe?«, wollte von Krause wissen.

»Ich nehme an, dass mit dem Holzstück zugeschlagen wurde.« Der Arzt reichte dem Kommissar Helenes Holzmodel.

»Oh nein!«, schrie von Krause entsetzt. »Haben Sie die Tatwaffe etwa zuvor schon angegriffen?«

»Ja, natürlich. Ich musste das Stück zur Seite legen.« Der Arzt schien an der Zurechnungsfähigkeit des Polizisten zu zweifeln. »Was hätte ich sonst damit tun sollen?«

Max von Krause drehte sich nach allen Seiten. »Hat sonst noch jemand das Holzstück in der Hand gehabt?«

»Der Reporter«, sagte Dr. Böhm.

Hedi hob die Hand, und auch Helene meldete sich.

Der Kommissar raufte sich das dunkle Haar. »Das darf nicht wahr sein. Ist Ihnen allen klar, dass Sie wichtige Beweismittel zerstört haben?«

»Bitte kommen Sie nicht wieder mit diesen albernen Fingerabdrücken«, entgegnete der Arzt. »Das ist doch bloßer Humbug.«

»Es sind die neuesten wissenschaftlichen Errungenschaften der Kriminalistik«, widersprach Max von Krause. »In Zukunft wird dieses neue Verfahren eine wichtige Rolle bei der Aufklärung von Mord und Totschlag spielen. Das ist gewiss.« Er machte eine Pause. »Vorausgesetzt, man arbeitet nicht gegen uns Geheimagenten.«

»Moderner Firlefanz«, schimpfte der Arzt. »Schalten Sie Ihr Gehirn ein, dazu ist es schließlich da.« Er legte den Holzmodel auf den Tisch, wischte sich die Hände an einem Tuch ab.

»Brauchte es viel Kraft, um den Schlag auszuführen?«, fragte von Krause.

»Ich denke, nein. Der Model ist schwer, und wenn er mit genügend Wucht auf den Schädel niedersaust, kann auch eine Frau den Mord verübt haben.«

Lili fing an zu zittern. Sie hoffte inständig, dass die Lavendelfrau sie gleich entlasten würde.

»Gibt es sonst noch etwas, das Sie mir über den Tathergang sagen können?«, erkundigte sich der Kommissar.

»Im Moment noch nicht. Ich werde die Leiche später genau untersuchen. Jetzt bin ich in Eile.« Der Arzt wandte sich zum Gehen. »Ich empfehle mich.« Er langte nach seinem Hut, den er auf den Kleiderständer gelegt hatte, setzte den Zylinder auf und machte sich auf den Weg. »Wir sehen uns später im

Narrenturm. Es wird jedoch etwas dauern, bis ich mich um die junge Frau kümmern kann.« Er warf einen letzten Blick auf die Tote. »Das arme Ding läuft mir schließlich nicht mehr weg.«

Lili war sich nicht sicher, ob das als Scherz gemeint war. Kurz darauf war der Arzt verschwunden.

Max von Krause trat näher an die Leiche, fasste nach ihren Händen, untersuchte die Finger und deckte den Leichnam dann wieder zu. »Wollte Fräulein Weiß noch arbeiten?« Er richtete seine Frage an Lili.

»Das hat sie zumindest behauptet. Aber ich konnte heute Morgen keine Verwüstung erkennen.«

»Verwüstung?«

»Rita hat ihren Arbeitsplatz nie sauber gemacht. Das hat sie stets anderen überlassen«, antwortete an Lilis Stelle Leopoldine, die, nachdem die Leiche zugedeckt war, wieder näher gekommen war. Der Mord hatte allen zugesetzt, auch ihr. Leopoldines rundes Gesicht war blass. Darüber konnten auch die rosa Flecken aus Rouge auf ihren Wangen nicht hinwegtäuschen. Ihr rotblondes Haar war heute achtlos hochgesteckt.

»Sie scheint sich mit Entwürfen beschäftigt zu haben. Es gibt keine Farb- oder Tonspuren an ihren Fingern. Waren die Papierbögen gestern Abend schon am Tisch?« Wieder schaute von Krause Lili fragend an.

Die Papiere waren ihr nicht aufgefallen. Sie lagen ausgerollt auf einem der Arbeitsplätze. »Ich kann mich nicht erinnern«, sagte sie ehrlich.

Leopoldine trat zum Tisch. »Das sind meine Entwürfe!«, rief sie empört. »Das Biest …!« Sie biss sich auf die Unterlippe. Im letzten Moment schien ihr bewusst zu werden, dass sie über eine Tote sprach. Etwas leiser, aber immer noch aufgeregt fuhr sie fort: »Rita hat sich meine Entwürfe geschnappt. Bestimmt wollte sie sie kopieren. Das wäre nicht das erste Mal gewesen. Sie stahl anderen die Ideen, verkaufte sie als ihre eigenen und heimste die Lorbeeren ein.« Leopoldine beugte sich über den ausgerollten Papierbogen. »Alles voller Blutspritzer«, jammerte sie. »Ich muss den Entwurf noch einmal machen. Die ganze Arbeit umsonst.« Sie strich mit beiden Händen über den Bogen.

»Nicht!«, rief der Kommissar verzweifelt. Aber es war zu spät. Leopoldine hatte bereits ihre Finger liebevoll über den ganzen Bogen gleiten lassen. »Das darf nicht wahr sein«, schimpfte Max von Krause. »Haben Sie mir zuvor nicht zugehört? Sie sollen alle nichts anfassen.«

»Aber es sind meine Ideen …« Zerknirscht machte Leopoldine einen Schritt zurück. »Ich habe es vergessen. Es tut mir leid.« Sie senkte den Kopf. »Ich habe zwei Wochen an diesem Entwurf gearbeitet, und jetzt ist er völlig zerstört.« Tränen traten in ihre Augen.

»Schon gut«, meinte von Krause versöhnlich.

Vielleicht war er doch nicht so streng, wie er sich gab, dachte Lili.

»Wie viele Eingänge gibt es, und wer besitzt Schlüssel dazu?«

»Jede von uns hat einen Schlüssel«, erklärte Helene. »Es gibt den Eingang über die Neustiftgasse und eine Tür zum Hinterhof. Der Schlüssel dort steckt immer innen. Wer zuletzt geht, sperrt die Tür ab.«

Kommissar von Krause sah Lili an. »Dann haben Sie das gestern gemacht?«

»Nein«, sagte Lili betroffen. Sie hatte das völlig vergessen, da Rita sie so schnell weggeschickt hatte. »Ich dachte, Rita würde es tun.« Ihre Kehle schnürte sich zu. Hatte sie Ritas Mörder die Gelegenheit zum Einbruch geboten? Aber würde ein Einbrecher nicht wertvolle Gegenstände mitnehmen? Es fehlte nichts. Soweit man das so rasch beurteilen konnte.

In dem Moment öffnete sich erneut die Tür zur Werkstätte. Der kleine Polizist kehrte zurück. Er hatte die Lavendelfrau dabei und trug sowohl ihren Korb als auch ihren klappbaren Hocker. Die Frau, an deren Namen Lili sich leider nicht erinnern konnte, schritt vor ihm her wie eine Prinzessin. Dabei hatte sie gewiss nichts Königliches an sich. Die beiden gaben ein sonderbares Paar ab.

Die Lavendelverkäuferin, eine stämmige Frau mit einem runden Gesicht und geröteten Wangen, hatte ein geblümtes Kopftuch auf, das unter ihrem Kinn zusammengeknotet war. Ihr Kleid und ihre Schürze waren zerschlissen, aber überraschend sauber für eine Frau, die den ganzen Tag auf der Straße verbrachte.

Mit gezielten Schritten kam sie auf Lili zu. »Das ist das Mädel, das ich gestern und heut in der Früh gesehen hab«, sagte sie. »Sie ist die Tochter vom Franz Feigl. Das ist auch ein Künstler.« Sie schaute sich um. »Arbeitet halt nicht in einer so vornehmen Umgebung wie die Herrschaften hier.«

Lili wäre am liebsten aufgesprungen und hätte sich dankbar an den ausladenden Busen der Frau gedrückt. Jetzt fiel ihr der Name auch wieder ein. Vor ihr stand Mizzi Jungwirth.

Mizzi musterte Lili. »Ich hoff, ich hab dich nicht in Schwierigkeiten gebracht, Madl. Aber wenn die Polizei mich fragt, dann muss ich ehrlich sein. Kann es mir nicht leisten, dass ich Probleme mit denen krieg. Ich hab zu Hause sechs hungrige Mäuler zu stopfen.«

»Alles ist gut«, sagte Lili glücklich. »Sie haben die Wahrheit gesagt und mir damit einen großen Gefallen getan.«

Die Lavendelverkäuferin wirkte erleichtert. »Da bin ich froh«, sagte sie. »Ich hätt den Franz nicht gern unglücklich gesehen. Ist ein feiner Mensch, auch wenn er zu viel …!« Statt den Satz zu Ende zu sprechen, führte sie Daumen und Zeigefinger an den Mund und machte eine Geste, so als würde sie gerade einen heben.

Es freute Lili, dass andere ihren Vater als »feinen Menschen« bezeichneten, auch wenn alle im Viertel ahnten, womit er sein Geld verdiente. Sie hoffte inständig, dass die gesprächige Mizzi nicht noch mehr über ihn preisgab.

Aber die war an ganz anderem interessiert. Neugierig schielte sie zu der zugedeckten Leiche am Fußboden und der riesigen Blutlacke. Das Bild war eindeutig. Hier hatte ein brutales Verbrechen stattgefunden. »Bei meiner Seel!« Mizzi sog lautstark die Luft ein und fuhr sich mit der Hand an den offen stehenden Mund. »Is da a Toter drunter?« Sie musterte die Schuhe der toten Rita. Es waren feine Schnürstiefel aus weichem Leder. »Oder gar a tote Frau?«

»Ich muss Sie bitten, über das, was Sie eben gesehen haben, Stillschweigen zu bewahren«, mahnte Max von Krause streng.

Lili empfand Mitleid mit dem Mann. War er wirklich so naiv und glaubte, dass Mizzi sich an seine Anweisung halten würde? Spätestens zu Mittag wussten alle vom Naschmarkt bis zum Westbahnhof über die Tragödie in der Wiener Werkstätte Bescheid.

Mizzi hob feierlich beide Hände zum Schwur. »Selbstverständlich!«, sagte sie ernst. »Ich bin a anständiger Mensch und keine Tratschen.«

Max von Krause runzelte die Stirn. Er schien zu ahnen, was passieren würde. »Bitte kommen Sie am Nachmittag in mein Büro auf der Elisabethpromenade zum Unterschreiben Ihrer Aussage.«

»Wie stellen Sie sich das vor, Herr Kommissar? Ich kann nicht weg von meinem Verkaufsplatz. Ich muss meine Lavendelsackerl loswerden. Zu Hause warten meine Kinder auf a ordentliches Essen.«

»Leider müssen Sie diese kurze Pause einlegen. Es geht nicht anders.«

»Pah!« Mit einem Mal schlug Mizzis Stimmung um. Sie hatte ganz und gar keine Lust mehr, der Polizei behilflich zu sein. »Des hat ma davon, wenn ma a ehrlicher Mensch ist. Das nächste Mal, sag ich, ich hab nix g'hört und nix g'sehen. Nie wieder helf ich Ihna.«

Lili war unendlich dankbar, dass die Frau es diesmal noch anders gehalten hatte.

»Was is, wenn ich nicht komm?«, fragte Mizzi.

»Dann erhalten Sie eine Verwaltungsstrafe, und wir lassen Sie mit dem grünen Heinrich abholen. Ich nehme an, dass das nicht dienlich fürs Geschäft wäre.«

»Nie wieder bin ich ehrlich!«, wiederholte Mizzi verärgert.

»Können wir Ihnen etwas Gutes tun?« Fanny Harlfinger-Zakucka, die sich die ganze Zeit im Hintergrund gehalten hatte, medete sich zu Wort.

Lili mochte Fanny, die die Tochter des Bezirksrichters Karl Zakucka war. Von ihr stammte der Entwurf eines wunderschönen Schachspiels, das auf ausdrücklichen Wunsch des Kunden ein zweites Mal produziert wurde.

»Wir haben Kaffee in der Küche und einen frischen Gugelhupf. Bestimmt sind Sie nach der Aufregung hungrig. Sie können gern die Hälfte davon für Ihre Kinder mitnehmen.«

»Gugelhupf?« Mizzis Gesicht hellte sich auf.

»Kommen Sie, ich führe Sie in die Küche«, sagte Fanny versöhnlich.

Mizzi drehte sich zu dem kleinen Polizisten, der Hocker und Korb abgestellt hatte. »Und der da«, sie zeigte auf ihn, »der trägt hinterher meine Sachen wieder zu meinem Verkaufsplatz.«

»Meinetwegen«, seufzte Max von Krause.

Offenbar konnte er seinen Kollegen nach Belieben Arbeiten verrichten lassen. Von Krause warf dem Mann einen entschuldigenden Blick zu, den dieser mit einem ergebenen Schulterzucken quittierte.

»Danke, Carel.«

Wenigstens war er seinem Untergebenen gegenüber höflich, dachte Lili. Eine riesengroße Last war von ihren Schultern gefallen. Sie war keine Mordverdächtige mehr. Aber kaum war die Angst weg, wuchs die Neugier. Wer hatte Rita Weiß umgebracht? Und warum? Lili zögerte. Gründe für Ritas Tod gab es wohl genug. Die Frau hatte gewiss mehr Feinde als Lili Finger an beiden Händen. Aber wurde man deshalb zur Mörderin oder zum Mörder? Wieder wanderte ihr Daumennagel zu ihrem Mund. Sie hatte als Kind Rätsel geliebt, daran hatte sich bis heute nichts geändert.

13

Herrengasse, Café Reil

Statt am Abend direkt nach Hause in die Alser Straße zu gehen, stattete Max noch dem Café Reil, dem ehemaligen Café Griensteidl, einen Besuch ab. Hier bekam man nicht nur die neuesten Morgen- und Abendausgaben aller großen österreichischen Tageszeitungen, sondern auch internationale Blätter. Sie hingen für die Gäste in den Zeitungsständern bereit. So konnte man sich bei Kaffee und Kuchen über die politische Situation im ehemals habsburgischen Venedig ebenso informieren wie über die Neuigkeiten am Balkan, in Budapest oder in Prag.

Oberkommissar Peter Sobotka las ausschließlich Wiener Blätter. Die aber von der ersten bis zur letzten Seite. Max fand Sobotka in einer Fensternische mit Blick auf die Herrengasse. Vor ihm standen eine kalt gewordene Melange, ein Glas Wasser und ein leerer Kuchenteller, auf dem noch ein paar goldbraune Brösel lagen, die darauf schließen ließen, dass sich vor Kurzem ein Apfelstrudel darauf befunden hatte.

Als Max näher trat, legte Sobotka die Zeitung auf den Tisch. »Da! Lesen Sie«, sagte er finster, ohne seinen Mitarbeiter zu begrüßen. »Wie kann es sein, dass die Presse von dem Mordfall weiß, bevor wir die Öffentlichkeit informiert haben?«

»Der Reporter hatte Glück. Er war zum richtigen Zeitpunkt am richtigen Ort.«

Max war es ebenfalls ein Rätsel, wie Herbert Rossberg es geschafft hatte, noch vor ihm am Tatort zu sein. Dr. Böhm hatte einen Patienten im Nebenhaus besucht, aber Rossberg? Dass er ausgerechnet zeitig in der Früh durch die Neustiftgasse lief? Das war ungewöhnlich. Wer hatte ihn informiert? Gab es jemanden im Präsidium, der sensationelle Nachrichten rasch an Rossberg weiterleitete? Eine undichte Stelle im eigenen Haus? Besser, er verschwieg diese Theorie vorerst. Sobotka würde alle Kollegen verrückt machen und eine Stimmung des Misstrauens und des Vernaderns erzeugen. Der ungeklärte Mordfall an einer jungen Frau aus dem reichen Großbürgertum, ein mysteriöser Diebstahl und gefälschte Dokumente reichten im Moment an Problemen.

»Haben Sie den Mörder schon gefunden?«

Max setzte sich ungefragt. Er würde bestimmt nicht warten, bis Sobotka ihn dazu aufforderte. Leider war die Frage kein Scherz, auch wenn er gern lauthals losgelacht hätte. »Nein.«

»Was haben Sie den ganzen langen Tag über gemacht? Etwa Däumchen gedreht? Sie werden vom Kaiser nicht fürs Nichtstun bezahlt.«

»So wie andere Kollegen?«

»Wen meinen Sie?«

Max antwortete nicht. Eigentlich sollte sein Vorgesetzter auch so begreifen, was er ihm mit der Frage sagen wollte.

»Überspannen Sie den Bogen nicht!« Sobotkas Gesicht lief dunkelrot an. »Ich drücke ohnehin ständig alle Augen zu, was Sie und Ihre Impertinenz betrifft.«

Für gewöhnlich folgte nun eine Rede, in der Sobotka ihm erklärte, dass er ihn nachsichtig behandele, was ein Unsinn war. Genau das Gegenteil war der Fall. Heute verzichtete Sobotka darauf. Offenbar gab es Wichtigeres. Der Mordfall bereitete ihm Sorgen. Aber nicht genug, um selbst bei den Ermittlungen mitzuhelfen, worüber Max einerseits froh war und sich andererseits ärgerte. Noch hatte Max die Hoffnung nicht aufgegeben, dass eines Tages ein anderer Mann Sobotkas Posten einnehmen würde. Max war gern Kriminalbeamter. Mitzuhelfen, dass die Stadt, in der er aufgewachsen war und die er liebte, ein Stück lebenswerter wurde, empfand er als sinnvolle und befriedigende Tätigkeit. Zumindest solange sein Vorgesetzter ihm nicht dreinpfuschte.

»Ich habe den Tatort in Augenschein genommen und mit den Frauen gesprochen, die dort arbeiten. Koloman Moser und Josef Hoffmann sind im Moment in Budapest. Sie kommen erst am Ende der Woche wieder.«

»Bis dahin muss der Fall gelöst sein. Haben Sie der Familie schon einen Besuch abgestattet?«

»Ich dachte, dass Sie das übernehmen, schließlich sind Sie –« Weiter kam Max nicht.

»Das mache ich ganz gewiss nicht«, erklärte Sobotka aufgebracht. »Ich trete Herrn Weiß erst unter die Augen, wenn wir den Mörder dingfest gemacht haben.«

»Warum überrascht mich das jetzt nicht?« Max murmelte leise, damit Sobotka so tun konnte, als hätte er die böse Bemerkung nicht gehört.

»Was weiß man über den Tathergang?«, fragte er.

»Dr. Böhm hat den Zeitpunkt des Todes sehr genau bestimmen können. Fräulein Weiß wurde rund um Mitternacht getötet. Man hat sie mit einem Druckmodel aus Holz erschlagen. Wahrscheinlich von hinten, während sie die Entwürfe einer ihrer Kolleginnen studiert hat. Es gibt zwei Eingänge in die Werkstätte, den über die Neustiftgasse und einen über den Hinterhof, der ist untertags offen, abends ist er verschlossen. Die Putzfrau hat gesagt, dass sie die Hintertür nicht absperren konnte, weil Fräulein Weiß sie weggeschickt hat. Sie hatte angenommen, dass Fräulein Weiß das übernehmen würde.«

»Und hat sie es getan?«

»Leider nein. Die Tür war zwar zu, aber unversperrt.«

»Dann ist die Antwort ganz einfach. Ein Einbrecher hat sich in die Halle geschlichen und das arme Fräulein von hinten erschlagen.«

»Ein Einbrecher hätte wertvolle Gegenstände mitgenommen«, entgegnete Max. »Kunstgegenstände aller Art liegen dort einfach offen herum. Es wäre ein Leichtes gewesen, mit fetter Beute zu gehen. Aber es fehlt nichts.«

»Gar nichts?«

Max schüttelte den Kopf.

»Dann hat er es während seiner Tat offenbar mit der Angst zu tun bekommen und ist geflüchtet. Seine eigene Schlechtigkeit hat ihn erschreckt. Er ist Hals über Kopf weggelaufen.«

»Und hat die Tür ordentlich hinter sich geschlossen? Die Frauen haben mir gesagt, dass die Klinke klemmt, weshalb die Tür die meiste Zeit über offen steht. Man muss sich ordentlich anstrengen, um sie zu schließen.« Max machte eine Pause. »Leider sind die Spuren auf der Tatwaffe zerstört worden. Gleich mehrere Personen hatten den Model in den Händen.«

»Welche Spuren?«

»Fingerabdrücke.« Max hatte seinem Vorgesetzten schon öfter davon berichtet. In anderen großen Städten wurde die Methode bereits erfolgreich eingesetzt. In London und Berlin wurden Mörder damit überführt. Max hatte große Pläne. Er wollte die Wiener Kriminalpolizei zu Weltruhm führen. Nach dem großen Brand im Ringstraßentheater hatte man zum ersten Mal Zahnärzte zur Identifizierung von Toten eingesetzt. Die Nachricht war um die Welt gegangen, und alle waren von der innovativen Idee begeistert gewesen. So etwas sollte wieder möglich sein. Sobotka boykottierte jede Neuerung. Wenn es nach ihm ginge, würde die Polizei immer noch ohne Telegrafie arbeiten.

»Reden Sie schon wieder von diesen unsinnigen neumodischen Methoden?« Der Oberkommissar nahm einen Schluck von seinem kalten Kaffee und verzog das Gesicht. Angewidert stellte er die Tasse wieder zurück. »Vergessen Sie den Unfug. Ich will davon nichts hören. Solange ich hier das Sagen habe, ermitteln wir ohne Hokuspokus.«

»Was Sie als Hokuspokus abtun, ist die Zukunft. Wenn wir uns dagegen wehren, werden wir uns lächerlich machen.«

»Suchen Sie den Mörder und verschwenden Sie meine kostbare Zeit nicht mit diesen Hirngespinsten.«

Es war unglaublich, wie verbohrt dieser Mann war. Für den Moment ließ es Max bleiben. Aber er würde nicht müde werden, weiter auf moderne Untersuchungsmethoden zu pochen. Notfalls an höherer Stelle. Auch der Polizeipräsident hatte einen Vorgesetzten. Der Minister für innere Angelegenheiten und der Kaiser mussten Interesse daran haben, dass die Mordfälle im Reich aufgeklärt wurden. Es war lächerlich, dass Max weder Fingerabdrücke nehmen noch mit einer Fotografie arbeiten durfte. Ein Foto war verlässlicher als die notdürftigen Aufzeichnungen eines Polizisten. Die Haltung einer Leiche konnte Aufschluss darüber geben, wie sie ermordet worden war. Aber es war zwecklos, mit Sobotka darüber zu reden. Möglicherweise half es auch nicht, den Kaiser einzuschalten. Er war ein Herrscher, dessen Reich im Vergleich zu anderen Industrienationen seit Jahren ins Hintertreffen geriet. Laut sagen durfte man das alles nicht. Kritik am Kaiserhaus und seinen höchsten Beamten war unerwünscht. Auch innerhalb der eigenen Familie. Jeder wusste, was der eigentliche Grund für den Selbstmord des Thronfolgers gewesen war. Der junge Kronprinz hatte visionäre Ideen für die Zukunft der Monarchie gehabt. Politisch wie wirtschaftlich. Alle Vorschläge waren von seinem Vater und dem Beraterstab drakonisch abgeschmettert worden. Mit einem jungen, modernen Kaiser an der Spitze des Reichs würde sich der Vielvölkerstaat in eine zukunftsorientierte Richtung bewegen und nicht ständig rückwärtslaufen. Max stoppte seine Gedanken. Sie führten zu nichts. Vorerst bekam er weder Fotografien noch Fingerabdrücke.

Sobotka holte eine goldene Taschenuhr aus seinem Sakko, klappte sie auf und warf einen Blick darauf. »Ich werde jetzt aufbrechen. Wenn ich nicht pünktlich zum Essen zu Hause bin, bekomme ich Probleme.« Er legte ein paar Münzen auf den Tisch und stand auf. Die Zeitung, die auf einen filigranen Zeitungshalter gespannt war, hängte er zurück auf den Ständer.

Dann nahm er Zylinder und Gehstock, als ihm noch etwas einfiel. »Haben Sie das Schmuckstück der Gräfin von Falkenstein schon gefunden?«

»Wann hätte ich das tun sollen?«

Sobotka schüttelte den Kopf. »Ihre Arbeitsmoral lässt zu wünschen übrig. So werden Sie nie befördert werden. Ich werde dem Polizeipräsidenten Bericht erstatten müssen.«

»Beim Abendessen?«

Sobotka schnaufte bloß, tippte mit dem goldenen Knauf auf seinen Zylinder und verließ durch die Drehtür das Café.

Max starrte ihm wütend nach. Dann erinnerte er sich daran, dass Sobotka am Weg zu seiner Frau war. Es gab nichts, was der Oberkommissar mehr fürchtete als Frau Sobotka. Es hieß, dass sie zu Hause das Zepter fest in der Hand hielt und ihren Mann nach Lust und Laune herumkommandierte. Max hatte die kleine, zierliche Frau erst einmal erlebt. Es war eine Genugtuung gewesen, zu beobachten, wie sie ihrem Mann in wenigen Minuten fünf Aufträge erteilt, ihn wegen mehrerer Verfehlungen kritisiert und ihn gleichzeitig behandelt hatte wie ein kleines, einfältiges Kind. Max hoffte inständig, noch einmal Zuschauer einer solchen Szene werden zu dürfen.

14

Neustiftgasse, Wiener Werkstätte

»Ich kann das schreckliche Bild einfach nicht aus dem Kopf bekommen.« Helene hockte niedergeschlagen vor ihrem Entwurf. Statt dekorativer Blätter, Meereswellen und luftiger Löwenzahnsamen in zarten Pastelltönen zerflossen dunkelrote Farbtropfen mit spitzen schwarzen Dreiecken, die an scharfe Messerklingen erinnerten.

Lili beobachtete sie mit verschränkten Armen und gerunzelter Stirn. Auch aus der Entfernung konnte sie erkennen, dass das Motiv nicht den Vorgaben entsprach. »Also mit Fröhlichkeit hat das nix zu tun. Ich würd das meinem Kind nicht ins Zimmer hängen«, sagte sie ehrlich. Abgesehen davon, dass sie niemals in der Lage sein würde, einem Kind ein eigenes Zimmer einzurichten. »Was ist, wenn du das kräftige Rot mit einem dunkleren Ton abmischst, die Dreiecke nicht wie Messerspitzen aussehen lässt und mit verspielten Girlanden aus geometrischen Formen verbindest?« Sie trat näher, ergriff einen der Pinsel aus dem Becher am Tisch und hielt ihn hoch. »Darf ich?«

Noch bevor Helene antworten konnte, langte sie in die Farbpalette, mischte einen dunklen Rotton an und führte damit einige gezielte Striche auf dem Papier aus. Schon nach wenigen Handgriffen entstand ein pfiffiges Muster, das sich hervorragend für Polstermöbel in einem modernen Wohnzimmer eignen würde.

Lili machte einen Schritt rückwärts und betrachtete ihr Werk. Sie war zufrieden. »Immer noch nichts für ein Kinderzimmer«, gab sie zu. »Aber trotzdem schön. Oder?«

»Das ist großartig«, sagte Helene. »Du bist ein Naturtalent. Und du hast bestimmt keine Schule besucht, in der du Malen gelernt hast? Oder etwa doch? Verschweigst du uns etwas? Niemand kann einen Pinsel führen, wenn es ihm nie beigebracht wurde.«

»Ich habe vier Jahre Volksschule am Magdalenengrund hinter mir. Das war's.«

»Wie kann das sein?«

»Mein Vater war meine Schule.«

»Wo hat er studiert?«

»Er hat nie studiert«, sagte Lili. »Er war Tischler und Restaurateur alter Möbel und Bilder.«

»›War‹?«

Lili zuckte mit den Schultern. »Er ist zu zartbesaitet für diese Welt.«

Helene sah sie fragend an. Lili wich aus, indem sie den Pinsel sauber wusch. Niemals würde sie die Wahrheit erzählen. Mit der Spitze nach oben stellte sie das Malutensil zurück ins Glas.

Doch Helene blieb hartnäckig. »Was soll das heißen? ›Er ist zu zartbesaitet‹? Damit kann ich nichts anfangen.«

»Er hat den Tod meiner Mutter nie verkraftet.«

Das war nicht ganz gelogen. Angeblich hatte Franz Feigl seine Frau tatsächlich betrauert. Lili hatte es nicht mitbekommen. Sie war zu klein gewesen. Ihre Mutter war im Kindbett verstorben. Es gab Leute im Haus am Magdalenengrund, die meinten, Franz Feigl habe auch vorher schon gesoffen. Gefälscht hatte er mit Sicherheit, lange bevor Lili zur Welt gekommen war.

Lili fasste nach dem Putzkübel und wollte damit zur Bassena, frisches Wasser holen. Es war so einfach. Sie musste bloß den Wasserhahn aufdrehen.

Helene folgte ihr. »Heißt das, er malt nicht mehr?«

»Nein, genau das Gegenteil ist der Fall«, sagte Lili patzig. »Er arbeitet nicht mehr, dafür malt er. Davon können wir nicht leben, weshalb er jeden Tag grantiger wird. Reicht das jetzt an Informationen? Oder soll ich mein ganzes trauriges Dasein am Ratzengrund ausbreiten?« Sie hob energisch den Kübel auf.

»Danke für die Hilfe«, sagte Helene. Etwas leiser fügte sie hinzu: »Und danke für deine Ehrlichkeit. Ich weiß das sehr zu schätzen.«

Lili schluckte beschämt. Niemals durfte die ganze Wahrheit ans Tageslicht kommen. Es war eine Notwendigkeit, mit der Lili lebte, seit sie sich zurückerinnern konnte. Sie durfte immer nur Halbwahrheiten über ihren Vater preisgeben. Selten hatte es sie so belastet wie gerade eben.

»Wenn das Muster wieder zu düster wird, ruf ich dich um Hilfe. Meine Gedanken kreisen immer wieder um Rita. Es ist so grauenvoll, was passiert ist. Ich kann es immer noch nicht glauben, dass an diesem wundervollen Ort der Kreativität eine von uns brutal erschlagen wurde. Noch dazu mit meinem Model.« Helene schloss für einen Moment die Augen. »Ich werde ihn nie wieder verwenden. Sollte die Polizei ihn mir zurückgeben, werfe ich ihn in den Abfall, oder ich verbrenne ihn.«

»Das kann ich verstehen«, sagte Lili. »Aber es ist ausgesprochen schade, denn das Muster ist besonders schön.«

»Es hat die Leichtigkeit, die die Kunden mögen. Jetzt kann ich nur noch düstere Ornamente malen.«

»Du wirst wieder fröhliche Muster entwerfen«, sagte Lili überzeugt.

»Hoffentlich.« Helene legte ihren Pinsel ebenfalls aus der Hand. »Ich frage mich die ganze Zeit, wer Rita das angetan hat. Ob es jemand war, den wir kennen?« Sie senkte ihre Stimme.

»Du meinst, jemand aus der Werkstätte?«

Helenes blasse Wangen erröteten. »Niemand von uns wäre zu so einer Tat imstande.«

»Aber es gab genug Menschen, die Rita für ein eingebildetes Gfrastsackl hielten«, gab Lili zu bedenken.

»Ich weiß«, flüsterte Helene. »Denkst du, dass das reicht, jemanden zu erschlagen? Ich kann es nicht glauben. Keine von uns ist eine Mörderin.« Sie schüttelte den Kopf. »Und wer von uns kommt so spät noch in die Werkstätte?«

»Beziehungsweise wer wusste, dass Rita um diese Zeit noch da war?«, ergänzte Lili.

Augenblicklich bereute sie ihre Frage. Sie war die Einzige, die gewusst hatte, dass Rita noch in der Werkstätte gewesen war. Ihre Zunge war wieder einmal schneller als ihr Verstand gewesen.

Helene erfasste ihre Hand. »Mach dir keine Sorgen, du konntest nicht ahnen, dass sie so lange bleiben würde. Rita war alles andere als fleißig. Niemand verdächtigt dich, auch der Polizist mit den dunklen Augen nicht. Wäre er mir unter anderen Umständen begegnet, hätte ich ihn durchaus interessant finden können.«

Lili lachte. Sie war also nicht die Einzige, die Max von Krause attraktiv fand. »Ich kenn eine Menge Frauen, die ein Gspusi mit ihm nicht ausschlagen würden.«

»Lili, so was sagt man nicht.«

Lili zuckte mit den Schultern. »Es ist die Wahrheit. Er ist ein fescher Mann.« Sie fragte sich, was daran verwerflich war.

Nun kam Leopoldine die Stufen von der Galerie herunter und gesellte sich zu ihnen. »Was tuschelt ihr denn?«, fragte sie neugierig. »Geht es um Rita?«

»Ja und nein«, gab Helene zu.

»Ich frage mich auch schon die ganze Zeit, wer sie umgebracht hat«, sagte Leopoldine. »Eine Frau wird dazu wohl kaum imstande gewesen sein. Oder etwa doch?«

»Warum nicht?«, fragte Lili.

»Na, wegen der Kraft, die man für so einen Schlag benötigt. Ich könnte das nicht«, meinte Leopoldine.

Helene wiegte den Kopf. »Du glaubst wirklich, dass es

dazu mehr Kraft bedurfte, als einen schweren Tonziegel vom Lager in die Werkstatt zu tragen?«

Sie spielte damit auf alle Keramikerinnen an, die ihr Material meist allein schleppten. Leopoldine gehörte zu ihnen.

»Ganz bestimmt«, war Leopoldine überzeugt.

»Hat Rita Personen erwähnt, mit denen sie sich außerhalb der Werkstätte getroffen hat?«, fragte Lili. »Gestern hat sie vom Café Sperl und einer Männerbekanntschaft gesprochen«, erinnerte sie sich.

»Sie hatte ständig irgendwelche Verehrer«, meinte Leopoldine düster. »Leutnante und Offiziere. Männer aus der Armee. Aber auch Rechtsanwälte und Unternehmer. Angeblich lagen ihr alle zu Füßen. Wenn ihr mich fragt, glaub ich das nicht.«

»Sie mochte Männer aus der Armee?« Helene grinste. »So wie du?«

Nun wurden Leopoldines Wangen so dunkelrot, dass sie dem Farbton auf Helenes Muster Konkurrenz machten. Die Farbe stand ihr, sie verlieh ihr eine Lebendigkeit, die ihr seit Ritas Tod ein wenig abhandengekommen war. Sie antwortete nicht.

»Triffst du dich noch mit dem Leutnant?« Helene wurde konkreter.

»Ja.« Verlegen strich sich Leopoldine über den Rock ihres Kleides. Sie schnippte einen imaginären Fussel weg.

»Hast du nicht vor Kurzem gemeint, dass du ihn nicht mehr sehen willst, weil er dir ständig falsche Versprechen macht, die er dann nicht einhält? Wie heißt er noch gleich?«

»Dagobert. Er hat mir versichert, dass er in Zukunft mehr Zeit für mich haben wird. In Wirklichkeit will er mich sehen, aber er war sehr beschäftigt«, verteidigte Leopoldine ihren Verehrer. »Wichtige Geschäfte haben ihn abgehalten.«

Lili konnte sich ein Schmunzeln nicht verkneifen. Das waren die Worte ihres Vaters, wenn er eine Frau hinhielt.

»Was ist los?« Verärgert fuhr Leopoldine zu ihr herum.

»Nichts!« Lili bemühte sich um eine ernste Miene, was ihr nur bedingt gelang.

Der Name Dagobert erinnerte sie an einen Puppenspieler, der regelmäßig im schäbigen Hinterhof für die Kinder eine Vorstellung zum Besten gab. Die Kleinen liebten diese seltenen Höhepunkte, die Farbe in ihren grauen, tristen Alltag zauberten. Dagobert war der Name des bösen Drachen. Lili stellte sich das grüne Zottelmonster neben Leopoldine vor.

Leopoldine wandte sich schnaufend von ihr ab und richtete ihre Worte an Helene. »Natürlich würde ich ihn lieber öfter sehen, aber solange er so viel arbeiten muss, geht es eben nicht. Er will befördert werden, und da ist er gezwungen, vollen Einsatz zu zeigen. Niemand weiß besser als wir, dass es wichtig ist, ehrgeizig zu sein.« Sie sah Helene eindringlich an.

Auch Lili war bewusst, worauf sie anspielte. Seit sie hier arbeitete, hatte sie mitbekommen, dass nicht alles eitel Wonne war. Die Konkurrenz unter den Frauen war enorm. Jede wollte mit ihren Kunstwerken herausstechen. Einerseits waren sie freundschaftlich miteinander verbunden, teilten sich das Essen, halfen einander beim Schleppen von Material und tratschten fröhlich in den Pausen, andererseits buhlten sie um die Aufmerksamkeit von Koloman Moser und Josef Hoffmann. Jede hoffte, dass eines Tages ihr eigener Name in den Ausstellungskatalogen zu lesen sein würde. Dafür waren sie von der Gunst der Männer abhängig. Es war erschütternd, wie wenig präsent die Frauen in der Öffentlichkeit waren. Dort standen die Männer im Vordergrund. Auch wenn die Objekte, die ausgestellt wurden, von Frauenhänden geschaffen worden waren.

»Ich weiß genau, was du meinst«, sagte Helene. »Solange du dich gern mit ihm triffst, mach es. Aber sei vorsichtig. Vielleicht ist er ja doch ein Halawachl.«

Lili kam auf ihre Ausgangsfrage zurück, die nur zum Teil beantwortet worden war. »Wisst ihr, mit wem Rita sich getroffen hat?«

Beide verneinten so schnell, dass es Lili schwerfiel, ihnen zu glauben.

Helene fügte hinzu: »Sie hat stets ein großes Geheimnis daraus gemacht und nie einen Namen genannt. Einmal erwähnte sie einen jungen Herrn aus der Aristokratie, dann wieder einen hohen Militär, und zuletzt redete sie von einem Bankier.«

Leopoldine lachte. »Vielleicht hat sie ja auch bloß geflunkert und angegeben. So wie sie es oft gemacht hat. Ständig musste sie sich wichtiger erscheinen lassen, als sie es tatsächlich war. Gnä' Frau hier, gnä' Frau da. Am liebsten wäre sie den ganzen Tag hofiert worden.«

»Poldi!«, mahnte Helene. »Du sprichst über eine Tote.«

Leopoldine zuckte mit den Schultern. »Und wenn schon. Es ist die Wahrheit. Erinnere dich an ihren letzten Auftritt in der Werkstätte. Sie hat deinen Druckmodel um ein Haar ruiniert.«

Lili lag eine böse Bemerkung auf der Zunge.

Zu ihrer Überraschung sprach die sanfte Helene sie aus. »Jetzt ist der Model für immer zerstört.«

Sowohl Lili als auch Leopoldine blickten betroffen zu Boden.

»Weiß man schon, wann das Begräbnis stattfinden wird?«, fragte Helene.

»Ich habe noch nichts gehört«, meinte Leopoldine. »Derzeit ist ihr Leichnam in der Pathologie. Sobald man ihn freigibt, wird wohl ein Termin bekannt gegeben.«

»Wir sollten alle gemeinsam hingehen«, schlug Helene vor.

»Ich habe keine Lust dazu«, sagte Leopoldine ehrlich. Als sie Helenes strengen Blick wahrnahm, lenkte sie ein. »Aber ich werde hingehen. Sie war eine Kollegin. Wenn auch keine besonders nette.« Sie machte eine Pause. »Und so ein Ende hat sie gewiss nicht verdient.«

»Das hat niemand«, stimmte Helene ihr zu. Sie ergriff einen ihrer Pinsel. »Wie geht es dir mit deiner Arbeit? Beeinflusst dich der brutale Mord?«, wollte sie wissen. »Ich kann nur an Blut und Düsternis denken.«

Leopoldine verneinte. »Ich war noch nie so produktiv wie im Moment.«

»Ich beneide dich«, sagte Helene. »Zum Glück hat Lili mir eben weitergeholfen. Sie hat ein gutes Gespür für Farben und Formen. Dank ihrer Hilfe ist das Muster doch noch zu etwas zu gebrauchen. Wenn auch nicht für ein Kinderzimmer.«

»Danke.« Lili fühlte sich geschmeichelt.

»Es ist die Wahrheit.« Helene tauchte den Pinsel in Farbe. »Du hättest Lili für die Figuren gebraucht, die du vor Kurzem angefertigt hast.«

»Du meinst die Frauenfigur mit dem blumengeschmückten Korb am Kopf?« Leopoldine verzog den Mund.

»Ja, genau die!«

»Sie ist wirklich nicht mein bestes Stück!« Leopoldine lachte. »Ich konnte die Käuferin trotzdem überzeugen. Ich habe behauptet, dass die Proportionen so gewollt waren. Und ihr werdet es nicht glauben: Die Käuferin hat die Figur genommen und viel Geld dafür auf den Tisch gelegt.«

»Das kann nicht sein!« Helene prustete. »Du hast doch immer gesagt, dass du die Figuren misslungen findest.«

Leopoldine drehte die Hände unschuldig nach außen. »Neulich habe ich eine ganze Serie davon angefertigt, weil noch eine andere Kundin verrückt danach war.«

»Koloman wird begeistert gewesen sein.«

»Ja, gewiss!« Leopoldine räusperte sich verlegen. Ihr Blick glitt zu Boden.

Lili war sich sicher, dass Helene eben einen wunden Punkt angesprochen hatte. War Koloman etwa doch nicht so begeistert gewesen?

»Ich glaube, dass die wahre Kunst an der Kunst darin liegt,

sie als Kunst zu verkaufen«, fuhr Helene fort und wischte sich eine Lachträne aus dem Augenwinkel.

»Lass das nur ja nicht Koloman hören. Er würde deine Arbeiten eine Woche lang nicht beachten.«

Helene schaute zu Leopoldines Arbeitsplatz. Auch Lili folgte ihrem Blick. Auf dem Tisch standen zwei Frauenfiguren. Eine liegende und eine stehende. Die Proportionen der Figuren stimmten nicht. Die Glasur war ungewöhnlich grell. Lili erinnerten die Objekte an Kinderbasteleien.

Gerade als sie etwas dazu sagen wollte, meinte Leopoldine: »Meine kleine Nichte macht ähnliche Arbeiten. Es liegt nicht an meinem fehlenden Talent, sondern an der Tatsache, dass ich keine nackten Körper als Vorlage nehmen darf.«

»Wer sagt denn, dass ihr euch an diese Regel halten müsst?«, mischte sich Lili ein. Augenblicklich wurden Helene und Leopoldine ernst. Helene starrte Lili fassungslos an, und sie bereute ihren Vorschlag. »War nur so ein Gedanke.«

»Den solltest du rasch wieder vergessen«, meinte Helene streng. »Wir wollen unsere Arbeitsplätze hier nicht verlieren. Wir sind dankbar, dass wir frei unsere Kunst erschaffen dürfen.«

Leopoldine schien aufgeschlossener für die Idee. »Mich würde es schon einmal reizen, mit einem lebenden Modell zu arbeiten und nicht bloß Muster und Lampenschirme zu zeichnen.«

»Das ist zu gefährlich!«, sagte Helene.

»Hast du nicht gesagt, dass du eines Tages Möbelstücke und Häuser entwerfen willst?«

Helenes Augenbrauen rutschten zusammen. Ihre gute Stimmung war wie weggeblasen.

»Schon gut«, meinte Leopoldine versöhnlich. »Die ganze Geschichte mit Rita hat uns alle mitgenommen. Lassen wir die Idee mit den nackten Modellen und widmen wir uns wieder der Arbeit. Die Aufträge erledigen sich nicht von selbst.«

»Deshalb solltest du bei den Lampenschirmen bleiben«, meinte Helene.

Lili war von Helene beeindruckt, die die Philosophie der Werkstätte verinnerlicht hatte und sie auch bestens erklären konnte. Nichts sollte die Wände dieser Halle verlassen, was nicht zu hundert Prozent den ästhetischen Ansprüchen der Wiener Werkstätte entsprach. Eleganz, Sachlichkeit und Angemessenheit waren die angestrebten Ziele, denn die Ausstattung der Kunst war in Wien so vielfach und überladen, dass für das Leben selbst kein Platz mehr blieb. Leopoldines Keramiken entsprachen in keiner Weise Helenes Vorstellungen, das wusste Lili. Es war verwunderlich, dass Koloman Moser sie mit dem Logo der Werkstätte versehen ließ. Er hatte schon weniger kitschige Objekte aussortiert.

»Wenn du bei deinen langweiligen Mustern bleiben willst, dann ist das deine Sache«, sagte Leopoldine verärgert. »Ich werde mich damit nicht zufriedengeben.« Sie presste die Lippen fest zusammen.

In diesem Punkt würden die beiden Frauen wohl auf keinen gemeinsamen Nenner kommen. Lili schnappte sich nun endlich den Kübel und machte sich ans Aufwaschen. Für heute hatte sie sich schon weit genug aus dem Fenster gelehnt. Besser, sie kümmerte sich um den Teil der Arbeit, für den sie bezahlt wurde.

15

Magdalenengrund, Ratzengrund

Franz Feigl war zur Abwechslung nüchtern. Seinen mageren Oberkörper hielt er tief über den klapprigen Esstisch gebeugt. Als Lili eintrat, hob er den Kopf. Von seiner hübschen Augenfarbe, die Lili von ihm geerbt hatte, war nicht viel zu erkennen. Das Weiß rund um die Iris war blutunterlaufen. Diesmal nicht vom Alkohol, sondern von Tränen. Er hatte geweint.

»Was ist los, Papa?« Lili stellte ihren Korb neben dem Tisch ab und ließ sich auf dem wackeligen Hocker nieder.

Der Anblick war ihr nicht neu. Sie war daran gewöhnt. Sobald Franz Feigl nüchtern war, erfasste ihn die Traurigkeit. Sie ergriff die Hand ihres Vaters. Sie war knöchern, so wie sein ganzer Körper. Die Haut schien brüchig wie Seidenpapier.

»Ich kann nicht mehr fälschen«, sagte er.

»Was vielleicht gar nicht so schlecht ist«, meinte Lili. »Warum nicht?«

Franz Feigl hielt ihr seine andere Hand entgegen. Sie zitterte so heftig, dass er damit unmöglich die feinen Linien einer Stempelmarke nachzeichnen konnte.

»Das ist der billige Fusel, den du seit Jahren literweise in dich hineinschüttest«, sagte sie bitter. »Hör mit dem Saufen auf, dann hört das Zittern auf.« Lili stand wieder auf, holte ein Menagereindl aus ihrem Korb. Vorsichtig wickelte sie den Emaillebehälter aus einem karierten Geschirrtuch. »Was aber nicht heißt, dass du dann mit dem Fälschen weitermachen sollst.« Sie schob Papier, Tinte und Stifte zur Seite und stellte das Reindl vor ihren Vater auf den Tisch.

»Wovon sollen wir dann leben?«

»Wie wär's, wenn du deinem Beruf nachgehst? Reparier alte Möbel. Das kannst du, und es hat dir früher Spaß gemacht. Bevor der Fusel angefangen hat, dein Hirn aufzulösen.«

»Pah, niemand will das alte Zeug mehr. Die Menschen sehnen sich nach neuen Möbelstücken. Wer Geld hat, will *modern* leben. Was immer das bedeutet.«

Lili wusste ganz genau, wovon er sprach. Sie sah die Entwürfe moderner Einrichtungsgegenstände nun jeden Tag. Klare, schlichte Formen, die aus wertvollen Materialien verarbeitet wurden. Die Gebrauchstauglichkeit der Alltagsgegenstände stand im Vordergrund, nicht der üppige Zierrat. Lili war hingerissen von den Einzelstücken, die individuell auf die Kunden zugeschnitten wurden. Ihr Vater wäre von der Arbeit ebenso begeistert wie sie. Aber solange er soff wie ein Loch, würde sie sich hüten, ihn einer der Frauen der Wiener Werkstätte vorzustellen.

»Ich habe dir Krautrouladen mitgebracht.« Sie schob das Reindl noch näher zu ihm.

»Du sollst nicht für mein Essen aufkommen«, schimpfte er weinerlich. »Ich bin der Vater. Ich habe für dich zu sorgen und nicht umgekehrt.«

Lili verkniff sich die Bemerkung, dass seit Jahren sie es war, die das Essen nach Hause brachte. Sie hatte jede Arbeit angenommen, die sich ihr geboten hatte. Aber selten waren die Tätigkeiten von Dauer gewesen. Wenn es nichts für sie zu tun gab, hatte sie gestohlen, damit sie und ihr Vater etwas zu essen hatten. Jetzt verdiente sie ihre Mahlzeiten mit ehrlicher Arbeit, und sie hoffte inständig, dass es sehr lange so bleiben würde.

»Iss«, forderte sie. »Du bestehst nur noch aus Haut und Knochen. Ich will nicht, dass du umfällst, weil du keine Kraft mehr zum Stehen hast.«

Sie öffnete die Bestecklade unter der Tischplatte, holte einen verbeulten Löffel heraus und reicht ihn ihm. Außer einem weiteren Löffel, einer Gabel und einem stumpfen Messer war die Lade leer.

Zögerlich fing Franz Feigl an, in einer der Rouladen zu stochern.

»Was ist, schmeckt es dir nicht?«

»Doch, es schmeckt gut. Ich hab bloß keinen Appetit.«

Lili richtete sich auf. »Was ist los, Papa? Hast du wieder einmal Ärger?«

Traurig hob er den Kopf. Seine Augen füllten sich erneut mit Tränen. Lili kannte diesen Ausdruck nur allzu gut. Es war das schlechte Gewissen, das ihn plagte, und die Angst, dass ihr etwas passieren könnte, weil er wieder in ein Schlamassel geraten war. Sie hasste es, wenn er weinte.

»Spielschulden?«, riet Lili.

Er nickte niedergeschlagen.

»Wie viel?«

»Zu viel, als dass dein ehrliches Geld reichen würde. Ich muss diesen Pass fälschen. Aber ich kann nicht. Meine Finger gehorchen mir nicht mehr. Es sind die Hände eines alten Mannes.« Er machte eine Pause. »Ich brauche deine Hilfe, Lili.«

Sie schüttelte den Kopf. »Ich kann nicht, Papa. Jeden Tag ist die Polizei in der Werkstätte wegen der toten Künstlerin. Die Lavendelverkäuferin hat mich erkannt und auch deinen Namen genannt. Der Polizist ist ein schlauer Mann. Wenn er herausfindet, dass wir Dokumente fälschen, hängen wir beide am Galgen. Ich will noch nicht sterben.«

»Wenn ich nicht bezahle, haben wir beide ein Messer im Rücken stecken. Und Oskar kann uns nicht beschützen.«

Lili schloss die Augen. »Oskar hat uns nie beschützt«, stieß sie verärgert hervor. »Er hat uns bloß benutzt. Ich will seinen Namen nicht mehr hören. Hast du mich verstanden?«

Es hatte eine Zeit in ihrem Leben gegeben, da hatte ihr

Herz schneller geschlagen, sobald sie an diesen bestimmten jungen Mann gedacht hatte. Aber nach der kurzen blinden Verliebtheit war die Ernüchterung gefolgt, und sie hatte seinen wahren Charakter erkannt. Heute empfand sie nur noch Ekel, wenn sie sich an Oskar erinnerte.

Franz Feigl neigte den Kopf, das konnte Zustimmung oder Ablehnung bedeuten. Dann bat er: »Nur noch das eine Mal. Ich verspreche dir, wenn ich den Pass verkauft habe, wird alles besser.«

»So wie beim letzten Mal und beim vorletzten Mal?«

Es war immer das Gleiche. Ihr Vater versprach ihr, sich zu ändern, wenn sie ihm ein allerletztes Mal aus der Klemme half. Und kaum hatte sie es getan, lag das nächste Dokument auf dem Küchentisch, weil er das Geld verspielt und neue Schulden angehäuft hatte. Sie zog die Unterlagen zu sich. Für wen war es heute? Einen Josef Teschner.

»Warum besorgt der Kerl sich nicht einen ordentlichen Ausweis? Das wäre billiger.«

»Er wird wegen Trickbetrug gesucht.«

»Wie heißt er wirklich?«

»Jakub Fraas.«

»Gfrast wäre passender«, knurrte Lili.

»Du hilfst mir?«

»Bleibt mir was anderes übrig?«

»Du bist die Beste.« Er wollte sich über den Tisch beugen, um sie auf die Stirn zu küssen.

Lili wich ihm aus. »Iss die Rouladen«, forderte sie. »Und trink nichts mehr. Damit muss endlich Schluss sein. Ein für alle Mal.«

»Hm.« Franz Feigl beugte sich über eine der Rouladen. »Vorerst hör ich mal mit dem Spielen auf. Das ist einfacher.«

»Ich wünschte, du würdest es schaffen.«

»Ich auch, Lili. Wirklich!« Er hob den Kopf und sah sie bedrückt an.

Lili wusste, dass er nicht log. Es war die Trauer, die ihn immer wieder zur Flasche greifen ließ. Was eine Erklärung, aber keine Entschuldigung war. Sie zog Papier und Farbe zu sich. Hoffentlich kam Max von Krause niemals hinter ihr Geheimnis. Der Mann würde nicht eine Sekunde zögern und sie an den Galgen liefern.

16

Franz-Josefs-Kai, Donaukanal

Die Gaslaternen warfen tanzende Schatten auf das vorbeiplätschernde Wasser. Sie nahmen die Gestalt kleiner, bösartiger Kobolde an. Der Geruch nach Fisch stieg von den Wellen auf. Der letzte Zug der Stadtbahn, die erst seit Kurzem den Donaukanal entlangfuhr, stand längst in der Remise und wartete auf den Einsatz am nächsten Morgen. Um diese Uhrzeit waren nur noch die unterwegs, die sich vor den Gesetzeshütern verstecken mussten. Obdachlose und Betrunkene. Frauen, die ihre Körper für ein paar Kreuzer verkauften, und Diebsgesindel, das darauf hoffte, einen der Nachtschwärmer ausrauben zu können.

Leopoldine presste ihre Keramikfigur fest gegen ihren Oberkörper. Sie hätte dem Vorschlag niemals zustimmen dürfen. Es war unvernünftig. Aber jetzt war es zu spät, darüber zu jammern. Sie war bereits unterwegs. Zum Glück war sie bewaffnet. Im Notfall würde sie sich mit dem Kunstobjekt verteidigen und die Figur einem Angreifer gegen den Kopf schlagen. Die vielen Stunden Arbeit wären dann umsonst gewesen. Aber besser noch einmal in der Werkstätte stehen, als einem Gewaltverbrechen zum Opfer zu fallen. Es war ohnehin nicht die schönste Keramik. Lili hatte völlig recht. Sie sollten mit lebenden Modellen arbeiten. Leider würde die Verwirklichung des Plans sehr gefährlich werden.

Leopoldine kehrte zum Hier und Jetzt zurück. Was hatte sie sich bloß dabei gedacht, um diese Uhrzeit noch das Haus zu verlassen? Sie schalt sich eine Närrin. Mit raschen Schritten ging sie weiter, hastete von einer Gaslaterne zur nächsten. Ihre eigenen Schritte hallten gespenstisch in der kühlen Nachtluft wider. Angespannt lauschte sie auf andere Geräusche. Sie hörte das Plätschern des Wassers, das Schreien eines Nachtvogels, in der Ferne das leise Grölen von Betrunkenen, die eine Spelunke am einstigen Hafen verließen. Bald würden auch diese Lokale schließen müssen und hübschen Kaffeehäusern weichen. Dann, wenn die Ringstraße endgültig vollendet war.

Leopoldine blieb stehen. Hatte sie eben etwas anderes vernommen? Weitere Schritte? Sie drehte sich um, blinzelte, um besser sehen zu können. Erkannte aber nichts Ungewöhnliches. Es war wohl eine der riesigen Ratten gewesen, die am Ufer des Kanals lebten. Leopoldine graute vor den Tieren. Sie hoffte inständig, dass ihr keines der Viecher über den Weg lief. Mit angespannter Körperhaltung ging sie weiter, die Schultern durchgestreckt. Erneut nahm sie einen ungewohnten Laut wahr. Sie beschleunigte ihre Schritte.

Gleich hatte sie den vereinbarten Treffpunkt erreicht, die Maria-Theresien-Brücke auf der Höhe des Augartens. Mit den zwei hellen Säulen und den hübschen Doppeladlern, den Symbolen der Donaumonarchie, würde die Brücke ihr ein Gefühl von Normalität und Sicherheit vorgaukeln. Leopoldine lief weiter. Jetzt war sie sich sicher, dass sie verfolgt wurde. Sie hielt an und drehte sich erneut um. Eine Silhouette löste sich aus dem Schatten einer Platane.

Sie atmete erleichtert auf, als sie die vertraute Person erkannte. »Ich bin so froh, dass du da bist!«, stieß sie hervor. »Was für ein gruseliger Ort für einen Treffpunkt. Und erst die Uhrzeit. Es ist viel zu spät.« Sie lachte nervös.

»Hast du die Figur dabei?«

»Ja, natürlich.« Mit gespieltem Stolz präsentierte sie ihr Kunstwerk. Die weiße Glasur glänzte im hellen Mondlicht.

Wenn man die Keramik nicht genau betrachtete, wirkte sie hübscher, als sie tatsächlich war. Leopoldine fand beinahe Gefallen an ihrer Figur. Vielleicht war das wahre Kunst, und sie alle dachten bloß zu eingeschränkt. Es fehlte ihnen als Frauen lediglich der Mut, neue Wege einzuschlagen. Deshalb würden sie auch nie aus dem Schatten der Männer treten und immer nur Stoffe für die Möbel drucken, die Wenzel Urban und Franz Bonek herstellten. Die Männer hatten alle eigene Zeichen, mit denen sie ihre Kunstwerke signierten.

Leopoldine hatte eines für sich selbst kreiert und es auf den Boden ihrer Figur gemalt. Es war im Stil der Werkstätte gehalten. Sie arbeitete dort, also hatte sie auch das Recht auf eine eigene Signatur. Genau wie alle anderen Frauen. Eben wollte sie es herzeigen, als sich zwei kräftige Hände um ihren Hals legten.

Leopoldine war so verblüfft, dass sie nicht schrie. Zu spät erkannte sie, was ihr Gegenüber vorhatte. Die Kehle wurde ihr brutal zugedrückt. Leopoldine wollte um Hilfe rufen, aber es ging nicht mehr. Die Daumen pressten fest zu, bohrten sich erbarmungslos in ihre Kehle. Mehr als ein Röcheln brachte sie nicht zustande.

Die Figur fiel klirrend auf das Kopfsteinpflaster und zerschellte in hundert kleine Scherben. All die Arbeit umsonst. Leopoldine versuchte sich mit aller Kraft aus dem Griff zu winden. Vergeblich. In ihren Ohren surrte es laut. Der Ton schwoll zu einem schmerzenden Lärm an. Ihr Herz raste, ihr Kopf drohte zu platzen. Luft, sie musste danach schnappen wie ein Fisch, der aus dem Wasser sprang. Aber nichts war möglich, nicht einmal ein winziger Hauch. Mit einem Mal wurde es schwarz vor ihren Augen. Sie verlor das Bewusstsein. Fast dankbar, dass der kurze Kampf vorbei war, ließ sie sich fallen.

Leopoldine nahm weder den Aufprall am harten Boden wahr noch dass ein scharfer Splitter ihrer Figur sich tief in ihre Wange bohrte und eine breite Wunde schnitt. Ebenso wenig, wie ihr lebloser Körper brutal über das holprige Kopfsteinpflaster geschleift und laut patschend ins eiskalte Wasser geworfen wurde. Die Wellen erfassten sie mit Verzögerung, trugen sie stromabwärts, schlugen über ihr zusammen und nahmen sie sanft in sich auf wie eine Donaunixe. Das wäre ein hübsches Motiv für eine weitere Figur gewesen.

17

Elisabethpromenade, Polizeipräsidium

»Zwei Fischer haben auf der Höhe der Aspernbrücke eine tote Frau aus dem Donaukanal geholt.«

»Schon wieder eine Selbstmörderin?« Max fuhr sich mit der Hand über die Stirn und strich das dunkle Haar nach hinten.

Es war zum Verzweifeln. Kaum ein Tag verging, an dem nicht die Meldung eines schwangeren Dienstmädchens eintraf, das sich wegen der ausweglosen Situation das Leben genommen hatte. Die meisten der Unglücklichen stürzten sich aus einem Fenster oder wählten den Freitod durch einen Sprung in die Donau. Die wenigsten Menschen konnten schwimmen.

»Diesmal ist die Frau nicht freiwillig aus dem Leben geschieden.« Carel legte einen Bericht auf Max' Schreibtisch.

Er nahm die Unterlagen auf und überflog sie. »Die Frau wurde erwürgt und ins Wasser geworfen?« Max runzelte die Stirn. »Der zweite Mord an einer jungen Frau. Der Name kommt mir bekannt vor, Leopoldine Hammerl. Wo habe ich ihn schon gehört?«

»In der Wiener Werkstätte«, half Carel aus.

Max war beeindruckt, der Bursche war wirklich auf Zack. »Eine weitere Künstlerin?«

Carel nickte bestätigend.

»Das klingt gar nicht gut. Ich nehme an, dass es da einen Zusammenhang geben wird.«

Max stand auf und blickte erneut auf den Namen. Warum war er selbst nicht darauf gekommen? Wurde er mit dreißig allmählich alt? Arbeitete sein Hirn langsamer? War er nicht mehr so aufmerksam wie früher? Oder waren es schlicht zu viele Aufgaben, mit denen er sich herumschlagen musste?

»Es wundert mich, dass Sobotka noch nicht hier angeklopft hat und zur raschen Ermittlung drängt. Das macht er doch sonst bei brenzligen Fällen.«

Carel schmunzelte. »Der Chef frühstückt im Café Reil. Ich nehme an, dass er die Nachricht später den Zeitungen entnehmen wird.«

»Hoffen wir mal, dass er den ganzen Tag dortbleibt und uns nicht unnötig behindert.« Max setzte seinen Hut auf. »Ist die Leiche schon im Narrenturm?«

»Ja, und Dr. Böhm hat sie bereits untersucht. Keine Ahnung, wie er es schafft, immer zur richtigen Zeit am richtigen Ort zu sein. Er hatte eine Operation im Krankenhaus und ist dann gleich in die Pathologie gelaufen.«

»Der Mann arbeitet anscheinend rund um die Uhr und schläft nie. Wie macht er es, trotz seines Alters dabei so frisch auszusehen?«

»So gesund schaut er nicht aus, finde ich«, widersprach Carel und musterte Max. »Und Ihnen würden auch ein paar Stunden Schlaf guttun.«

Es war gestern sehr spät geworden. Max hatte sich nach dem Treffen mit Sobotka noch mit den gefälschten Dokumenten beschäftigt. Es schaute so aus, als wären sie von zwei verschiedenen Kriminellen gemacht worden. Trotzdem führte die Spur immer zu ein und derselben Mittelsperson, die zwar im Gefängnis saß, dort aber hartnäckig schwieg.

»Wenn die Mordfälle gelöst sind, habe ich wieder Zeit zum Schlafen.«

Carel verzog ungläubig den Mund. »Das Ungerechte an der Sache ist, dass Oberkommissar Sobotka den ganzen Ruhm einfahren wird. Sobald wir den Mörder geschnappt haben, tritt er auf den Plan und streift die Lorbeeren ein. Vielleicht kriegt er sogar eine Beförderung. Das ist nicht in Ordnung.«

Max zuckte mit den Schultern. »So läuft das eben in der Habsburgermonarchie. Beamtenposten werden vererbt und nicht durch Fleiß erarbeitet.« Er grinste listig. »Wenn der Herr Oberkommissar befördert wird, sind wir ihn hier los. Etwas Besseres kann uns gar nicht passieren.«

Nun lächelte auch Carel. »Denken Sie an Fingerabdrücke, Fotografien und moderne Ermittlungsmethoden?«

»Oh ja. Genau das tue ich. Lass uns hoffen, dass Sobotka unsere Lorbeeren für sich nutzt.« Er machte eine Pause. »Aber zuerst müssen wir sie uns verdienen und die Fälle aufklären.«

Carel sagte zuversichtlich: »Das werden wir gewiss. Das haben wir bisher immer.«

Max hoffte, der schlaue Polizeidiener würde recht behalten. Dann öffnete er die Tür. »Lass uns keine Zeit verlieren. Und bitte nenn mich Max, ich duze dich ja auch die ganze Zeit.«

Carels Augen weiteten sich, so als würde er das, was Max eben vorgeschlagen hatte, nur träumen. »Da… da… danke«, stotterte er. Seine abstehenden Ohren glühten förmlich.

»Komm jetzt, wir haben wirklich einen langen Arbeitstag vor uns, den wir leider nicht im Reil mit Zeitung und Melange absitzen können.«

18

Narrenturm, Allgemeines Krankenhaus

Der Gestank in der pathologischen Abteilung des Krankenhauses war entsetzlich. Obwohl Max ein Taschentuch fest
gegen sein Gesicht presste, drang der süßliche Leichengeruch
in seine Nase. Auch Carel schien darunter zu leiden. Der
Polizeidiener war noch blasser geworden, als er ohnehin
schon war, und hielt sich im Hintergrund. Dr. Böhm hingegen wirkte, als würde er sich an dem Geruch nicht stören. Oder er war so daran gewöhnt, dass er ihn nicht mehr
wahrnahm. Er stand in einem blutbespritzten weißen Kittel
neben einem Tisch, auf dem der nackte Leichnam einer toten
Frau lag.

Max fiel es schwer, in der Wasserleiche die Künstlerin aus
der Wiener Werkstätte wiederzuerkennen. Nur das rotblonde
Haar, das sich in hübschen, langen Locken um ihren Kopf
legte, kam ihm vertraut vor. Es war von einem außergewöhnlichen Farbton. Auf dem Hals und auf der Wange der jungen
Frau zeigten sich Verletzungen. Die Brust war von Dr. Böhm
geöffnet und wieder verschlossen worden.

»Können Sie uns etwas über den Tathergang erzählen?«,
fragte Max hinter vorgehaltener Hand. Er wollte den Ort so
rasch, wie es ging, wieder verlassen und so wenig von dem
Gestank einatmen wie nur möglich. Es konnte einfach nicht
gesund sein, diese Luft in die Lungen aufzunehmen.

»Die Frau war mit Sicherheit tot, als man sie ins Wasser
geworfen hat. In ihrer Lunge befindet sich kein Wasser«, sagte
Dr. Böhm.

»Ich nehme an, dass man sie erwürgt hat?«

»Davon können wir ausgehen«, erklärte der Arzt. Zur

Bestätigung seiner Worte zeigte er auf die dunklen Male am breiten Hals der Frau.

Nun erinnerte Max sich wieder an das Gesicht der Künstlerin, das nicht dem gängigen Schönheitsideal entsprach und dennoch sehr attraktiv war. Ihr Kiefer war außergewöhnlich breit. Ihre Hände waren die einer Arbeiterin. Wer tat einer Frau so etwas Schreckliches an?

»Was ist mit der Wunde in ihrem Gesicht?«, wollte Max wissen.

»Die ist mir auch aufgefallen. Sie ist frisch«, sagte Dr. Böhm. »Ich kann Ihnen jedoch nicht sagen, ob sie bereits vor dem Sturz in den Donaukanal oder erst im Wasser erfolgt ist. Sie hat auch ein paar Schürfwunden an den Beinen. Sehen Sie!« Er hob einen der dicken Oberschenkel an und zeigte auf die fleischige Innenseite. »Möglich, dass sie von Ästen stammen, die am Ufer lagen, oder von den Fischern herrühren, die den Körper aus dem Wasser gezogen haben.«

»Der Schnitt auf der Wange schaut anders aus«, meinte Max. Er beugte sich tiefer über das bleiche Gesicht. »Wie von einem Messer. Kann das sein?«

»Durchaus möglich. Aber wie gesagt, es ist schwer, das mit Gewissheit zu äußern.«

»Wie lange ist sie schon tot?«

»So genau kann man das bei Wasserleichen leider nicht bestimmen«, antwortete Dr. Böhm. »Aber ich nehme mal an, dass sie nur kurz im Wasser lag. Ich habe keine Spuren von Tieren gefunden. Soll heißen, sie wurde noch nicht angeknabbert, was für gewöhnlich sehr rasch passiert. Hätte sie längere Zeit in Ufernähe gelegen, hätten sich die Ratten über sie hergemacht. Leichen, die eine Weile im Wasser treiben, werden von Fischen bearbeitet.«

Die Vorstellung jagte Max einen eisigen Schauer über den Rücken. »Hatte die Frau irgendwelche Gegenstände bei sich? Wo ist ihre Kleidung?«

»Die liegt dort drüben.« Dr. Böhm zeigte auf einen Tisch an der gefliesten Wand. »In den Taschen ihres Kleides befanden sich Münzen. Am Kleid war eine Brosche festgesteckt. Um den Hals trug sie eine goldene Kette mit einem Medaillon. Ich fürchte, dass die Bilder darin Ihnen nicht weiterhelfen werden. Das Wasser hat sie fast bis zur Unkenntlichkeit zerstört.«

»Es handelte sich also nicht um einen Raubüberfall«, sagte Max. »Wurde ihr sexuelle Gewalt angetan? Die Spuren an den Oberschenkeln könnten Hinweise darauf sein.«

»Das kann ich völlig ausschließen.«

»Warum?«

»Die junge Frau war unberührt. Sie hatte noch nie Beischlaf mit einem Mann.«

Max ging zu dem Tisch und betrachtete das Kleid. Es war aus feinem Stoff. Die Bluse stammte mit Sicherheit aus der Wiener Werkstätte. Die Textilie wies ein modernes, farbenfrohes Muster auf, das perfekt zum Farbton der rotblonden Haare passte. Auch die Brosche schien in der Werkstätte hergestellt worden zu sein. Das Design war einzigartig: versilbertes Weißmetall auf einem glatt polierten Edelstein, darauf getriebene Traubendolden.

»Ist das ein wertvoller Edelstein?«

Dr. Böhm trat näher. »Ich bin kein Spezialist für Schmuck«, gestand der Mediziner. »Was ich weiß, habe ich von meiner Frau. Es könnte ein Malachit sein. Aber besser, Sie fragen einen Experten. Die Brosche ist mit Sicherheit sehr wertvoll. Sie weist hinten die Initialen auf. Sehen Sie nur.«

Max griff nach dem Schmuckstück und drehte es um. Genau wie der Arzt sagte, befand sich eine Gravur auf der Rückseite. Ein Kreis, in dem ein lang gestrecktes H neben einem J zu sehen war. Daneben gab es zwei Ws, die übereinanderlagen.

»Das ist das Monogramm der Wiener Werkstätte«, erklärte Carel. »Das H und das J stehen für die Initialen von Josef Hoffmann.«

Sowohl Max als auch Dr. Böhm sahen den Polizeidiener erstaunt an. »Da haben Sie einen außergewöhnlich schlauen Mitarbeiter«, meinte Dr. Böhm beeindruckt.

Carel errötete. »Ich habe ein bisserl recherchiert. War nicht schwer.«

»Du hast gute Arbeit geleistet«, stimmte Max dem Mediziner zu. »Ich nehme mal an, dass Fräulein Hammerl das Schmuckstück in der Werkstätte erworben hat.« Er machte eine Pause. »Vielleicht war es aber auch ein Geschenk.«

»Von ihrem Vorgesetzten, Herrn Hoffmann? Glauben Sie, dass es mehr als bloß ein Arbeitsverhältnis zwischen den beiden gab?«, fragte Carel.

»Durchaus möglich. Wir werden es herausfinden«, sagte Max. Er steckte das Taschentuch ein, holte sein Notizheft aus seinem Mantel und schrieb all seine Fragen auf. Er bereute es sofort. Denn obwohl er die Luft nun anhielt, hatte er den Leichengestank eben ungefiltert eingeatmet. Sein Magen rebellierte.

»Was halten Sie vom Medaillon?« Max richtete seine Frage an den Arzt und seinen Mitarbeiter.

»Ich nehme an, dass es sich um ein Familienerbstück handelt«, erklärte Dr. Böhm. »Es ist ein älteres Exemplar.«

»Meine Großmutter hatte so ein Schmuckstück«, sagte Carel. »Es war aber nicht aus Gold, sondern bloß aus Silber, und sie musste es beim Begräbnis meines Großvaters verkaufen.« Er verzog schmerzlich den Mund.

Max legte die Brosche zurück und nahm die Halskette auf. An einer dünnen Goldkette hing ein ovales Medaillon mit einem eingravierten Blumenmuster, das kaum mehr zu erkennen war, weil das Schmuckstück über die Jahre so oft geöffnet und wieder geschlossen worden war. Zwei winzige Buchstaben waren seitlich zu lesen: J. S. Vielleicht die Initialen des Geliebten? Er klappte es auf. Zwei Fotografien, die vom Wasser aufgeweicht und fast bis zur Unkenntlichkeit zerstört waren, zeigten sich. Auf der linken Seite waren die Reste eines Frauengesichts zu erkennen. Möglicherweise war es Leopoldine Hammerl selbst. Auf der rechten Seite befand sich eine winzige Männerfigur. Das Gesicht war bloß ein Punkt aus verschwommenen Farben. Die Kleidung ließ auf eine Uniform schließen. Die Reste einer dunklen Hose und einer nicht ganz so dunklen Jacke waren zu sehen.

Dr. Böhm trat zu Max und schaute ihm über die Schulter. »Das Fräulein scheint ihr Herz an einen Mann der kaiserlichen Armee verschenkt zu haben.«

Befand sich ein Band quer über der Brust? Die eingewebten Goldbänder an der Schulter, die mehr über den Rang verraten hätten, sowie etwaige Sterne am Kragen waren vom Wasser zerstört worden. Alles, was man noch mit Sicherheit sagen konnte, war, dass es sich um einen Mann der kaiserlichen Armee handelte, der mit aufrechter Körperhaltung vor einer Kamera posierte. Herzlich wenig, um den Mann ausfindig machen zu können, in einem Reich, in dem das Militär den größten Arbeitgeber stellte.

»Vielleicht kann ihre Familie Ihnen weiterhelfen oder ihre Arbeitskolleginnen in der Wiener Werkstätte«, sagte Dr. Böhm.

»Leider hat Fräulein Hammerl keine Familie mehr«, sagte Max. »Ihre Eltern sind tot, und der einzige Bruder lebt irgendwo in Siebenbürgen.« Die Informationen stammten vom Meldeamt.

»Dann werden Sie sich an die Frauen aus der Wiener Werkstätte wenden müssen.«

Max steckte das Notizheft wieder ein. »Kann ich das Medaillon und die Brosche gleich mitnehmen?«

»Sie kennen das Prozedere ja, lassen Sie sich die notwendigen Formulare aushändigen, füllen Sie sie aus und geben Sie sie dann beim Schalter ab.«

Max nickte ergeben. Es war überall das Gleiche. Manchmal

fragte er sich, was mit all den Formularen, Bescheiden, Anträgen und anderen Papieren geschah. Hob man das Zettelwerk überall so lange auf wie bei der Polizei? Die Archive der Monarchie mussten überquellen von Akten. Wenn irgendwann eine Krise eintreten sollte, könnte man damit einen ganzen Winter hindurch die gesamte Bevölkerung der Donaumonarchie mit Wärme versorgen.

»Von Krause? Hören Sie mir eigentlich zu?«

Max schreckte hoch.

»Wo waren Sie eben mit Ihren Gedanken?«, wollte der Arzt wissen.

»Bitte entschuldigen Sie, ich habe wenig und schlecht geschlafen.«

Dr. Böhm hob mahnend den Finger. »Achten Sie auf ausreichend Schlaf, Herr Kommissar«, warnte er. »Er ist der Schlüssel zu langer Gesundheit.«

Etwas Ähnliches hatte er heute schon einmal gehört. »Werde ich berücksichtigen«, sagte er.

»Ich muss mich jetzt verabschieden«, sagte der Arzt. »Meine Patienten warten auf mich.« Er reichte Max die Hand, die er zuvor notdürftig an der blutigen Schürze abgewischt hatte.

»Behalten Sie die Schürze an?«

»Ja, natürlich. Warum fragen Sie?«

»Oh, nur so!«

Max bezweifelte stark, dass dieser Anblick den Kranken Vertrauen und Zuversicht vermittelte. Ihm würde die Schürze Angst einjagen. Zum Glück war Max so gut wie nie krank.

Der Arzt eilte aus dem Raum. Den Leichnam der toten Frau ließ er unbedeckt zurück. Carel trat näher und breitete das weiße Tuch sorgfältig über dem leblosen Körper aus. Dann verließen auch Max und er den schaurigen Untersuchungsraum.

Draußen schnappten beide nach frischer Luft wie Fische, die aus dem Wasser sprangen.

»Was für ein schlimmer Gestank«, sagte Max.

»Ich bin froh, dass mein Frühstück schon ein paar Stunden zurückliegt«, stimmte Carel ihm zu. »Was haben wir jetzt vor?«

»Wir werden den Frauen der Wiener Werkstätte erneut einen Besuch abstatten.«

»Und was tun wir wegen des gestohlenen Rings im Palais Falkenstein?«

»Ja, richtig, den dürfen wir auch nicht aus den Augen verlieren. Haben wir endlich eine Liste aller Anwesenden an diesem Abend: Gäste, Personal, Schauspieler? Wir haben sie bereits vor Tagen angefordert.«

Carel verneinte. »Der Diener wollte sie am nächsten Tag schicken, aber die Liste ist nie bei uns angekommen.«

»Gut, dann teilen wir uns auf«, sagte Max. »Ich gehe in die Neustiftgasse, und du machst dem Diener ordentlich Dampf unterm Hintern.«

Carel grinste. Die Vorstellung schien ihm zu gefallen. »Und die gefälschten Dokumente?«, fragte er.

»Die werden seit Jahren produziert. Es macht keinen Unterschied, ob wir die Fälscher heute oder in ein paar Wochen finden. Die laufen uns nicht davon. Die werden auch weiterhin ihren Unterhalt mit dem Fälschen verdienen.«

»Das leuchtet ein.«

Dann gingen beide in unterschiedliche Richtungen davon.

19

Neustiftgasse, Wiener Werkstätte

Und schon wieder saß Lili dem gut aussehenden, aber ernsten Kriminalbeamten gegenüber, der ihr mit seinen dunklen Augen bis auf den Grund der Seele zu schauen schien. Er hatte zuerst alle anderen Frauen in der Werkstätte befragt. Diesmal einzeln, eine nach der anderen. Nervös hatte Lili vor der Teeküche gewartet, bis sie an der Reihe war. Jedes Mal, wenn die Tür sich geöffnet hatte, hatte sie aufspringen und hineingehen wollen, um das Gespräch hinter sich zu bringen. Aber sie war die Letzte. Die anderen hatten bereits nach Hause gehen dürfen, als Max von Krause endlich ihren Namen aufrief.

»Es ist erstaunlich, wie oft wir einander begegnen.« Er stand an einen Tisch gelehnt, hatte die Arme vor der Brust verschränkt und musterte sie eingehend.

Wegen der warmen Temperaturen hatte er sein Jackett, die moderne, kurze Version eines Gehrocks, ausgezogen, über einen der Sessel gehängt und die Ärmel seines weißen Hemds aufgekrempelt wie ein Arbeiter. Seine Unterarme waren ebenso kräftig wie die eines Mannes, der körperliche Arbeiten verrichtete. Würde er Lili nicht mit so viel Misstrauen begegnen, könnte sie sich am Anblick seiner muskulösen Arme erfreuen.

»Kann ich was dafür, dass die Frauen hier sterben wie anderswo die Fliegen?«, murrte sie leise.

Seine Augenbrauen rutschten nach oben.

Hatte sie eben zu derbe Worte benutzt? »Es ist schon recht ungewöhnlich, dass mit Leopoldine bereits die zweite Frau eines gewaltvollen Todes starb.« Sie hoffte, dass das nun besser klang.

Wenn Lili wollte, konnte sie sich gewählt ausdrücken. Sie hatte als Kind genug Stunden vor den Theatern und Konzerthäusern der Stadt verbracht, in der Hoffnung, dass ein paar Groschen für sie abfallen würden, wenn sie den Herrschaften die Türen aufmachte. Dabei hatte sie den vornehmen Leuten beim Reden zugehört.

»Sie arbeiten erst seit Kurzem hier. Fürchten Sie um Ihr eigenes Leben?«

»Wenn man am Ratzengrund aufwächst, gibt es nicht viel, was einem Angst einjagen kann. Zwei tote Frauen ganz gewiss nicht.«

»Wann haben Sie Fräulein Hammerl das letzte Mal gesehen?«

»Vorgestern Abend, genau wie alle anderen auch.«

»Hat sie erwähnt, wohin sie wollte oder was sie am Abend noch vorhatte?«

»Nein.«

»Sprach sie von Männern, die sie regelmäßig traf?«

»Es gibt da wohl einen beim Militär, den sie immer mal wieder gesehen hat. Einen Hauptmann oder Leutnant oder Oberleutnant? Was weiß ich, ich kenn mich da nie aus, was für Ränge es beim Militär gibt.«

»Wurde ein Name genannt?«

»Wenn ja, kann ich mich nicht daran erinnern. Fragen Sie doch die anderen. Die kennen Leopoldine schon viel länger als ich.«

»Oft sind die Menschen, die ihre Kollegen noch nicht lange kennen, viel aufmerksamer. Ihnen fallen Kleinigkeiten auf, die die anderen übersehen, weil sie ihnen alltäglich und unwichtig erscheinen.« Der Kommissar ließ sie nicht aus den Augen.

»Ach ja?«

»Ist Ihnen etwas merkwürdig erschienen, das Sie gern loswerden wollen?«

Lili war sich nicht sicher, ob ihre Beobachtung von Bedeutung war. Sie zögerte, doch er wartete geduldig, und schließlich gab sie sich einen Ruck. »Eine ihrer Figuren fehlt.«

»Welche Figuren?«

»Die Keramiken, die sie getöpfert hat. Wenn Sie mich fragen, hässliche Dinger, die mit echten Menschenkörpern nichts zu tun haben.« Lili senkte ihre Stimme, was unsinnig war, denn außer ihr und dem Kommissar war niemand mehr in der Werkstätte. »Leopoldine hat ihren Kunden gegenüber behauptet, dass das ganz große Kunst wäre. Sie selbst wusste, dass die Figuren schlecht waren. Sie hat einfach keine besseren zusammengebracht. Es stimmten weder die Farben noch die Proportionen.«

»Gibt es noch andere Figuren von ihr hier?«

»Ja, im Regal hinter Leopoldines Arbeitstisch.«

Lili stand auf und ging in den hinteren Teil der Werkstätte, wo die Keramikerinnen arbeiteten. In dem einfachen Holzregal befanden sich Becher, Schüsseln und andere Alltagsgegenstände zum Trocknen. Der graue Ton zeigte unterschiedliche Farbtöne, je nachdem wie viel Wasser noch darin enthalten war. Einige der Kunstobjekte schienen erst heute produziert worden zu sein. Sie waren noch vollständig feucht. Andere waren bereits mit Glasur bestrichen und warteten darauf, gebrannt zu werden. Im obersten Fach waren die fertigen Figuren untergebracht.

Der Kommissar folgte Lili und betrachtete stirnrunzelnd die Objekte. Sein Blick verriet nicht, was er sich dazu dachte. Er wirkte nachdenklich.

»Irgendwo habe ich diese Art Kunstgegenstände schon einmal gesehen«, meinte er und kratzte sich die Stirn. So als würde er sich über seine Vergesslichkeit ärgern.

»Angeblich hat Leopoldine sie für teures Geld an Sammler verkauft«, meinte Lili. »Wenn ich Geld hätt, wüsst ich mir Besseres damit anzufangen.«

Die Mundwinkel des Kommissars zuckten. »Und Sie sagen, dass eine der Figuren fehlt?«

»Ja, ich bin mir ganz sicher. Eine liegende Frau. Ihr Becken war völlig verdreht, was ja noch irgendwie geht, aber die Beine waren zu kurz. So schaut keine Frau aus. Diesen Fehler machen Künstlerinnen, die nie Studien mit lebenden Modellen gemalt haben.«

»Und Sie können das beurteilen?« Amüsiert musterte von Krause Lili.

Am liebsten hätte sie sich auf den Mund geschlagen. Sie durfte nicht zugeben, dass sie in ihrem Leben schon Hunderte Aktzeichnungen von Prostituierten angefertigt hatte. Frauen, die ihr Vater mit nach Hause gebracht hatte und die er mit einer raschen Zeichnung bezahlt hatte.

»Ich denk es mir halt«, wich sie aus. »Muss ja wohl so sein, dass man zuerst üben muss. Oder?«

»Wann haben Sie die Figur zuletzt gesehen, die jetzt weg ist?«

»Vorgestern beim Aufwaschen.«

»Gestern hat sie schon gefehlt?«

»Das kann ich nicht mit Sicherheit sagen. Aber vorgestern haben wir über die Figuren geredet. Deshalb hab ich sie mir beim Putzen noch einmal genauer angesehen. Ich war neugierig.«

»Und da haben Sie als Putzfrau festgestellt, dass sie nicht Ihren Kriterien von Schönheit und Ästhetik entsprechen.«

Lili antwortete nicht. Sie mochte es nicht, wenn man sich über sie lustig machte. »Darf man als Putzfrau keine Meinung haben?«

»Interessieren Sie sich für Kunst?«

Lili zuckte mit den Schultern. »Schon möglich«, meinte sie patzig.

»Kehren wir zur Ermordeten zurück«, sagte der Kommissar. »Hatte Fräulein Hammerl mit einer ihrer Kolleginnen Streit?«

»Nur mit Rita Weiß. Aber mit der hatten alle ihre Auseinandersetzungen.«

»Erinnern Sie sich daran, worum es in dem Streit ging?«

»Es brauchte nicht viel, um mit Rita aneinanderzugeraten. Sie hielt sich für was Besseres, und das hat sie die anderen spüren lassen. Rita Weiß hat sich über Leopoldines Aussehen lustig gemacht und über ihre Figuren auch.«

»Über ihr Aussehen, das verstehe ich nicht. Bitte erklären Sie mir das.«

»Sie hat behauptet, sie hätte Zähne wie ein Pferd.«

»Das war garstig.«

»So war Rita Weiß.«

»Ich verstehe.« Der Kommissar machte sich Notizen in sein kleines Büchlein. »Haben auch die anderen Frauen Witze über Fräulein Hammerl gerissen?«

»Nur über ihre Figuren«, sagte Lili. »Aber das störte Leopoldine nicht. Sie hat ja selbst gewusst, dass ihre Figuren für nix taugen. Trotzdem hat sie die Objekte für teures Geld verkauft, das hab ich Ihnen ja schon gesagt.«

»Wissen Sie, wer die Käufer waren?«

»Nein.«

»Wie kann es sein, dass Fräulein Hammerl ihre Figuren allein angeboten hat? Werden nicht alle Objekte über die Werkstätte verkauft?«

»Keine Ahnung. Ich bin nur die Putzfrau. Fragen Sie doch die anderen.«

Der Kommissar schrieb erneut ein paar Worte auf. Zu gern hätte Lili gesehen, was er da alles festhielt.

Dann blätterte er zurück und las mit gerunzelter Stirn darin. »Als Fräulein Weiß gefunden wurde, hat Fräulein Hammerl sich darüber beschwert, dass die ermordete Kollegin ihre Entwürfe studiert hatte.«

»Leopoldine war eine tolle Künstlerin«, sagte Lili. »Von den Frauenfiguren mal abgesehen.«

»Und genau davon fehlt nun eine.« Der Kommissar schien mit sich selbst zu sprechen und keine Antwort zu erwarten.

Nervös schielte Lili zur Uhr an der Wand über dem Waschbecken. Es war bereits nach neun. Sie hatte mit dem Aufwaschen des Bodens noch nicht begonnen. Es würde wieder spät werden. »Ich hab noch einen Haufen Arbeit.« Sie zeigte auf ihren Putzkübel.

»Dann will ich Sie nicht weiter davon abhalten.«

Er lächelte. Dabei entstand ein Grübchen auf seiner rechten Wange. Es verlieh ihm etwas Jungenhaftes. Lili wusste, dass sie sich davon nicht täuschen lassen durfte. Er war schlau und listig. Eine falsche Bemerkung, und sie lieferte sich selbst oder ihren Vater an den Galgen.

»Falls Ihnen noch etwas Wichtiges einfällt, lassen Sie es mich bitte wissen.«

Lili nickte brav. Sie würde sich davor hüten, freiwillig zur Polizei zu gehen. Da müsste ihr schon der Mörder oder die Mörderin höchstpersönlich über den Weg laufen, dass sie das tat.

Als der Kommissar gegangen war, füllte Lili Wasser in den Putzkübel, holte den Wischmopp aus der Abstellkammer und machte sich an die Arbeit. Ihre Gedanken kreisten um die fehlende Figur. War sie gestern Abend noch da gewesen? Warum konnte sie sich nicht erinnern? Sie hatte genau das Gleiche getan wie heute. Hatte Kathis Schürze vom Hocker genommen und an den Haken an der Wand gehängt, die drei leeren Kaffeehäferl eingesammelt, in die Küche getragen und dort abgewaschen. Dann war sie zurückgegangen, hatte den Tisch der Keramikerinnen mit einer Drahtbürste sauber geschrubbt. Die Drahtschlingen und Stifte in den Tonbecher gesteckt und diesen zurück ins Regal gestellt.

Sie fasste auch jetzt nach dem Becher und stellte ihn an die leere Stelle, wo vorgestern noch die Figur gestanden hatte. Gestern hatte Lili den Becher im darunterliegenden Regal neben dem seltsamen Keramikvogel platziert. Was bedeutete, dass die Figur noch da gewesen war. Leopoldine oder jemand anders hatte die liegende Frau also noch spät in der Nacht geholt. Vielleicht um sie zu verkaufen? Oder wollte sie sie verschenken? Hatte Leopoldine den Käufer oder den zu Beschenkenden am Donaukanal getroffen? War es eine Frau oder ein Mann gewesen?

All diese Fragen gingen Lili durch den Kopf, als sie den Boden aufwusch. Wenn Leopoldine von einem Fremden überfallen worden war, hatte sie die Figur vielleicht fallen lassen. Dann würden noch Scherben der Keramik am Boden liegen. Sollte Lili dem Kommissar davon erzählen? Lieber nicht. Besser, sie mied den Kontakt. Lili würde allein nach den Scherben suchen. Aber wann sollte sie das tun? Sie würde morgen wieder den ganzen Tag in der Werkstätte verbringen. Sollte sie sich jetzt noch auf den Weg machen? War es unvernünftig, zur späten Stunde an einen Ort zu gehen, wo eine Frau erwürgt worden war? Sie beantwortete die Frage mit einem Nein. Schließlich war sie gerade eben auch an einem Ort, an dem man eine Frau erschlagen hatte, und es passierte nichts. Was sollte ihr am Donaukanal schon widerfahren? Sie war schon an ganz anderen Orten unterwegs gewesen.

Rasch beendete sie ihre Arbeit, leerte den Kübel aus, hängte ihre Schürze weg und nahm stattdessen ihren Umhang. Wenn sie sich beeilte, war sie in einer halben Stunde am Donaukanal und eine weitere halbe Stunde später zu Hause am Ratzengrund. Dank der modernen Gasbeleuchtung und dem Vollmond würde sie genug Licht haben für ihre Suche. Eine Stimme in ihr sagte ihr, dass sie nicht mit leeren Händen zurückkehren würde.

20

Franz-Josefs-Kai, Donaukanal

Über die breite Steintreppe neben der Urania gelangte Lili zum Donaukanal. Schon nach den ersten zwei Stufen schlug ihr der Geruch nach Fisch und Wasser entgegen. Letzten Monat war das wissenschaftliche Theater feierlich eröffnet worden. In nur einem Jahr hatten Handwerker aus den Kronländern das Prestigeprojekt des Kaisers für einen Hungerlohn aus dem Boden gestampft. Die Pläne stammten von einem Schüler Otto Wagners, er hatte den gleichen Vornamen wie der Polizeikommissar. Die Eröffnung hatte im großen Festsaal stattgefunden. Lili hatte davon in einer der Zeitungen gelesen, die ihr Vater zu Hause herumliegen hatte. Doch heute interessierte sie sich nicht für den hellen Prunkbau.

Sie ließ die Stufen hinter sich und gelangte zum Wasser. Es roch nach totem Tier. Irgendwo musste ein Kadaver liegen. Der Geruch mischte sich mit dem von menschlichem Urin. Langsam folgte sie dem gepflasterten Weg am Ufer entlang. Gaslaternen sorgten für ausreichendes Licht. Bis zur Maria-Theresien-Brücke wollte sie gehen. Weiter nicht. Danach würde selbst ihr der Weg zu gefährlich werden. Lili war furchtlos, aber nicht leichtsinnig. Bisher war sie ohne große Übergriffe durchs Leben gegangen. Die einzige Situation, in der ihr echte Gewalt widerfahren war, hatte in einem vornehmen Palais in der Innenstadt stattgefunden. Sie wollte die grässliche Szene rasch wieder vergessen.

Den Blick auf den Boden gerichtet, schritt sie langsam den Weg entlang. Bei einer der Gaslaternen erweckte ein Glitzern ihre Aufmerksamkeit. Sie bückte sich. Jemand hatte eine Krone verloren. Rasch steckte sie das Geldstück in ihre

Rocktasche. Allein deshalb hatte sich der Ausflug gelohnt. Mit beschwingten Schritten lief sie weiter. Ein Liebespaar kam ihr entgegen. Eng umschlungen ging eine junge Frau in der Tracht eines Kindermädchens mit einem Leutnant der Kavallerie spazieren. Als sie Lili sahen, ließen sie kurz voneinander ab, nur um sich hinterher noch enger aneinanderzuschmiegen.

Bei der nächsten Treppe saß ein Werkelmann mit seinem Leierkasten. Rund um ihn hatten sich Männer aufgestellt. Sie lauschten laut schwatzend und lachend der Walzermelodie. Einer hatte einen Humpen Bier in der Hand. Er hatte ihn wohl aus einem der Lokale rund um den Schwedenplatz mitgehen lassen. Alle waren Mitglieder der k. u. k. Armee. Als ein besonders schneidiger Bursche Lili entdeckte, pfiff er ihr laut nach.

Ein anderer rief ihr mit schwerer Zunge zu: »Servus, nächtliche Schönheit. Hast du schon einen Freier für die nächsten Stunden? Komm zu uns, wir verwöhnen dich gern.« Die anderen grölten vor Begeisterung.

Lili beschleunigte ihre Schritte. Die Männer würden ihr vor den Augen des Werkelmanns nichts anhaben können. Trotzdem war es klug, rasch aus ihrem Blickfeld und ihren Gedanken zu verschwinden.

Auf der Höhe der Taborstraße entdeckte sie zwei Frauen. Sie standen an die Wand beim Kai gelehnt und warteten auf zahlende Kundschaft. Eine hatte ihren Rock aufreizend hochgezogen und zeigte im Schein der Gaslaterne löchrige Strümpfe. Die andere hatte ihre rechte Schulter entblößt. Beide trugen keine Kopfbedeckung.

Als sie Lili kommen sahen, blaffte die eine sie mit tiefer Stimme an: »Hau ab, hier ist kein Platz für eine Dritte.« Sie hatte eine Pfeife im Mund, weshalb ihre Worte undeutlich klangen.

Die andere hielt ihr drohend die Faust entgegen. »Wenn du

uns die Kunden abspenstig machst, lernst du mich kennen. Verschwinde.« Beim Sprechen legte sie eine dunkle Mundhöhle frei.

Sie schien nur noch über ein paar Zähne zu verfügen. So genau konnte man das im Halbdunkel nicht erkennen.

»Keine Sorge, ich habe nicht vor, hierzubleiben.«

»Na, so was.« Die Frau mit den löchrigen Strümpfen stieß sich von der Wand ab. »Wenn das nicht die Tochter von Franz Feigl ist. Mädel, was suchst du hier? Geh heim zu deinem Vater.«

»Damit ich ihm beim Ausnüchtern helfe? Seinen Rausch kann er auch allein ausschlafen.«

Beide lachten. Es klang tief und kehlig.

Lili setzte ungerührt ihren Weg fort. Was hatte Leopoldine hier bloß mitten in der Nacht zu suchen gehabt? Sie war eine Frau aus dem Bürgertum. Ihr Vater war ein hoher Postbeamter gewesen. Er hatte ihr eine schöne Summe hinterlassen, mit der Leopoldine gut und bequem hatte leben können. Wenn sie sich zu einem heimlichen Stelldichein mit einem Geliebten treffen wollte, gab es hundert andere Plätze in Wien, die einladender waren. Hatte sie ihre Figur verkaufen wollen? Wenn ja, warum am Donaukanal? Warum heimlich? Das alles ergab keinen Sinn.

In Gedanken versunken, setzte Lili ihren Weg fort. Plötzlich vernahm sie ein Rascheln neben sich. Sie blieb stehen und sah sich mit pochendem Herzen um. Die Gaslaterne gab nur schwaches Licht. Irgendetwas stimmte mit dem Kandelaber nicht. Er warf nur einen engen Lichtkegel auf das Kopfsteinpflaster. War da ein Schatten? Wurde Lili verfolgt? Mit angespannter Körperhaltung setzte sie ihren Weg fort. Das Wasser im regulierten Steinbett plätscherte friedlich neben ihr her. Sanft schlugen die Wellen gegen die künstliche Böschung. Eine frische Brise kühlte ihre erhitzten Wangen. Sie zog ihren Umhang fester um ihre Schultern. Aus der Ferne nahm sie das

Grölen Betrunkener wahr. Ein Nachtvogel stieß seine Laute aus.

Schon wieder. Hinter ihr war ein deutliches Rascheln zu vernehmen. Jemand folgte ihr. Lili machte einen Schritt zur Seite und spähte ins Halbdunkel. Sie kniff die Augen zusammen, um besser zu sehen. Nichts regte sich. Hatte sie sich doch geirrt? Mit klopfendem Herzen wartete sie. Wenn ihr jemand gefolgt war, warum versteckte sich die Person jetzt? Lauerte ein Verbrecher hinter der Platane? Oder zusammengekauert hinter einem der kuppelförmigen Randsteine am Böschungsufer? Lili beschloss auszuharren, bis der- oder diejenige sich aus dem Versteck wagte. Sie fasste unter ihre Schürze, wo sie ein kleines Messer mit sich trug. Es hatte ihr im Stadtpalais die Unschuld gerettet. Den wohlhabenden Besitzer des Hauses würde stets eine Narbe an sein frevelhaftes Verhalten erinnern. Lili hatte das Messer immer bei sich.

Ganz langsam und leise machte sie zwei Schritte rückwärts, noch weiter ins Dunkel und raus aus dem nächsten Lichtkegel. Sie wollte nicht im Nachteil sein und gesehen werden, während wer auch immer sich vor ihr versteckte. Das Plätschern des Wassers wurde lauter. Sonst rührte sich nichts. Lili wähnte sich wieder in Sicherheit. Schon wollte sie weitergehen, als ein lautes Rascheln aus dem Gebüsch neben der Kaimauer drang. Im selben Moment huschte ein riesiger Schatten direkt auf sie zu. Lili entfuhr ein spitzer Schrei. Ihre Stimme erschreckte ihren vermeintlichen Angreifer. Ungefähr einen Meter vor ihr hielt er an. Die Bisamratte war riesig. Mindestens einen halben Meter lang, so groß wie ein Hund. Das schwarze Fell glänzte im Licht der Gaslaterne. Die Augen funkelten Lili angriffslustig an. Dann sauste das Tier mit trippelnden Schritten zur Böschung. Mit einem lauten Platschen klatschte der massige Körper ins Wasser.

Es dauerte einen Moment, bis Lilis Herz sich wieder beruhigte. Sie hasste Ratten und im Besonderen Bisamratten, über die man sich die schaurigsten Geschichten erzählte. Angeblich knabberten die Viecher Obdachlose im Schlaf an. Vorsichtig ging Lili zum Ufer, um sicherzugehen, dass das Tier auch wirklich weg war. Sie starrte in die Wellen. Kleine Schaumkrönchen tanzten auf dem dunklen Wasser. Die Ratte war verschwunden. Erleichtert drehte Lili sich wieder um, als ein zweites Tier aus dem Gebüsch gelaufen kam. Es war genauso groß wie das erste und steuerte direkt auf Lili zu. Sie schrie erneut auf, taumelte rückwärts, geriet ins Stolpern und stürzte, wodurch das Tier erschrak und abbog. Es rannte zum Wasser. Abermals war ein lautes Klatschen zu vernehmen.

Lili rappelte sich auf. Ihre rechte Handfläche brannte. Sie hatte sich einen Gegenstand ins Fleisch gerammt. »Verdammt!« Sie fluchte und drehte die Hand in den Lichtkegel.

Blut tropfte auf das Kopfsteinpflaster. Lili holte ihr Stofftaschentuch aus der Schürzentasche und wickelte es um ihre Hand. Der Stoff färbte sich rasch dunkelrot. Mit schmerzverzogenem Gesicht hielt sie die Hand von sich weg und schimpfte erneut. Womit hatte sie sich die Verletzung zugefügt? Hatte einer der Männer eine leere Flasche fallen lassen? Wie rücksichtslos.

Lili starrte auf den Boden. Sie entdeckte einen blassgrünen Splitter. War das eine Glasscherbe? Die Spitze steckte in der Rille zwischen zwei Pflastersteinen. Lili war mit ihrer Hand direkt daraufgestürzt und hatte sich den Gegenstand in die Handfläche gebohrt. Mit der unverletzten Hand griff sie danach. Augenblicklich mischte sich zum Schmerz und zum Ärger pure Freude. Genau danach hatte sie gesucht. Es war eine Scherbe von Leopoldines Figur.

Lili suchte den Boden ab. Sie fand fünf weitere Teile. Eines zeigte Reste vom blumengefüllten Korb, den Leopoldine ihrer Figur auf den Kopf modelliert hatte, eines den nackten Hintern der Figur. Auf der dritten Scherbe, die sie aufhob, befand sich ein Stempel: Es waren Leopoldines Initialen, ein lang gestrecktes L in einem breiten H. Beides im Stil der Wiener Werkstätte. Die Künstlerin hatte sich in ihrem Werk verewigt.

Rasch sammelte Lili alle Scherben ein und steckte sie in ihre Schürzentasche. Das Pochen in ihrer Handfläche rückte in den Hintergrund. Es war unwichtig. Mit dem Gefühl, einen wichtigen Schatz gefunden zu haben, lief sie zu den nächsten Treppen, stieg sie hoch und trat zufrieden ihren Heimweg an.

21

Neustiftgasse, Wiener Werkstätte

»Mit der Verletzung kannst du unmöglich den Boden aufwaschen«, sagte Helene. »Wie ist das nur passiert? Du hast
dir ja die Handfläche regelrecht aufgeschlitzt.«

»Ich war unvorsichtig.«

»Wobei?«

»Beim Brotschneiden«, log Lili.

Sie wusste nicht genau, warum sie nicht bei der Wahrheit
blieb. Ihr Bauchgefühl sagte ihr, dass es besser war, nicht zu
verraten, wo sie sich in der Nacht aufgehalten hatte. Die nach
außen hin so heile Welt der Frauen in der Wiener Werkstätte
war nicht nur freundlich. Erst heute Morgen war Lili wieder
Zeugin einer heftigen Unterhaltung zwischen Fanny Harlfinger-Zakucka und Hedi Rix gewesen. Die beiden hatten
sich wegen eines Auftrags für Besteck in die Haare gekriegt.
Offenbar hatte Koloman Moser ihnen beiden versprochen,
die Entwürfe für ein großes Projekt liefern zu dürfen. Erst als
sie erkannt hatten, dass sie gegeneinander ausgespielt worden
waren, hatte das Streitgespräch sich wieder entspannt. Ihre
Entwürfe waren beide nicht genommen worden. Stattdessen
war ein neuer männlicher Kollege zum Zug gekommen, dessen Entwurf eine Mischung aus den Ideen von Harlfinger-
Zakucka und Rix war.

»Ich werde heute den Boden für dich aufwaschen«, sagte
Helene.

Überrascht hob Lili den Kopf. »Das ist nicht deine Aufgabe.«

Helene machte eine wegwerfende Handbewegung. »Besser,
ich wasche auf, als zu riskieren, dass sich deine Wunde ent-

zündet. In ein paar Tagen, wenn die Verletzung zugeheilt ist, kannst du wieder ins Seifenwasser greifen. Davor nicht.«

Helene beschmierte eine Scheibe Schwarzbrot mit einer dicken Schicht Butter und schob den Teller zu Lili. »Hier, damit du mir nicht vom Fleisch fällst. Du bist immer noch dürr wie eine Bohnenstange.«

Ein warmes Gefühl der Dankbarkeit breitete sich in Lili aus. Es war neu und ungewohnt. Noch nie hatte sich jemand Sorgen um ihr Wohl gemacht. Ihr Vater sprach zwar immer wieder davon, aber statt seiner Tochter ein Leben in Sicherheit zu bieten, brachte er Lili ständig in Situationen, die sie eines Tages vor den Scharfrichter bringen würden.

»Ich hab dir das Brot nicht zum Anschauen geschmiert.« Helene lachte. »Iss.«

»Danke.« Lili murmelte bloß. Warum war ihr plötzlich zum Heulen zumute? Sie blinzelte Tränen weg.

»Ich habe mir überlegt, was du mit einer Hand erledigen kannst«, fuhr Helene gut gelaunt fort. »Denkst du, du schaffst es, die fertig glasierten Keramikbecher in altes Zeitungspapier einzuwickeln und dann in den Holzkisten zu verstauen? Sie sind nicht schwer.«

Lili schluckte, bevor sie antwortete. »Ganz sicher.«

»Sehr gut«, sagte Helene. »Papier findest du in dem Korb neben dem Regal. Die Becher stehen im dritten Regalfach.«

»Ich fang gleich damit an«, sagte Lili.

»Es hat keine Eile. Der Botenjunge kommt erst am frühen Nachmittag. Bis dahin müssen alle Kisten fertig sein.«

»Das schaffe ich leicht.«

Helene holte zwei Häferl aus der kleinen Kredenz und stellte sie auf den Tisch. Sie goss frischen Kaffee in die Becher. Einen reichte sie Lili. »Milch und Zucker?«

»Ja, bitte.«

Helene suchte nach der Zuckerdose. Jemand hatte sie an einen anderen Ort gestellt. »Ich verstehe nicht, warum es man-

chen in der Werkstätte so schwerfällt, Ordnung zu halten.«
Sie fand die Dose unter der Spüle.

»Stempelst du deine Werke mit einem eigenen Zeichen ab?«,
fragte Lili.

»Du meinst das Monogramm der Wiener Werkstätte?«
Helene stellte den Zucker auf den Tisch.

»Nein, ich meine einen Stempel mit deinen eigenen Initi-
alen. So wie die Männer es machen. Ich habe Stempel von Otto
Prutscher, Josef Wagner, Eugen Pflaumer, Konrad Schindel,
Anton Pribil –«

Helene unterbrach die Aufzählung. Sie hielt ihr abwehrend
die Hände entgegen. »Nein.«

»Warum nicht?«

»Ich dränge mich nicht gern in den Vordergrund. Es reicht
mir der Stempel der Wiener Werkstätte.«

»Das heißt, wenn du einen Stoff für einen Polstersessel
entwirfst, sieht der Kunde bloß die Initialen der Wiener Werkstätte? Die zwei übereinandergelegten Ws?«

»Und die Initialen des Möbeldesigners.« Helene nahm
einen Schluck von ihrem Kaffee. Er war noch heiß, und sie
blies vorsichtig in die Flüssigkeit, um sie zu kühlen.

»Aber das ist doch nicht richtig«, meinte Lili. »Ohne deinen
Stoff würde der Sessel niemals so schön aussehen.«

»Das ist sehr lieb von dir. Aber wie stellst du dir das vor?
Dass jedes Bonbon mit Papier, das ich entwerfe, mit meinen
Initialen versehen wird? Man würde vom Muster nichts mehr
sehen.« Helene lachte. »Ich bin auch so zufrieden. Solange ich
das machen darf, wofür mein Herz schlägt, ist mein Leben in
Ordnung. Stell dir vor, ich müsste zu Hause sitzen und dürfte
nicht hier arbeiten. Ich würde vertrocknen wie eine Pflanze
ohne Wasser.« Sie machte ein leidendes Gesicht und stellte ihr
Häferl auf den Tisch. »Wo wir wieder beim Thema wären. Du
wäschst auch das schmutzige Geschirr nicht ab.« Mahnend
hob sie ihren Zeigefinger.

Erneut erfasste Lili dieses ungewohnte Gefühl, von dem sie nicht gewusst hatte, dass es existierte. Es schlich sich in ihren Bauch und wärmte ihn, ohne vom heißen Kaffee zu trinken.

Eine Stunde später stand Lili in der Werkshalle und wickelte dünnwandige Tonbecher in altes Zeitungspapier. Mit den Fingerspitzen ihrer verletzten Hand hielt sie das Papier fest, während sie mit der gesunden linken die Becher verpackte. Es ging erstaunlich gut. Schon nach dem dritten Becher hatte sie eine Routine, die es ihr ermöglichte, ihre Gedanken auf andere Themen zu lenken. Die Sache mit den Initialen ging ihr nicht aus dem Kopf. Leopoldine hatte ihre in den Figuren verewigt. Statt des Zeichens der Wiener Werkstätte waren die Anfangsbuchstaben ihres Namens auf der Keramik gewesen. Die Männer setzten zwei Stempel auf ihre Werke. Das Monogramm der Wiener Werkstätte und die eigenen Initialen. Leopoldine war stolz genug gewesen, ihr eigenes Zeichen zu entwerfen. Das fand Lili gut, aber warum hatte sie auf die zwei Ws verzichtet?

Lili griff in den Korb neben sich, um eine weitere Zeitung herauszuholen. Sie fasste nach einem Papier, das anders aussah. Es war eine Einladung zu einer Veranstaltung. »Lebende Bilder«, stand darauf. Ort der Veranstaltung war das Palais Falkenstein. Lili schob das Papier zur Seite. Es war zu klein. Sie nahm die nächste Zeitung.

»Oh, mein Gott«, sagte Fanny betroffen. Sie war näher gekommen, weil sie ebenfalls altes Zeitungspapier benötigte. Nun stand sie neben Lilis Tisch. Ihr Blick fiel auf die Einladung. Sie nahm die Karte an sich.

»Schaut mal alle her!«, rief Fanny. Sie hielt die Einladung in die Höhe. »War eine von euch bei der Gräfin von Falkenstein?«

»Bei diesem furchtbar ermüdenden Nachstellen von Bildern?« Helene schüttelte den Kopf. »Ich hatte an dem Abend keine Zeit. Warst du da?«

Fanny verzog leidend den Mund. »Ich habe das völlig vergessen. Koloman hat gesagt, dass zumindest eine von uns der Einladung folgen sollte. Die Gräfin ist eine potenzielle Kundin.«

»Bei den letzten lebenden Bildern bin ich vor lauter Langeweile eingeschlafen. Ich geh da ganz bestimmt nie wieder hin!«, rief eine der Frauen von der Galerie.

»Oje«, sagte Fanny. »Hoffentlich beschwert sich die Gräfin nicht bei Koloman.«

»Und wenn schon«, meinte Hedi patzig. »Soll er sich doch selbst dahin begeben und sich langweilen. Er kann nicht von uns verlangen, dass wir unsere Abende dort verschlafen.«

»Ich glaube, dass Rita die Veranstaltung besucht hat«, sagte die Frau von der Galerie. Lili hatte den Namen der Künstlerin vergessen.

»Na, dann ist alles gut. Entspannt euch wieder«, meinte Helene. »Leider können wir uns bei Rita nicht mehr bedanken.«

Mit einem Mal war es still in der Werkstätte. Es dauerte den ganzen Nachmittag, bis sich die düstere Stimmung wieder einigermaßen hob. Lili arbeitete konzentriert weiter. Riss Zeitungspapier in Streifen und wickelte es um die filigranen Becher. Sie war völlig in ihre monotone Tätigkeit versunken, als ihre Aufmerksamkeit erneut geweckt wurde. Diesmal von einem Namen und einer Überschrift. Herbert Rossberg hatte einen Artikel geschrieben mit der Überschrift: »Diebstahl in feinster Gesellschaft«.

Rossberg war der freundliche Reporter gewesen, der ihr die Hand geküsst hatte, und er hatte einen Artikel über genau jene Abendveranstaltung geschrieben, von der die Frauen zuvor gesprochen hatten.

Diebstahl gibt es auch in den höchsten Kreisen unserer Gesellschaft. Den Beweis lieferte die gestrige Abendver-

anstaltung im Palais der Gräfin von Falkenstein. Während das erlauchte Publikum sich an den nachgestellten Bildern erfreute, schlich sich ein gewitzter Dieb hinter die Bühne und stahl geschickt einen wertvollen Ring aus einem unverschlossenen Kästchen. Der Ring war ein Geschenk eines indischen Prinzen und war mit einem mehrere tausend Kronen schweren Rubin geschmückt. Warum man ein derart einzigartiges Schmuckstück achtlos in ein Kästchen legt und bloß einen halbwüchsigen Burschen mit der Aufsicht beauftragt, wird von der Polizei geklärt werden müssen. Bisher fehlt den zuständigen Beamten jede Spur. Hoffen wir, dass die Männer bald Licht ins Dunkel bringen können und die bestohlene Tänzerin sich wieder ihres Schmucks erfreuen kann.

Lili las den Artikel noch einmal, um sicherzugehen, dass sie sich nicht verlesen hatte. Es bestand kein Zweifel, an dem Abend war ein wertvolles Schmuckstück gestohlen worden. Und Rita war unter den Gästen gewesen. Zu gern hätte Lili mehr über den Abend erfahren. Sie wusste auch schon, wie sie es anstellte. Es gab keine besseren Informationsquellen als geschwätzige Dienstboten. Grete arbeitete im Palais als Küchenhilfe. Es war höchste Zeit, wieder einmal auf ihre Kinder aufzupassen.

22

Magdalenengrund, Ratzengrund

Lautes Schimpfen, eine klatschende Ohrfeige, gefolgt von herzzerreißendem Weinen drang auf den Gang. Lili zögerte, sollte sie wirklich anklopfen? Es stank nach Kohl und ranzigem Fett. Der Geruch stammte nicht aus Gretes Wohnung. Für gewöhnlich zweigte sie etwas vom Essen aus dem herrschaftlichen Palais für ihre Kinder ab. Wenn man ihr auf die Schliche kam, würde sie ihre Arbeit rasch wieder los sein. Lili hatte zwei Semmeln und zwei Äpfel eingepackt, falls Grete heute mit leeren Händen nach Hause gekommen war.

Sie hob die Hand, um anzuklopfen, genau in dem Moment wurde die Tür geöffnet.

»Nanu? Lili?« Gretes Gesicht hellte sich auf. Die Freude war echt. »Komm rein, ich hab dich schon lang nicht mehr gesehen. Wie geht es dir?«

»Die gleiche Frage wollte ich dir gerade stellen.«

Wie immer sah Grete müde aus. Ihr zerschlissenes Kleid hing lose an ihrem mageren, knöchernen Körper. Ihr rechtes Auge war blau, darunter lagen so dunkle Ringe, dass es aussah, als hätte jemand mit einem Kohlestift nachgeholfen. Die Wangen waren eingefallen.

»Ein Freier?« Lili zeigte auf Gretes Auge, sie stellte die Frage ganz leise, und Grete nickte bloß. »Wolltest du gerade gehen?«

»Ja, aber ich kann genauso gut noch eine Stunde warten. Um diese Uhrzeit saufen die Kerle sich noch das Hirn aus dem Kopf.« Sie verzog den Mund. »Es wird immer schwieriger, an Kunden zu kommen. Ich bin zu dürr und zu alt.«

»Du solltest mit dem horizontalen Gewerbe aufhören. Du handelst dir bloß Zores ein.«

»Damit der Vermieter mich und meine Kinder aus diesem feuchten Loch rauswirft und wir auf der Straße sitzen? Du hast gut reden, dein Vater verdient mit seinen Auftragsarbeiten genug Geld.«

»Er muss damit auch aufhören, sonst sitzen er und ich bald im Gefängnis.«

»Wir sind ein Haufen trauriger Gestalten.« Grete verzog den Mund zu einem Lachen. Es erreichte ihre Augen nicht.

»Es ist eine Sch…« Lili schluckte den Kraftausdruck hinunter, als sie Mimi, Gretes dreijährige Tochter, sah.

Mit dem Daumen im Mund lugte das Mädchen hinter dem Rücken ihrer Mutter hervor. Das Haar war ungekämmt, die Wangen waren schmutzig. Tränen hatten helle Spuren hinterlassen. Sie hielt sich am Rockzipfel ihrer Mutter fest.

»Passt du auf uns auf?« Hoffnung lag in ihren großen blauen Augen, die wegen der verschmutzten Wangen noch leuchtender aussahen, als sie tatsächlich waren.

Lili hatte ein schlechtes Gewissen. Sie sollte viel öfter nach den beiden Kindern schauen. Es war eine Schande, dass sie allein zu Hause sein mussten, während ihre Mutter dazu gezwungen war, ihren Körper zu verkaufen, obwohl sie sich den ganzen Tag in einer Küche für eine Gräfin abrackerte. Ob die erlauchten Herrschaften wussten, wie es um das Leben ihrer Küchenmagd stand, während sie aus den sauberen Teetassen tranken, die Grete für sie abwusch? Ahnten sie, wie Gretes Kinder leiden mussten? Die beiden hatten es sich nicht ausgesucht, dass das Leben sie ausgerechnet an diesem trostlosen Ort ausgespuckt hatte.

»Komm rein, Lili.« Grete öffnete die Tür weit.

Die winzige Wohnung war ebenso schäbig wie die von Lili und ihrem Vater. Statt der Malutensilien lagen verbeulte Töpfe, zusammengeknotete Stoffreste und eine Puppe, die nur noch einen Arm und ein halbes Bein hatte, auf dem Boden. Auf einer Wäscheleine, die über dem Herd gespannt war, hingen

Kleidungsstücke, von denen man nur noch erahnen konnte, welche Farbe sie einmal gehabt hatten.

»Wir haben gerade gegessen.« Grete schaute grimmig auf ihren Älteren.

Fritz war sechs. Er saß schmollend auf dem Bett, das die drei sich teilten. Er hatte die dürren Arme vor der schmalen Brust verschränkt. Auch er hatte geweint. Seine Augen waren noch rot, und seine rechte Wange glühte. Lili vermutete, dass der Abdruck von Gretes Hand stammte. Am Boden erkannte sie den Grund des Malheurs. Die Scherben eines Tellers und die Reste von einem braunen Eintopf lagen dort verstreut.

»Fritz hat sich gerade selbst um sein Abendessen gebracht. Der Rotzbub hat den Teller auf den Boden fallen lassen. Jetzt geht er mit leerem Magen schlafen und wird in den nächsten Tagen auch keinen neuen Teller haben.«

»Ich wollt das nicht«, sagte Fritz.

Sein Gesicht verriet, dass ihm erneut zum Losheulen zumute war. Die Tränen saßen in seiner Kehle, das ließ seine Stimme erahnen. Lili konnte sich gut in den Jungen hineinversetzen. Wer ließ seinen Teller samt Abendessen freiwillig fallen? Es war Strafe genug, dass er nichts zu essen hatte. Warum noch eine Ohrfeige und Schimpftiraden?

»Worauf wartest du?«, blaffte Grete ihren Sohn an. »Nimm dir einen Fetzen und wisch die Sauerei auf.«

Lili wusste, dass sie keine böse Frau war. Sie liebte ihre Kinder, aber die Arbeit und die Sorgen zerrten an ihren Nerven und zehrten ihren Körper aus. Wenn man jeden Tag darüber nachdenken musste, wie man seine Kinder am nächsten Tag satt bekam, blieb nicht viel Zeit für Zärtlichkeit.

»Ich helf dir gleich«, bot Lili an. »Wir zwei machen das, wenn Mama gegangen ist.« Dankbarkeit blitzte in Fritz' Augen auf.

Statt zu widersprechen, stieß Grete lautstark die Luft aus. Sie wusste, dass sie eben den Bogen überspannt hatte. »Komm, setz dich zu mir«, forderte sie. »Ich hab noch ein bisserl kalten Kaffee. Angeblich wird man davon schön.«

»Noch schöner, als wir eh schon sind?«

Nun erreichte Gretes Lachen auch ihre Augen. Vor Jahren war sie einmal eine attraktive Frau gewesen. Bevor das Leben ihr die Freude und die Zuversicht genommen hatte. Bevor sie die Verantwortung für zwei Kinder gehabt hatte und bevor ein schlagender Mann sie verlassen hatte. Sie ging zum Herd, dem Zentrum der winzigen Wohnung, nahm eine verbeulte Kanne und goss schwarze Flüssigkeit in zwei Becher. Es war kein echter Kaffee, sondern bloß ein billiger Ersatz aus Malz.

»Milch hab ich keine«, entschuldigte sie sich.

»Das macht nichts. Ich hab heute schon gut gegessen, danke.«

»Wirklich? Wo?«

»Ich hab jetzt Arbeit als Putzfrau.«

Gretes Augen weiteten sich vor Überraschung. »Du bist Putzfrau? Du solltest schöne Bilder malen und nicht den Boden schrubben.«

»Und du solltest dich um deine Kinder kümmern dürfen und dich nicht von Tschecheranten schlagen lassen.«

Grete stellte eine der Tassen vor Lili auf den Tisch. »Lass uns über was anderes reden. Warum bist du hier?«

»Du arbeitest doch im Palais Falkenstein.«

»Ja, aber ich frag mich, wie lange ich das noch tun soll. Ich krieg kaum einen Lohn, und Essen darf ich auch keines mehr mitnehmen. Sebastian, der Diener, bewacht uns alle mit Argusaugen, so als würden die Lebensmittel ihm selbst gehören. Die alte Gräfin kann die Tonnen von Eiern, Mehl und Fleisch niemals allein verspeisen. Wenn du mich fragst, sackt der Mann jeden Abend selbst alles ein.« Grete nahm einen Schluck aus ihrer Tasse. »Letzte Woche hat er mich erwischt, wie ich ein Stück Brot eingesteckt habe. Der hat so getan, als hätte ich eine Goldkette mitgehen lassen.« Sie senkte die

Stimme. »Dabei ist wirklich ein Schmuckstück verschwunden. Ein wertvoller Ring. Da hat er nicht aufgepasst, der aufgeblasene Zwerg.«

»Hast du an dem Abend im Palais gearbeitet?«

»Ja, freilich. Da waren ganz viele Gäste im Haus. Die Gräfin hat Bilder nachstellen lassen.« Erneut nahm Grete einen Schluck. »Schon komisch, was die Reichen sich ausdenken, um ihre Zeit totzuschlagen.«

»Weißt du, wer an diesem Abend eingeladen war?«

»Du willst eine Gästeliste?« Erstaunt riss Grete ihre Augen auf. Wobei das blaue sich nur bedingt öffnen ließ.

»Ja, kannst du mir eine beschaffen?«

»Was hast du damit vor? Du bringst dich doch nicht in Schwierigkeiten? Oder steckst du schon drinnen?«

»Nein, alles ist gut«, versprach Lili. »Es würde mich bloß interessieren. Die Werkstätte, in der ich arbeite, wollte die Gräfin als Kundin gewinnen. Angeblich war eine der Frauen aus der Werkstätte bei der Veranstaltung.«

»Und jetzt willst du wissen, ob sie was mit dem Diebstahl zu tun hatte?« Grete schüttelte den Kopf. »Lass die Finger davon. Das geht dich nix an.«

»Die Frau ist tot.«

Grete ließ entsetzt ihren Becher auf den Tisch knallen. Ein Teil der Flüssigkeit schwappte über. »Lili, halt dich da raus. Das klingt nicht gut.«

»Mach dir keine Gedanken. Besorg mir einfach die Liste, wenn du kannst.«

Grete wirkte alles andere als einverstanden. Sie wischte mit dem Ärmel ihres schäbigen Kleides die Flüssigkeit auf.

»Angeblich ist die Gräfin eine Kunstsammlerin«, sagte Lili vorsichtig.

»Pah, die alte Schachtel hat so viele Bilder und Figuren und anderen Ramsch herumstehen, dass zwei Dienstmädchen den ganzen Tag damit beschäftigt sind, den Plunder abzustauben.

Der Diener sollte nachschauen, ob da nicht mal was abhandenkommt. Würde mich nicht wundern. Aber stattdessen beobachtet er mich rund um die Uhr.«

Lili konnte gut verstehen, dass Grete über den Vorfall mit dem Stück Brot verärgert war.

Müde trank Grete ihren Kaffee aus und stand auf. »Passt du wirklich auf meine zwei kleinen Gschrappen auf?« Sie sagte die Worte versöhnlich. Offenbar hatte sie Fritz das Missgeschick verziehen.

»Ja, mach ich. Wenn sie schlafen, geh ich wieder rauf.«

»Danke, du bist ein Schatz!« Grete schickte Lili eine Kusshand. »Du kriegst morgen diese Liste, auch wenn mir nicht klar ist, was du damit willst.«

»Danke«, sagte Lili. »Pass auf dich auf und lass dich nicht noch einmal zusammenschlagen.«

»Ich werde mich bemühen.« Grete küsste auch ihre Kinder, dann verließ sie die Wohnung.

Kaum dass die Tür hinter ihr zu war, kroch Fritz vom Bett. »Hilfst du mir?«

»Sicher!«, sagte Lili. »Die Scherben räum ich allein weg. Da kann man sich rasch verletzen.« Sie hob ihre verbundene Hand hoch. Aus ihrer Tasche holte sie die Semmeln und die Äpfel. »Statt dem Eintopf!«

Die Augen des Jungen glänzten. »Vielen Dank! Das schmeckt eh besser.«

Er schlang seine dürren Arme um Lilis Hüften. Damit hatte er Lili endgültig um den Finger gewickelt. Sie bereute, dass sie nicht noch einen Rest vom Mittagessen mitgenommen hatte. Aber morgen war auch noch ein Tag.

23

Burgring, Palais Falkenstein

»Sie schon wieder?« Mit hochgezogenen Augenbrauen und gelangweiltem Blick musterte der Diener Max. Erst als Max ihn daran erinnerte, wer vor ihm stand, änderte er seine Tonlage und die Körperhaltung.

»Max von Krause, und Sie werden mich noch öfter sehen, wenn Sie mir in den nächsten zehn Minuten nicht die längst geforderte Gästeliste der abendlichen Veranstaltung geben, bei der ein wertvolles Schmuckstück abhandengekommen ist. Sollten Sie sich weigern, werden Sie sich demnächst bei mir auf der Elisabethpromenade wiederfinden.«

»Ich werde die Liste schicken lassen.«

»Nein, Sie werden sie mir gleich aushändigen. Und diesmal die komplette. Die Liste, die ich habe, ist nicht vollständig.«

»Ich werde mich darum kümmern. Bitte setzen Sie sich einen Moment.« Der Diener bat ihn ins Palais und wies ihm einen Sessel in der Eingangshalle zu.

Eigentlich hätte sich ein Platz in einem der Salons gehört. Offenbar wollte der Diener Max daran erinnern, dass er trotz seines Adelstitels seinen Lebensunterhalt als Polizeibeamter verdiente. Mit aufreizend langsamen Schritten entfernte sich der Mann. Er ließ Max allein zurück.

Der sah sich in der Zwischenzeit um. Die Empfangshalle glich einem Museum. Überall standen Figuren, kleine Skulpturen und chinesische Vasen. Max musste an die Worte seiner Mutter denken, die gern über die Gräfin witzelte: »Sie hat keinen Geschmack. Nur weil sie Unmengen von Kunstgegenständen kauft, macht sie das noch lange nicht zur Kunstexpertin.«

Wie bei seinem letzten Besuch fiel sein Blick auf die modern anmutenden Figuren auf der Kommode neben den breiten Marmortreppen. Sie hatten Ähnlichkeit mit den Keramikarbeiten, die er kürzlich in der Wiener Werkstätte gesehen hatte. Neugierig machte er einen Schritt auf die Kunstobjekte zu. Er nahm eine der Figuren in die Hand und drehte sie um.

»Stellen Sie das auf der Stelle wieder zurück!« Die Stimme des Dieners donnerte durch die Eingangshalle.

Max erschrak so heftig, dass er tatsächlich Gefahr lief, die Figur fallen zu lassen. Im letzten Moment hielt er sie fest.

Der Diener zögerte, dann meinte er versöhnlich: »Bitte entschuldigen Sie, Herr von Krause.« Er deutete eine Verneigung an. »Diese Objekte liegen meiner Herrin sehr am Herzen.«

»Ich hatte nicht vor, die Figur kaputt zu schlagen.« Max stellte die blasse Frau zurück auf die Kommode zu den anderen. »Stammen die Keramiken aus der Wiener Werkstätte?«

»Ja«, sagte der Diener erstaunt. »Kennen Sie sich mit Kunst aus?«

»Nicht sonderlich gut«, gab Max zu. »Es ist bloß so, dass ich vor Kurzem ähnliche Werke gesehen habe.«

Der Diener holte eine Liste aus der Jacke seiner dunklen Uniform und reichte sie Max. Der überflog die Namen. Die Liste war mit nachlässig schneller Schrift geschrieben worden. Einige Buchstaben waren verwischt, so als wollte man sie absichtlich unleserlich halten. Max versuchte, sie dennoch zu entziffern. Einige Namen kannte er. Sie zählten zum Bekanntenkreis seiner Mutter. Bei einem blieb sein Blick hängen. Es konnte sich um »Rammel« handeln oder »Kammel« oder »Hammerl«. »Leopoldine Hammerl«, sagte er ernst. »Das ist die Frau, die erwürgt aus dem Donaukanal gefischt worden ist.«

»Die junge Frau ist mir unbekannt.«

»›Junge Frau‹? Woher wissen Sie, wie alt sie war?«

Augenblicklich schoss Blut in die Wangen des Dieners.

Er räusperte sich verlegen. »Es war nur eine Vermutung. An diesem Abend waren viele junge Herrschaften anwesend.«

»Das stimmt nicht«, widersprach Max. Er hatte die meisten Gäste bereits befragt. Der Altersdurchschnitt bei der Veranstaltung war weit über fünfzig gewesen.

»Woher kannten Sie das Fräulein, und warum haben Sie versucht, ihren Namen auf der Gästeliste zu verbergen? Ich wage zu behaupten, dass ihr Name der Grund dafür war, dass Sie mir die Liste nicht eher gebracht haben.«

Der Diener presste die schmalen Lippen so fest gegeneinander, bis sie blutleer und weiß waren. Nervös knetete er seine Hände. Langsam zog Max seinen Notizblock und einen Stift aus seiner Jacke. Seine Gelassenheit schürte die Nervosität des Dieners noch weiter. Schließlich sagte der: »Ich habe von dem schrecklichen Verbrechen in der Zeitung gelesen.«

»Ja, natürlich, wo auch sonst«, sagte Max ärgerlich. Herbert Rossberg behinderte wieder einmal seine Arbeit mit seinen reißerischen Artikeln. Es sollte verboten werden, Namen von Opfern in der Presse zu nennen.

Der Diener nickte. »Ich wollte nicht, dass meine Herrin mit dem schlimmen Vorfall in Verbindung gebracht wird. Sie hat damit nichts zu tun. Die junge Frau hat ihr eine ihrer Arbeiten verkauft, das war alles. Und die Gräfin hatte alle Objekte bezahlt, falls Sie etwas anderes vermuten sollten.«

Max hielt im Schreiben inne und ließ den Notizblock sinken. »Diese Figuren, die hier auf der Kommode stehen?«

»Ja, natürlich«, meinte der Diener. Seine blasierte Stimme kehrte zurück. »Sie haben ja selbst erkannt, dass sie aus der Wiener Werkstätte stammen.«

»Fräulein Hammerl hat die Figuren am Tag der Abendveranstaltung gebracht?«

»Nein, das war lange davor. Gräfin von Falkenstein besitzt die Objekte schon seit geraumer Zeit.«

»Ist die Gräfin im Haus?«

»Bedaure, sie ist bei ihrer Schneiderin.«

»Und wann wird sie wiederkommen?«

»Das kann ich Ihnen nicht sagen, weil ich es nicht weiß.«

Max holte die verbeulte Taschenuhr aus seiner Jacke. Er klappte sie auf. Eigentlich sollte er längst im Café Reil sein und dem Oberkommissar Bericht erstatten. Aber diese Befragung hatte Vorrang. »Wo kann ich auf die Gräfin warten?«

Der Diener wirkte nervös. »Die Dienstmädchen säubern gerade die Salons. Ich kann Sie dort leider nicht warten lassen.«

»Da will ich nicht im Weg sein, ich setze mich gern in die Küche.«

Der Diener wurde blass. »Das geht doch nicht, Herr von Krause.«

»Glauben Sie mir, ich habe in meiner Kindheit sehr viel Zeit in einer Küche verbracht, es waren die besten Stunden meines Lebens. Vor allem wenn gerade gebacken wurde.« Er schnupperte, es roch nach Apfelstrudel.

»Die Köchin richtet Ihnen bestimmt eine Portion!« Der Diener schien sehr erleichtert. »Kommen Sie mit.«

24

Neustiftgasse, Wiener Werkstätte

Es war jedes Mal erstaunlich, wie schnell Lilis Wunden verheilten. Nach so kurzer Zeit hatte sich ein dünnes Häutchen gebildet. Dieses Geschenk hatte sie von ihrem Vater geerbt. Wenn er in eine Schlägerei geriet, was immer wieder passierte, litt er nur kurze Zeit an seinen Blessuren. Lili beschloss, den Verband noch ein paar zusätzliche Tage anzulegen. Wen scherte es, wenn der Boden bloß gefegt und nicht aufgewaschen wurde? Die gewonnene Zeit würde sie damit verbringen, die Kunstwerke der Frauen genauer in Augenschein zu nehmen. Bei vielen Objekten hätte sie Verbesserungsvorschläge, hütete sich jedoch davor, sie auszusprechen. Die meisten Künstlerinnen reagierten beleidigt auf Kritik. Vor allem dann, wenn sie von einer Putzfrau vorgebracht wurde. Deshalb begnügte Lili sich damit, ihre Ideen in einem Heft aufzuzeichnen, das sie in einer Lade bei der Seife und dem Wischmopp versteckte. Niemand würde auf die Idee kommen, dort nachzuschauen.

Mit einem Staubwedel in der unverletzten Hand lief sie durch die Werkshalle und wedelte mit gespielter Geschäftigkeit über die fertigen Keramikobjekte. Die Arbeit war sinnlos, da der Staub sich sofort wieder auf die Figuren legen würde. Aber so zeigte sie den Frauen, dass ihre Anwesenheit nicht umsonst war.

Bei dem Regal mit Leopoldines Arbeiten verweilte sie länger. Vorsichtig nahm sie jedes der Objekte in die Hand. Damit Tonfiguren beim Brennen nicht zersprangen, hatten sie ein Loch im Boden. Es gab Figuren, bei denen Leopoldine ihre eigenen Initialen und das Monogramm der Werkstätte aufgestempelt hatte, und welche, bei denen es nur die Buchstaben ihres eigenen Namens gab. Bei zweien der Kunstobjekte befand sich das Loch nicht am Boden, sondern am Rücken. Das Loch war Teil der Verzierung. Lili fand die Idee originell. Rund um eines der Löcher hatte Leopoldine einen grünen Lorbeerkranz geformt.

Lili bemerkte nicht, dass jemand zu ihr getreten war.

»Lustig«, sagte Helene.

Lili fuhr erschrocken herum und entspannte sich wieder, als sie Helene erkannte.

»Ich hatte als Kind ein Porzellanschweinchen, in das ich Münzen einwerfen konnte.«

»Ein Spielzeug?«, fragte Lili.

Helene lachte. »Nein, natürlich nicht. Es war ein Sparschwein. Kennst du so was denn nicht?«

Beschämt schüttelte Lili den Kopf. »Bei uns hat das Geld nie zum Sparen gelangt«, gab sie zu. Sie verriet nicht, dass sie jeden Tag Angst hatte, dass ihr Vater mit neuen Spielschulden nach Hause kam und sie die Miete für die winzige, feuchte Wohnung nicht bezahlen konnten.

»In ein Sparschwein kannst du Münzen einwerfen, und wenn es voll ist, dann zerschlägst du es mit einem Hammer und holst die Ersparnisse heraus.«

»Das Schweinchen wird kaputt gemacht?«

»Ja, das ist der Sinn eines Sparschweins. Könnte man es öffnen, wäre man gefährdet, die Münzen vorher schon herauszuholen. Aber ohne Öffnung spart man so lange, bis der Bauch des Schweinchens voll ist. Dann nimmt man den Hammer und ... zack ... hat man all die Münzen, mit denen man ein hübsches Kleid, ein paar Ohrringe oder was auch immer kaufen kann.«

»Hast du auf ein Kleid gespart?«

Wieder lachte Helene. »Nein, ich wollte neue Aquarellstifte. Aber die hat mir meine Tante dann auch so geschenkt.

Ich weiß gar nicht mehr, was ich mit dem Ersparten erstanden habe.«

Lili beneidete Helene um ihren unbeschwerten Umgang mit Geld. Ihr unkonventioneller Zugang zu Regeln beschränkte sich nicht auf gesellschaftliche Vorgaben. Noch nie zuvor war Lili einer Frau wie Helene begegnet. Hätte sie selbst ein Sparschwein und würde es über Monate mit Münzen füllen, würde sie sich genau daran erinnern, wofür sie die Münzen ausgab.

Helene nahm eine von Leopoldines Figuren in die Hand. Sie drehte sie um. Ihr Blick blieb an den beiden Stempeln hängen.

»Ich finde wirklich, dass du deine Entwürfe mit den Anfangsbuchstaben deiner Namen versehen solltest«, sagte Lili. »Wenn schon nicht auf jedem Zuckerlpapier, so zumindest auf jedem Papierbogen.«

»Warum findest du das so wichtig?«

»Damit die Welt nach deinem Tod weiß, wer die wunderschönen Muster entworfen hat, mit denen die Möbel ausgestattet, mit denen die Süßigkeiten eingewickelt und mit denen die kleinen Kästchen für die Pralinen überzogen werden.«

Helene stellte die Figur zurück ins Regal, dann sah sie Lili ernst an. »Ich weiß, dass du recht hast«, sagte sie. »Aber mir fehlt der Mut. Leopoldine war aus einem anderen Holz geschnitzt. Manchmal hatte ich den Eindruck, es bereitete ihr sogar Freude, sich mit Koloman und den anderen anzulegen.«

»Wegen der Initialen?« Lili war überrascht, dass zwei Buchstaben für so viel Aufregung sorgen konnten.

»Nicht nur«, sagte Helene. »Leopoldine wollte ihre Objekte eigenständig verkaufen. Sie war der Meinung, dass ihr ein höherer Anteil am Verkauf zustehen würde. Ich glaube, sie hatte vor, die Werkstätte zu verlassen, sobald sie sich als Künstlerin am Markt etabliert hätte.«

»Und war das realistisch?« Lili kannte nur eine Frau in Wien, die vom Verkauf ihrer Kunstwerke leben konnte: Tina

Blau. Ihr Vater hatte den Namen einmal genannt, danach hatte Lili ihn in der Zeitung gelesen. Die Künstlerin unterhielt ein Atelier im Prater und hatte sich auf Landschaftsmalerei spezialisiert.

»Wenn du mich fragst, hat Leopoldine sich ordentlich überschätzt. Ihre Figuren waren speziell, aber ob sie vom Verkauf hätte leben können? Ich bezweifle es.«

»Vielleicht hätten ihre Eltern sie zusätzlich unterstützt. Gewiss stammte sie aus einer reichen Familie.«

»Leopoldines Eltern sind tot«, erinnerte Helene.

»Oh, das tut mir leid«, sagte Lili. Wie hatte sie das vergessen können? Irgendjemand hatte es ihr bereits erzählt. »War sie nicht verlobt? Sie hat sich doch mit einem Mann getroffen.«

»Ich glaube kaum, dass Dagobert viel Geld hat. Niemals hätte es für eine Ehe zwischen den beiden gereicht.«

Da war er wieder, der lustige Name, an den Lili sich im Gespräch mit Max von Krause nicht hatte erinnern können. Was war nur los mit ihr? Immer öfter entfielen ihr wichtige Namen und Informationen. »Kennst du diesen Dagobert auch?«

»Nein, ich bin ihm nie begegnet. Poldi hat sich immer heimlich mit ihm getroffen. Böse Zungen in der Werkstätte behaupten, sie hätte den Mann bloß erfunden, damit sie sich interessanter macht.«

»Denkst du das auch?«

»Nein, ich bin sicher, dass es ihn wirklich gibt. Poldi war eine attraktive Frau. Warum sollte ein Leutnant sich nicht für sie interessieren?«

»Ob Rita ihn auch kannte?«

Helene sah Lili von der Seite an. »Wie kommst du auf den Gedanken?«

Lili zuckte mit den Schultern. »Keine Ahnung. Die beiden lagen sich andauernd in den Haaren. Irgendwann ging es auch um Männerbekanntschaften.«

»Rita hat immer mit allen gestritten. Ich glaube, sie hat kein Thema dieser Welt ausgelassen.«

Lili biss nachdenklich auf ihre Unterlippe. »Macht es dir Angst, dass innerhalb kurzer Zeit zwei Frauen aus der Werkstätte umgebracht worden sind? Eine Kollegin hat man erschlagen und eine andere erwürgt. Fragst du dich nicht, wer die nächste sein wird?«

Lilis Worte schienen Helene zu verunsichern. »Ich will darüber nicht nachdenken. Die Morde haben nichts mit der Werkstätte zu tun.«

»Und wenn doch?«

Helene schüttelte den Kopf. »Das haben sie nicht. In der Werkstätte beschäftigen wir uns mit dem Schönen und dem Erhabenen. Es geht um Kunst. Nicht um Tod und Verderben.«

Dann drehte sie sich am Absatz um und ließ Lili ohne weitere Bemerkung zurück. Sie ging zu ihrem Arbeitsplatz, wo sie sich einem Muster widmete, das wieder einmal viel zu düster ausfiel.

25

Burgring, Palais Falkenstein

Während Max sich über eine riesige Portion Apfelstrudel hermachte, beobachtete er das übrige Personal. Der Diener ließ ihn großzügig bewirten. Dem einfachen Personal begegnete er mit ungewöhnlicher und fast unmenschlicher Strenge. Max sah der Küchenmagd beim Abwasch zu. Die Frau war so mager, dass ihre Knochen unter dem Kleid hervorstachen. Der Körper der Köchin hingegen war üppig gerundet. Auch sie kommandierte die arme Magd erbarmungslos herum. Genau wie das Dienstmädchen, das den Fehler gemacht hatte, einen Korb sauberer Wäsche neben dem Herd stehen zu lassen. Ihre Schimpftiraden waren mit Sicherheit durchs geschlossene Fenster bis auf die Straße zu hören. Max fragte sich, ob die Köchin bloß deshalb so unfreundlich war, weil auch sie von einer strengen Haushälterin und dem humorlosen Diener schlecht behandelt wurde. Das Klima in diesem Haus war vergiftet. Eine Stimmung, die Max nicht fremd war. Wie viele Stunden hatte er als Kind in der Küche verbracht und mitgehört, wie die Bediensteten sich untereinander das Leben noch schwerer gemacht hatten, als es ohnehin schon war. Max zählte die Minuten und hoffte, dass die Gräfin bald bei ihrer Schneiderin fertig sein würde.

Die Zeiger seiner Uhr zeigten Punkt fünf, als die Hausherrin endlich eintraf. Es dauerte eine weitere Stunde, bis sie schließlich gewillt war, den ungebetenen Gast zu empfangen. Die Frau saß im Salon. Vor ihr auf einem kleinen Tischchen standen Tee und feinstes Gebäck, von dem sie reichlich in sich hineinstopfte. Sie bot auch Max davon an, doch er lehnte dankend ab. Sein Magen war vom Apfelstrudel gefüllt.

»Setzen Sie sich. Was wollen Sie schon wieder in meinem Haus, Herr von Krause? Haben Sie endlich den Ring gefunden? Es wurde auch langsam Zeit.« Die Gräfin sprach mit vollem Mund. Die dicke Schicht Schminke in ihrem Gesicht konnte die Falten nicht verbergen. Unter ihren Augen lagen Tränensäcke, und ihr Doppelkinn wackelte, während sie sprach.

Max nahm ihr gegenüber Platz. »Ich habe ein paar Fragen zu Fräulein Hammerl und Fräulein Weiß.«

Die Augen der Gräfin weiteten sich, um ihre Nase herum breitete sich ein nervöses Zucken aus. »Wer sollen die Damen sein?«

Sie log. Max konnte es förmlich spüren. »Beide Frauen waren junge Künstlerinnen. Sie haben in der Wiener Werkstätte gearbeitet, und mindestens eine der beiden hat Ihre Veranstaltung der nachgestellten Bilder besucht. Eine der Frauen wurde kürzlich erschlagen, die andere erwürgt und in den Donaukanal geworfen.«

Die Gräfin hielt in ihrer Bewegung inne. Sie verzichtete auf das nächste Stück Kuchen. Mit spitzen Fingern legte sie es zurück auf den Teller. »Meine Veranstaltungen sind sehr beliebt. Ich kenne bloß einen Bruchteil der Menschen, die eingeladen werden. Ich habe keine Ahnung, von wem Sie da reden.«

»Sie wissen nicht, wen Sie selbst einladen?«, fragte Max erstaunt.

»Natürlich nicht«, sagte die Gräfin. Sie verdrehte genervt die Augen. »In diesem Fall hat Baptiste Dubois die Gästeliste erstellt. Er war für die Inszenierung der lebenden Bilder zuständig.«

»Sie überlassen die Gästeliste einem Schauspieler?«

»Baptiste ist mehr als bloß ein Schauspieler. Er ist ein großartiger Künstler. Der Mann kennt sich in Künstlerkreisen aus. Ich lasse ihm freie Hand bei den Einladungen. Wichtig ist es, eine illustre Mischung an interessanten Menschen zusammenzustellen. Baptiste hat mich noch nie enttäuscht. Es ist wirklich ein Jammer, dass Ihre geschätzte Frau Mutter nicht kommen konnte. Richten Sie ihr meinen Gruß aus.«

»Das werde ich machen.«

Gräfin von Falkenstein hob mahnend den Finger. »Und sagen Sie ihr, dass ich sie beim nächsten Mal sehen möchte, sonst nehme ich ihr Fernbleiben persönlich. Sie hat mich jetzt schon zum dritten Mal versetzt. Das gibt mir zu denken.«

»Ich werde es weitergeben. Sie dürfen die Absagen keinesfalls persönlich nehmen. Meine Mutter ist stets sehr beschäftigt.« Das war nicht gelogen. Trotz des verlorenen Reichtums galt Adele von Krause als gern gesehener Gast auf allen gesellschaftlichen Höhepunkten Wiens. Sie war humorvoll, redegewandt und elegant. Der perfekte Aufputz für jede Veranstaltung.

Max versuchte, wieder zum eigentlichen Gesprächsthema zurückzukehren. »Wo kann ich diesen Baptiste Dubois finden?«

»In Paris.«

»Wie bitte?«

»Baptiste ist nach dem unglücklichen Abend, an dem der armen Luzia Barone ihr kostbarer Ring gestohlen wurde, nach Hause gefahren. Ich fürchte, dass er nie wieder nach Wien kommen wird. Die ganze Angelegenheit ist ihm sehr nahegegangen. Wie unerfreulich, und ich frage mich, warum Sie den Dieb immer noch nicht gefunden haben. Was ist so schwierig daran? Und warum glauben Sie an die Unschuld des jungen Burschen?«

»Ihr Diener hat mit zuvor die fehlende Namensliste gegeben«, fuhr Max unbeirrt fort. »Er hat zugegeben, dass er die Anwesenheit von Leopoldine Hammerl verschweigen wollte.«

»Er hat was?« Die Stimme der Gräfin überschlug sich.

Bestimmt würde der Diener hinterher eine Strafpredigt über sich ergehen lassen müssen.

»Er wollte, dass Sie keinerlei schlechte Nachrede bekommen.«

»Ich bin Gräfin von Falkenstein!« Sie plusterte sich auf wie ein Federvieh und sah Max konsterniert an. »Wie kommt er auf die Idee, dass schlechte Nachrede mich treffen könnte?«

»Das müssen Sie mit ihm klären. Ich will von Ihnen wissen, was Sie über die beiden jungen Frauen zu erzählen haben.«

»Nichts. Absolut nichts.«

»Ich muss annehmen, dass Sie mindestens eine der jungen Damen gekannt haben.«

»Ach ja?« Die Gräfin fühlte sich wieder sicher. Sie griff nach einem rosarot glasierten Punschkrapferl und steckte es im Ganzen in den Mund.

»Die Keramikfiguren, die auf Ihrer Kommode in der Eingangshalle stehen, stammen von Fräulein Leopoldine Hammerl.«

Die Gräfin verkutzte sich. Ihre Wangen liefen dunkelrot an. Sofort eilte eines der Dienstmädchen, das eben am Salon vorbeikam, zu Hilfe. Sie klopfte auf den breiten Rücken ihrer Herrin und reichte ihr die Tasse mit dem Tee. Die Gräfin nahm einen Schluck. Dann tupfte sie ihre Lippen mit einem Spitzentaschentuch ab, das sie aus einem Stoffbeutel nahm, der auf dem Sofa neben ihr lag.

»Sie dürfen die Gräfin nicht so aufregen«, mahnte das Dienstmädchen schüchtern und knickste dabei. »Ihre Gesundheit ist angeschlagen.«

»Das ist nicht meine Absicht«, versicherte Max. »Auf der Unterseite der Figuren befindet sich ein Monogramm, das mich an das der Wiener Werkstätte erinnert. Die Buchstaben L und H sind darauf zu sehen. Ich nehme an, dass es die Anfangsbuchstaben von Leopoldine Hammerl sind.«

»Es können die Buchstaben von irgendeinem Künstler sein«, entgegnete die Gräfin. Doch ihre Fassade fing an zu bröckeln. Sie schien zu ahnen, dass es sinnlos war, weiter abzustreiten, von wem die Figuren stammten.

»Ich nehme an, dass Fräulein Hammerl ihre Initialen auf all ihren Kunstwerken angebracht hat«, sagte Max. »Wollen Sie weiter daran festhalten, dass Sie sie nicht kannten?«

»Möglich, dass ich die Figuren von ebendieser jungen Frau erstanden habe«, gab die Gräfin schließlich zu. Sie sah Max dabei nicht an und zerknüllte das Tüchlein in ihrer Hand. Die Knöchel ihrer Finger traten weiß hervor. »Ich besitze so viele kostbare Gegenstände. Mein ganzes Palais ist voll davon. Sie können von mir nicht erwarten, dass ich mir jeden Künstlernamen merke.«

Max glaubte ihr kein Wort, fragte aber: »Wann hat Leopoldine Hammerl Ihnen die Keramiken verkauft?«

»Daran kann ich mich beim besten Willen nicht mehr erinnern.« Die Gräfin steckte das Taschentuch wieder zurück in den Stoffbeutel.

»Wann war die junge Frau das letzte Mal hier?«

»Das weiß ich nicht. Fragen Sie Sebastian!« Die Gräfin ergriff ein silbernes Glöckchen, das neben dem Kuchenteller lag. Sie klingelte wild.

Augenblicklich betrat der Diener den Raum. Max vermutete, dass er am Gang gelauscht hatte.

»Sebastian, können Sie sich daran erinnern, wann die Künstlerin aus der Wiener Werkstätte das letzte Mal hier gewesen ist?«

Der Diener zögerte und sah seine Herrin eindringlich an. So als wollte er sichergehen, dass er tatsächlich die Wahrheit sagen sollte. Als die Gräfin ihn weiter abwartend anstarrte, meinte er schließlich: »Am Tag nach den lebenden Bildern.«

»Was wollte sie hier?« Max machte sich Notizen.

Wieder sah Sebastian seine Herrin an. Sie nickte ihm zu. »Fräulein Hammerl brachte einen Lampenschirm. Er hängt im chinesischen Salon.«

»Kann ich das Objekt sehen?«

Es folgte ein Schweigen. Schließlich sagte die Gräfin: »Führ den Kommissar in den Salon!«

Sebastian verneigte sich und winkte Max mit sich. Über einen langen Flur, von dem mehrere Türen zur rechten Seite weggingen, gelangten sie zu einem kleinen Raum am Ende des Gangs. Chinesisch anmutende Gemälde hingen an den Wänden. Mehrere große Vasen mit goldenen Drachenverzierungen standen am Boden. Von der Decke baumelten Lampions aus Papier. Dazwischen stach ein Lampenschirm aus Keramik ins Auge. Er passte farblich in den Salon. Der Schirm war über und über mit chinesischen Schriftzeichen versehen.

»Können Sie ihn runterholen?«, fragte Max.

»Ich fürchte, nein!«

»Dann bitte ich um eine Leiter.«

Der Diener seufzte leidend, ließ aber die gewünschte Leiter bringen. Schon kurz darauf kletterte Max zum Lampenschirm. In der Innenseite fand er das gewünschte Symbol: die Initialen von Leopoldine Hammerl. Was jedoch fehlte, waren die zwei übereinandergelegten Ws. Offenbar hatte die Frau die Gegenstände auf eigene Rechnung verkauft, ohne ihren Arbeitgeber mitverdienen zu lassen. Zufrieden mit dem, was er gefunden hatte, kletterte Max wieder von der Leiter und kehrte zurück zur Gräfin. In der Zwischenzeit hatte die Frau sämtliche Kuchenstücke aufgegessen.

Diesmal wartete Max nicht darauf, dass die Gräfin ihm Platz anbot. Er setzte sich ungefragt. »Hat auch Fräulein Weiß Ihnen Kunstgegenstände verkauft?«

Die Gräfin lachte. »Um Himmels willen, nein.«

Max überlegte, wie er die nächste Frage formulieren sollte, aber die Gräfin beantwortete sie, bevor er sie stellen konnte.

»Fräulein Weiß war keine Künstlerin. Jeder wusste das. Koloman Moser und Josef Hoffmann ebenso wie ihre Kolleginnen und die Kunden.«

Die Offenheit, mit der die Gräfin über das fehlende Talent einer Toten sprach, überraschte ihn. »Wenn die junge Frau so untalentiert war, warum hat sie dann in der Wiener Werkstätte gearbeitet?«

»Na, warum wohl?« Die Gräfin verzog amüsiert die rot geschminkten Lippen. »Sind Sie wirklich so naiv, oder wollen Sie die Wahrheit nur aus meinem Mund hören?«

Max wartete schweigend.

»Gustav Weiß ist der Papierbaron. Er besitzt die größte Papierfabrik der Monarchie. Wenn er mit dem Finger schnippt, springen die Menschen und erfüllen ihm jeden Wunsch. Vor allem, wenn sie mit Papier arbeiten und von Lieferungen von ihm abhängig sind.« Die Gräfin betrachtete ihre Fingernägel. »Soviel ich weiß, ist das in der Wiener Werkstätte der Fall. Dort benötigt man jede Menge Papier.«

»Das erklärt, warum das Fräulein in der Wiener Werkstätte gearbeitet hat, nicht aber, warum sie bei Ihnen zur Abendveranstaltung eingeladen war. Ich nehme mal an, dass Sie nicht zu den Menschen gehören, die springen, wenn Herr Weiß es wünscht.«

»Selbstverständlich nicht«, empörte sich die Gräfin. Sie streckte die Schultern durch und schnippte ein paar Kuchenbrösel von ihrem dunklen Kleid. »Ich springe für niemanden.«

In Gedanken fügte Max für sich hinzu, dass sie dazu gar nicht in der Lage wäre.

»Jedoch gibt es eine Reihe von Menschen, denen ich mich verpflichtet fühle. So wie jeder in meiner Position. Ihnen müssen die Spielregeln doch bekannt sein. Niemand bewegt sich eleganter auf dem gesellschaftlichen Parkett als Ihre Frau Mama.«

»Wem haben Sie mit der Einladung einen Gefallen getan?«, wollte Max wissen.

»Ihre Fragen sind sehr persönlich.«

»Ich ermittle in zwei Mordfällen.«

Die Gräfin zuckte kaum merklich zusammen. Sie räusperte sich. »Ich habe der Werkstätte eine Sammeleinladung geschickt, nicht wissend, wer kommen wird. Gustav Weiß hat mich darum gebeten. Ich hatte ein wenig befürchtet, dass alle Frauen kommen würden. Aber zum Glück waren es nur zwei. Seine Tochter und Fräulein Hammerl.«

»Warum zum Glück?«

»Weil ich nicht vorhabe, Kundin der Werkstätte zu werden. Ich mag Fräulein Hammerls Entwürfe. Sie sind erfrischend und neu. Aber der Rest interessiert mich nicht.«

»Waren die beiden Damen schon früher bei ähnlichen Veranstaltungen bei Ihnen?«

»Möglich, dass Fräulein Hammerl meine lebenden Bilder bereits besucht hatte. Fräulein Weiß war zum ersten Mal hier.« Sie trank ihren Tee aus. Dann stand sie auf. »Sie müssen mich entschuldigen. Ich habe furchtbare Kopfschmerzen.« Sie fasste sich an die Schläfen und massierte sie mit den Zeigefingern. »Mein Diener wird Sie hinausbegleiten. Und grüßen Sie Ihre Mutter von mir.«

»Das werde ich machen. Den Weg finde ich auch allein.«

26

Magdalenengrund, Ratzengrund

Die Tonscherben, die Lili am Donaukanal gefunden hatte, lagen vor ihr am Tisch. Mimi und Fritz saßen neben ihr, während Grete Kaffee mit heißem Wasser aufbrühte. Diesmal waren es echte Kaffeebohnen. Der Freier, den sie letzte Nacht gehabt hatte, war großzügig gewesen.

»Das sind wunderschöne Blumen«, schwärmte Mimi. »Ganz bestimmt war es die Blumenkrone von einer Prinzessin.«

»Und das da war ein Schwert von einem Prinzen«, meinte Fritz. Er zeigte auf eine Scherbe, die spitz wie ein Messer zulief.

Lili hatte die Schärfe am eigenen Leib erlebt. Die Wunde war zwar zugeheilt, aber bei manchen Bewegungen pochte sie immer noch und erschwerte das Zugreifen.

»Beides stimmt nicht«, sagte Grete. »Die Blumen sehen aus wie ein Teil von einem Korb und das Schwert wie ein Stück vom Hintern einer nackten Frau.« Die Kinder waren beide enttäuscht. Grete setzte sich.

Lili wickelte die Teile wieder sorgfältig in ein kariertes Taschentuch. »Warum weißt du, wie die Figur ausgesehen hat?«

»Weiß ich gar nicht. Es steht bloß eine auf der Kommode der Gräfin, zu der die Scherben passen könnten«, sagte Grete. »Ich bin gestern hinaufgeschlichen, weil ein Mann von der Polizei da gewesen ist. Ich hab es mit der Angst zu tun bekommen. Dachte, dass er vielleicht meinetwegen da ist. Als er in der Küche gewartet und sich den Bauch mit Apfelstrudel vollgeschlagen hat, hat er mich die ganze Zeit mit dunklen

Augen angestarrt. So als wüsste er, was ich abends mach. Aber dem war ich völlig egal.«

»War es ein dunkelhaariger Mann mit braunen Augen und breiten Schultern?«

»Ja, kennst du ihn?«

»Kennen ist übertrieben«, antwortete Lili. »Sagen wir so: Ich hatte mit ihm Kontakt.«

»Oje, das klingt unfreiwillig.«

Lili zuckte mit der rechten Schulter.

»Ist ein hübsches Mannsbild«, meinte Grete. »Bei dem würd ich nicht Nein sagen.«

»Grete!« Lili sah sie mahnend an. »Deine Kinder.«

»Na, und wenn schon«, sagte Grete. Sie senkte die Stimme. »Denkst du, die kriegen nicht mit, was ich Abend für Abend tu? Die wissen ganz genau, womit ich unser Geld verdiene.«

Mimi und Fritz taten so, als würden sie nicht hören, was ihre Mutter eben gesagt hatte. Das Thema war ihnen sichtlich unangenehm. Lili konnte die Kleinen gut verstehen. Wie oft hatte sie hinter dem Vorhang das Stöhnen und Kichern mitgehört, wenn ihr Vater eine seiner »Freundinnen« zu Besuch gehabt hatte.

»Es wird höchste Zeit, dass du dir eine Arbeit suchst, bei der du genug verdienst, um abends nicht mehr wegzumüssen«, sagte Lili. Wie oft hatte sie Grete in den letzten Wochen ins Gewissen geredet?

»Es kann nicht jede so viel Glück haben wie du. Deine Arbeit ist ein Geschenk. Wenn man mal davon absieht, dass an dem Ort täglich eine Frau umgebracht wird. Aber sie sterben auf der Straße auch. Erst letzte Woche ist die Mila brutal von –«

»Ich hab gehört, dass sie in der Schokowaffelfabrik Arbeiterinnen suchen.« Lili unterbrach die grausigen Ausführungen. Sobald Grete weg war, würden ihre Kinder Lili mit Fragen löchern. »Angeblich kriegen dort die Frauen nur um ein Drittel weniger als die Männer und nicht bloß die Hälfte vom Lohn wie überall anders.«

Grete stieß ärgerlich die Luft aus. »Es ist eine Frechheit, dass wir überhaupt weniger kriegen. Wir leisten genauso viel wie die Männer. Wenn nicht sogar mehr.«

»Du hast recht«, stimmte Lili ihr zu. »Vielleicht sollten wir uns gewerkschaftlich organisieren.«

»Ja, klar, damit sie uns mit den Bajonetten aufspießen, so wie damals beim Prateraufstand. Meine Großmutter ist dabei kaltblütig abgestochen worden. Wie ein Schwein haben sie sie aufgespießt. Dabei hat sie nichts anderes gemacht, als für gerechteren Lohn zu protestieren.«

Lili schwieg betroffen. Vom Prateraufstand hatte sie gehört. Damals waren Frauen und Kinder friedlich singend auf die Straße gegangen, um darauf hinzuweisen, dass sie nicht genug zum Überleben verdienten. Der Kaiser hatte seine bewaffnete Armee auf die Menge gehetzt und brutal zuschlagen lassen. Niemand wusste, wie viele Frauen und Kinder dabei wirklich umgekommen waren. Es grassierten unterschiedliche Zahlen. Die Zeitungen hatten schweigen müssen.

Lili kehrte zu Leopoldines Keramik zurück. »Beschreib mir die Figur, die du auf der Kommode gesehen hast.«

»Das ist eine liegende Frau, weiß glasiert. Im Arm hat sie einen Korb voll mit Blumen. Wenn du mich fragst, stimmt irgendwas mit ihrem Körper nicht. Die Hüfte ist unnatürlich verdreht, so als hätte sie einen Unfall gehabt, und die Beine sind viel zu kurz. Aber sonst ist die Frau ganz hübsch. Ich mag ihr Gesicht, und das Schönste ist der Korb mit den Blumen. Die Veilchen und Tulpen sehen aus wie echt. Genau wie die auf diesem Splitter.«

»Grete, das kann nicht sein. Du beschreibst gerade die Figur, die kaputtgegangen ist.«

»Vielleicht hat die Künstlerin zwei gleiche angefertigt? Wenn sich eine verkauft, geht eine zweite auch noch weg. Die

Frau wär ja blöd, wenn sie nicht auf ihr Geld schauen würd.«
Grete lachte. »Dein Vater macht ja auch mehrere Papiere für
ein und dieselbe Person.«

»Er hat damit aufgehört«, widersprach Lili.

»Das glaubst du doch selbst nicht.«

Lili verzog schmerzlich den Mund. Natürlich wusste sie,
dass Franz Feigl immer noch fälschte. Es war bloß eine Frage
der Zeit, bis Max von Krause ihm auf die Schliche kam, und
dann würde er erfahren, dass auch Lili beim Fälschen nicht
ganz unbeteiligt gewesen war. Lili schob die Gedanken weg
und konzentrierte sich wieder auf die Figur. Sollte Grete recht
haben? Hatte Leopoldine die Figur kopiert? War sie das Werk
eines anderen Künstlers? Wenn ja, warum hatte sie dann ihre
eigenen Initialen auf der Figur hinterlassen? Es wäre sehr
dreist, sich mit fremden Federn zu schmücken. Lili konnte
sich nicht vorstellen, dass Leopoldine so etwas gemacht hatte.
Es war eine Vorgehensweise, die zu Rita gepasst hätte. Leopoldine war auf ihre Werke stolz gewesen. Selbst dann, wenn
sie Verbesserungsbedarf gesehen hatte. Das alles ergab keinen
Sinn und passte nicht zusammen.

Grete stand auf. »Ich muss jetzt los. Sonst wird es weit nach
Mitternacht, und ich muss morgen wieder früh aus dem Bett.«

»Grete, bleib hier«, meinte Lili. »Ich leih dir das Geld für
die Miete, sobald ich meinen ersten Lohn bekomme.«

»Und womit bezahlst du deine eigene?«

»Papa hat versprochen, dass er mit dem Spielen aufhört.
Wenn er sein eigenes Geld nicht versäuft und verspielt, reicht
es locker für uns beide. Ich esse in der Arbeit und bringe auch
ihm jeden Abend was mit.«

Mitleidig zog Grete die Mundwinkel nach unten. Sie holte
ihren Umhang vom Haken.

»Was ist los?«, fragte Lili. »Glaubst du ihm nicht?«

»Ich will deine Träume nicht zerstören, aber dein Vater
ist am Nachmittag betrunken aus dem Haus gewankt. Ich

verwette meine Kinder, dass er in einer der Spelunken am Spittelberg hockt und spielt.«

Lilis Zuversicht zerplatzte wie eine Seifenblase. Es war nicht das erste Mal, dass sie auf die Versprechen ihres Vaters hereingefallen war. Es passierte ihr immer und immer wieder. Der Wunsch nach einem Vater, der sie nicht belog, war so groß, dass er sie regelmäßig blind machte.

»Hast du etwas von Oskar gehört?«, fragte Grete.

»Nein! Ich habe den Mann aus meinem Leben gestrichen. Erwähne den Namen nie wieder.«

Abwehrend hob Grete beide Hände. »Schon gut«, sagte sie entschuldigend. »Ich sag nichts mehr.« Sie ging zur Tür. »Danke, dass du auf meine Kinder schaust.« Krachend flog die Tür hinter ihr zu. Mit lautem Poltern lief Grete die Holzstiegen hinunter.

Wie jedes Mal, wenn Lili hier war, hoffte sie inständig, dass die Nachbarin von ihrer nächtlichen Tour heil zurückkehren würde. Es war eine Schande, dass Frauen in diesem Elend leben mussten. Eigentlich war es längst höchste Zeit für einen weiteren Prateraufstand. Gegen ihren Willen dachte sie doch an Oskar. Rasch schob sie das kantige Gesicht zur Seite. Er war bloß ein weiterer Mann, der sie enttäuscht hatte.

27

Seilerstätte, Wohnhaus der Familie Weiß

Max bewunderte die Deckengemälde, goldgerahmten Spiegel und Kronleuchter im Vorzimmer der Familie Weiß, wo er seit geraumer Zeit warten musste. So als bereite es dem reichen Industriellen Freude, einen Mann aus dem Adel, der kein Geld mehr besaß, zu demütigen. Adele von Krause würde sich dieses Benehmen nicht bieten lassen. Längst hätte sie einen Aufstand gemacht und sich zweifellos auch durchgesetzt. Niemand merkte ihr an, dass sie mittellos war. An manchen Tagen ärgerte Max sich, dass er nicht ein bisschen wie seine Mutter auftreten konnte. An anderen nahm er es gelassen. Heute ließ er Nachsicht walten. Die Familie hatte gerade ihre Tochter verloren. Diese Menschen hatten alles Recht der Welt, wütend zu sein.

Gerade als Max aufstehen und nachfragen wollte, öffnete sich die hohe weiß gestrichene Tür, und der Diener, der ihm zuvor den Platz auf dem unbequemen, harten Sofa zugewiesen hatte, winkte ihn großzügig weiter. »Herr Weiß kann Sie jetzt empfangen.«

Max stand auf. Sein rechtes Knie schmerzte vom langen Sitzen. Ein Souvenir eines Gefechts mit einem brutalen Raubmörder. »Danke.«

Er folgte dem Diener in einen prunkvoll ausgestatteten Salon. Nichts hier erinnerte daran, dass man sich im Haus eines Industriellen und nicht im Palais eines Aristokraten befand. Wertvolle Ölgemälde schmückten die Wände, goldene Kronleuchter hingen von der stuckverzierten Decke. Ein bunter Perserteppich lag am Boden, und schwere dunkle Holzmöbel, die mit Sicherheit aus der Zeit des Wiener Kongresses stammten, standen an den Wänden. In Glasvitrinen feilschte kostbares chinesisches Porzellan mit Kunstobjekten aus Afrika und Asien um Aufmerksamkeit. Max fühlte sich schier erschlagen vom exotischen Luxus.

Ein kleiner Mann mit grauem Backenbart im Stil des Kaisers und eine zarte Frau mit blassem Gesicht und traurigen Augen saßen an einem ovalen Tisch. Der Mann wies huldvoll auf einen der Sessel ihm gegenüber. »Guten Tag, Herr von Krause. Wir haben schon vor Tagen mit Ihnen gerechnet und sind überrascht, dass Sie sich erst heute zu uns bequemen.« Der Unternehmer klang verärgert. Vielleicht war der Ärger Teil seiner Trauer.

Max nutzte die Pause, um seine Gedanken zu ordnen, höflich begrüßte er Gustav Weiß und seine Gemahlin, sprach ihnen sein Beileid aus und nahm Platz.

»Wie Sie sicher gehört haben, hat sich ein weiterer tragischer Mordfall ereignet. Wir müssen annehmen, dass es einen Zusammenhang mit dem Tod Ihrer Tochter gibt. Aus diesem Grund ist es mir erst heute möglich, Sie aufzusuchen.«

Gustav Weiß schnaufte verächtlich. »Es ist eine Schande, dass Sie immer noch keine brauchbaren Neuigkeiten haben.«

Die Frau schien keines seiner Worte zu hören. Sie starrte teilnahmslos an Max vorbei. Ihr Blick hing an einem düsteren Landschaftsgemälde, das eine Gewitterstimmung zeigte.

»Oder sind Sie hier, um uns den Namen des Mörders meiner Tochter zu nennen?«, setzte Weiß nach.

»Leider nein.«

Gustav Weiß legte seine Hand ausgestreckt auf die glatt polierte Tischplatte. »Wie lange wird das noch dauern? Der Mörder rennt ungestraft durch die Stadt, während meine Tochter aufgebahrt in der Leichenhalle liegt.« Seine Frau zuckte unter den eiskalten Worten zusammen.

»Ich kann Ihnen leider nicht sagen, wie lange die Ermittlungen dauern werden«, gab Max zu.

»Pah, Sie vertrödeln bei uns Ihre Zeit. Was wollen Sie von mir und meiner Frau? Wie Sie sehen, sind wir zutiefst betrübt und haben keine Nerven für Gespräche wie dieses. Was Sie tun, ist reine Zeitverschwendung.«

Der Unternehmer schien nicht zu bemerken, dass er sich selbst widersprach. Einerseits beschwerte er sich darüber, dass Max erst heute Zeit für einen Besuch fand, auf der anderen Seite scheuchte er ihn wieder weg, damit er den Mörder seiner Tochter suchte.

»Ich kann Ihre Trauer sehr gut verstehen.« Max blieb höflich. »Es gehört zu den Ermittlungen, die Lebensumstände des Mordopfers zu untersuchen.«

Frau Weiß stöhnte beim Wort »Mordopfer« auf. Sie betupfte ihre Augen mit einem Spitzentaschentuch, das sie zerknüllt in der Hand hielt. Max hatte ernsthaft Sorge, dass die zarte Frau gleich kollabierte.

»Erschien Ihre Tochter Ihnen in letzter Zeit nervöser oder ängstlicher als sonst? Hat sich an ihrem Verhalten irgendetwas verändert?«

»Nein.«

»Hatte Ihre Tochter Feinde? Hat sie Ihnen von Menschen erzählt, die ihr etwas Böses wollen?«

»Nein.«

»Hatte Ihre Tochter Männerbekanntschaften?«

»Nein.«

»War sie verlobt?«

»Nein.«

Max holte sein Notizheft aus seinem Sakko. Das Gespräch verlief nicht nach seinen Vorstellungen. Es war, als hätte Gustav Weiß einen Vorhang heruntergelassen, den er nicht bereit war, auch nur ein Stückchen hochzuheben. Was hatte er zu verbergen?

Max wandte sich an dessen Frau. »Können Sie mir eine meiner Fragen beantworten?«

Die Frau drehte langsam ihr blasses Gesicht zu ihm.

»Das kann sie nicht«, blaffte Gustav Weiß.

Max wurde ärgerlich. »Ich würde die Antwort gern von Ihrer Frau hören.«

»Meine Frau hat gerade ihre Tochter verloren! Sie sehen doch, dass es ihr nicht gut geht. Es ist eine Zumutung, dass Sie verlangt haben, sie zu sehen.«

Mit jedem Wort, das ihr Ehemann nun schrie, fiel der magere Körper von Frau Weiß weiter in sich zusammen. Es war schwer zu glauben, dass Herr Weiß seine Gemahlin auf diese Weise schützen wollte.

»Die gesamte Vorgehensweise der Polizei ist dilettantisch. Reine Schikane. Anstatt den Mörder meiner Tochter festzunehmen, sitzen Sie hier und stellen mir unsinnige Fragen.«

Max richtete sich auf. Sein Verständnis für einen trauernden Vater hatte Grenzen. »Welche Fragen unsinnig sind, das überlassen Sie bitte mir. In mehr als der Hälfte aller Mordfälle stammen die Täter aus dem direkten Umfeld der Opfer.«

»Was wollen Sie damit andeuten?« Nervös klopfte Weiß mit seinen kräftigen Fingern auf die Tischplatte.

Max konnte sehen, dass seine Fingernägel maniküert waren. Auf zwei seiner Finger steckten wertvolle, schwere Ringe mit kostbaren Edelsteinen. Die Schmuckstücke wären eines orientalischen Prinzen würdig gewesen.

»Ich will damit sagen, dass Sie mit der Beantwortung meiner Fragen bei der Suche nach dem Mörder oder der Mörderin Ihrer Tochter behilflich sein können.«

Für einen Augenblick herrschte Schweigen im Raum. Nur das Ticken der Standuhr neben dem großen Kachelofen war zu hören. Durch die geschlossenen Fenster drang leiser Straßenlärm herein.

Schließlich rang sich Herr Weiß zu einer Antwort durch. »Meine Tochter wollte unbedingt Künstlerin werden. Deshalb habe ich meine Kontakte spielen lassen und ihr eine Anstellung in der Wiener Werkstätte besorgt. Josef Hoffmann ist ein guter Freund meines Schwagers. Wir beliefern die Werkstätte mit Papier.«

»Ich nehme an, dass Sie der Werkstätte einen guten Preis machen?«

Gustav Weiß betrachtete seine Ringe. »Wie es unter guten Freunden üblich ist.«

»Ich verstehe.«

»Ich glaube nicht, dass Sie vom Papierhandel etwas verstehen«, widersprach Gustav Weiß. »Meine Tochter war glücklich in der Werkstätte. Ihre Brüder werden das Unternehmen übernehmen. Eines Tages hätte Rita standesgemäß geheiratet, bis dahin wollte und sollte sie ihre künstlerischen Ambitionen ausleben. Der Alltag als Ehefrau und Mutter hätte sie früh genug eingeholt.«

Frau Weiß schniefte leise. Sie schnäuzte sich in ihr Taschentuch.

»Und Sie bleiben dabei? Keine Feinde, keine Männerbekanntschaften?«

Max blickte zu Frau Weiß, die nun mit verweinten Augen hilfesuchend zu ihrem Mann schaute. So als würde sie sich von ihm die Erlaubnis für eine Antwort einholen. Der schüttelte kaum merkbar den Kopf.

»Keine Männerbekanntschaften«, wiederholte Weiß. »Statt dieser erniedrigenden Fragen sorgen Sie besser dafür, dass keine weitere Information an die Presse dringt. Es war erschütternd, den Namen der eigenen Tochter beim Frühstück zu lesen.«

»Es ist in der Tat sehr unerfreulich, dass die Presse so schnell am Tatort war«, gab Max zähneknirschend zu. »Hatte Ihre Tochter Zerwürfnisse mit Frauen?«

»Nein, das habe ich bereits gesagt. Unsere Rita war eine lebenslustige junge Frau, die überall beliebt war.«

Ob die beiden bewusst logen oder wirklich dieses Bild ihrer

Tochter hatten? Dieses Gespräch würde Max keine Antwort auf die Frage liefern.

Es folgte Schweigen. Als die Stille schier unerträglich war, sprang Herr Weiß von seinem Sessel auf. »Sie müssen uns jetzt entschuldigen. Im Gegensatz zu Ihnen habe ich ein Unternehmen zu leiten. Eine Menge Arbeit wartet auf mich. Und Sie …« Er machte eine Pause und zeigte mit dem Zeigefinger seiner Rechten auf Max' Brust. »Sie sollten den Mörder meiner Tochter finden. Sonst sind Ihre Tage als Kommissar gezählt. Völlig egal, ob Sie ein kleines *von* in Ihrem Namen haben.«

Es war nicht das erste Mal, dass Max auf diese Weise bedroht wurde. So direkt wurden die Worte jedoch selten ausgesprochen.

»Der Polizeidirektor ist ein guter Freund von mir. Und unter guten Freunden werden Gefallen ausgetauscht.«

»Wie im Papierhandel?«

»Sie haben es erfasst.«

Max stand auf.

»Ein Kommissar, der seine Arbeit nicht erledigt, ist es nicht wert, im Dienst der Polizei zu stehen.«

Ohne weitere Worte verabschiedete sich Max und verließ den Raum. Wieder auf der Straße, hätte er gern laut geschrien. Wer immer ihm jetzt begegnete, war arm dran. Er würde die Wut zu spüren bekommen, die eigentlich Gustav Weiß galt.

Max fragte sich, ob dessen Tochter ein ähnlich präpotentes Verhalten an den Tag gelegt hatte. Es würde erklären, warum es ihren Kolleginnen so schwerfiel, etwas Nettes über die Verstorbene zu erzählen. Der Apfel fiel bekanntlich nicht weit vom Stamm.

28

Mariahilfer Straße, Café Casa Piccola

Die Hitze der letzten Tage hatte nachgelassen. Es war nun wieder kühler. Lili zog ihren löchrigen Umhang enger um ihre Schultern. Sobald sie ihren nächsten Lohn erhalten hatte, würde sie sich einen neuen Umhang leisten. Sie wusste auch schon ganz genau, wie er aussehen sollte. Marianne Zels hatte letzte Woche einen wunderschönen entworfen. Emmy war eine großartige Designerin von Mode. Jedes ihrer Kleider sah hinreißend aus. Eines Tages würde Lili sich auch ein Kleid von Emmy nähen lassen, aber bis dahin war es noch ein langer Weg. Im Moment arbeitete sie, um die Schulden ihres Vaters begleichen zu können.

Gedankenversunken lief sie Richtung Neubaugasse, als ein blonder, hochgewachsener Mann sich ihr in den Weg stellte. »Was für eine Überraschung, schon so früh am Morgen unterwegs?«

Sie erkannte ihn sofort. Es war Herbert Rossberg, der Reporter, der neulich in der Werkstätte gewesen war. »Guten Morgen«, erwiderte Lili den Gruß.

»Haben Sie schon gefrühstückt?«

»Wie bitte?«

»Ob Sie bereits etwas gegessen haben? Wenn nicht, würde ich Sie gern zu Kaffee und Semmeln einladen.«

Lili drehte sich um. Sie wollte sichergehen, dass er *sie* gefragt hatte. Aber weder hinter ihr noch neben ihr stand jemand, den er hätte meinen können.

»Sie wollen mich zum Frühstück einladen?«

»Ja!« Er lächelte so einnehmend, dass Lili sich geschmeichelt fühlte.

»Wohin?«

»Wie wäre es mit dem Casa Piccola? Wir stehen direkt davor.«

Lili kannte das vornehme Eckkaffeehaus nur vom Vorbeigehen. Auf dem vierstöckigen Gebäude thronte ein Türmchen mit einer spitz zulaufenden Kuppel, ähnlich wie ein Kirchturm, nur dass unter diesem Dach nicht gebetet wurde, sondern moderne Reformmode verkauft wurde. Die Schwestern Flöge hatten vor sechs Jahren hier einen der vornehmsten Modesalons eröffnet. Eine davon war eine gute Freundin von Gustav Klimt. Es wurde getuschelt, dass sie möglicherweise auch seine Geliebte war. All das hatte Lili in der Werkstätte erfahren.

Sie überlegte. Wie immer war sie früh dran. Es spielte keine Rolle, wenn sie ausnahmsweise mal eine halbe Stunde später in die Werkstätte kam. An einem der kleinen Marmortischchen zu sitzen war einfach zu verlockend. Sie wollte sich diese einmalige Chance nicht entgehen lassen.

»Sie dürfen mich einladen«, sagte sie großzügig.

»Wunderbar!« Er bot ihr galant seinen Arm an.

Lili ergriff ihn. Zum ersten Mal in ihrem Leben fühlte sie sich wie eine richtig feine Dame.

Herbert Rossberg öffnete die Tür für sie und ließ Lili den Vortritt. Niemand im Kaffeehaus schien sich an ihrem einfachen Kleid zu stören. Und wenn doch, dann ließ es sie niemand spüren. Der Kellner begleitete sie zu einem der Tischchen beim Fenster. Lili sah sich staunend um. Es war ein Unterschied, durch eines der hohen Fenster ins Innere des Kaffeehauses zu schauen und wirklich herinnen zu sein. Die Decke des Lokals war dunkel ausgemalt und mit unzähligen goldenen Sternen versehen. In den Nischen standen große palmenähnliche Pflanzen. In einer Glasvitrine neben einer Theke aus dunklem Kirschholz befanden sich Torten- und Kuchenstücke. Es duftete verführerisch nach frisch gemahlenem Kaffee, warmem Gebäck und süßer Marmelade. Neben der Eingangstür gab es einen Zeitungsständer. Ein junger Bursche spannte die neuesten Zeitungen in die leichten Halterungen aus gebogenem Holz und hängte sie dem Alphabet nach auf.

Herbert Rossberg warf einen kritischen Blick auf den Ständer. »Reichlich spät für die Morgenausgabe«, meinte er.

Lilis Interesse galt nicht den Zeitungen, sondern dem Tisch, den der Ober ihnen zuwies. Der Mann schob den Sessel für sie zurück. Möglichst galant nahm sie darauf Platz. Niemand sollte erkennen, dass sie eben vom Ratzengrund gekommen war.

»Was darf ich den Herrschaften bringen?«

»Für mich einen kleinen Braunen und ein Kipferl.«

Der Reporter sah Lili fragend an. Sie durfte nun ihre Bestellung ordern. Ihre Augen wanderten zur Mehlspeisvitrine.

»Der Apfelstrudel ist sehr zu empfehlen«, meinte der Kellner. »Gern servieren wir ihn mit Vanillesoße.«

»Hm!«

»Die Kipferl sind backfrisch, eben geliefert worden.«

Lili konnte sich nicht entscheiden. »Was, wenn ich beides nehme?«, überlegte Lili laut. Wann würde sie jemals wieder in ein Café kommen? Besser, sie holte raus, so viel sie konnte.

»Mit Vergnügen«, sagte der Ober und eilte weg.

»Gehen Sie nicht oft ins Kaffeehaus?«, fragte Rossberg.

»Doch«, log Lili und hoffte, dass sie dabei nicht errötete. Sie schob eine der blonden Strähnen, die sich aus ihrem nachlässig gebundenen Knoten gelöst hatte, hinters Ohr und drehte den Spieß um. Besser, sie stellte die Fragen. »Warum haben Sie mich zum Frühstück eingeladen?«

»Weil Sie eine attraktive Frau sind.«

Lili verzog den Mund. »Und warum wirklich?«

»Warum das Misstrauen?« Wieder lächelte er. Seine Zähne waren strahlend weiß.

Lili wusste, dass sie auf der Hut sein musste. Das Leben am Ratzengrund hatte sie gelehrt, Menschen rasch zu durchschauen. Im Falle von Herbert Rossberg war es besonders einfach. Er erhoffte sich von ihr, etwas über Rita und Leopoldine zu erfahren. Aber er schien auch an ihr interessiert zu sein. Vielleicht fand er sie wirklich attraktiv. Lili würde schweigen und stattdessen ihn mit Fragen löchern. »Haben Sie schon etwas über die beiden Mordfälle herausfinden können?«

Rossberg lachte. »Ich bin Reporter, kein Polizist.«

»Aber Sie sind mindestens genauso neugierig wie Herr von Krause.«

Wieder lachte der Reporter. Es klang herzlich und war ansteckend. »Seit wann arbeiten Sie in der Wiener Werkstätte?«

»Noch nicht sehr lange.«

»Wie lange genau?«

»Das kann ich nicht sagen. Die Tage verfließen und fügen sich aneinander. Aufstehen, arbeiten, essen, heimgehen, schlafen, aufstehen, arbeiten, essen –«

»Schon gut.« Er hielt ihr die Hände abwehrend entgegen. »Sicher sind Sie lang genug in der Werkstätte, um die beiden Mordopfer zu kennen.«

Der Ober kam mit dem Kaffee, den Kipferln und dem Apfelstrudel. Er stellte außerdem süße Butter und nach Rosen duftende Marillenmarmelade auf den Tisch. Lili wähnte sich im Frühstückshimmel. Sie machte sich über den Apfelstrudel her. Wann hatte sie das letzte Mal so etwas Herrliches gegessen?

»Lassen Sie es sich schmecken«, sagte der Ober.

»Das werde ich gewiss.«

Hartnäckig wiederholte Rossberg seine Frage.

»Ich habe beide Frauen flüchtig kennengelernt.« Lili sprach mit vollem Mund.

Der Strudel war köstlich. Sie sollte dem Mann zumindest das Gefühl geben, als würde sie ihm etwas verraten. Reden, ohne dabei Informationen preiszugeben. Eine Fertigkeit, die sie als Tochter eines Fälschers perfektionieren musste, um zu überleben.

»Hatten die beiden gemeinsame Bekannte?«

»Das kann ich nicht sagen.«

»Haben Sie sie über Männer reden hören?«

»Warum erscheint Ihnen das wichtig?«

Wäre es sehr schlimm, würde sie den Teller mit der Vanillesoße abschlecken? Lili riss sich zusammen und unterließ es. Stattdessen widmete sie sich ihrem Kipferl. Das Zipferl war immer der beste Teil.

»Wenn Frauen sterben, geht es in der Regel um unerwiderte Liebe, um Eifersucht oder ungewollte Schwangerschaften«, sagte Rossberg.

»Sie scheinen Experte auf dem Gebiet zu sein.« Lili rührte in ihrem Kaffee. Das cremige Obers vermengte sich mit dem dunklen Kaffee zu einer goldenen Mischung.

»Ich habe in den letzten Jahren genug Artikel über zwischenmenschliche Dramen geschrieben, die tödlich endeten. Ich bin davon überzeugt, dass ein Mann eine Rolle in den Mordfällen spielt. Möglicherweise ein und derselbe.«

Lili dachte an die Erwähnung des Militärs, mit dem Leopoldine sich getroffen hatte, und an die Bemerkung von Rita an dem Abend, bevor sie starb. Sie hatte sich auch mit jemandem verabredet. Zumindest hatte sie es behauptet, um sich wichtigzumachen.

Rossberg zielte mit seinem Finger auf Lilis Nasenspitze. »Sie verheimlichen mir etwas, das kann ich sehen.«

Statt zu antworten, strich Lili Butter und Marmelade auf ihr Kipferl und biss genussvoll ab. »Ich muss Sie enttäuschen«, sagte Lili. »Ich weiß wirklich nichts von einem heimlichen Verehrer. Ich bin bloß die Putzfrau in der Werkstätte.«

»Gerade die hören oft mehr als alle anderen.«

»Möglich«, sagte Lili. Hatte nicht Max von Krause etwas

Ähnliches zu ihr gesagt? »Ich habe nur leider nichts von Bedeutung gehört.« Ihr Kaffeehäferl war schon leer. Enttäuscht sah sie auf den Boden.

Rossberg winkte den Kellner herbei und orderte großzügig noch eine Melange. Als der Mann weg war, fuhr er fort. »Gab es zwischen den beiden Frauen eine Liebesbeziehung?«

»Wie bitte?« Lili verschluckte sich an ihrem Kipferl.

Rossberg grinste breit. »Nun tun Sie nicht so empört. Sie werden doch wissen, dass nicht nur Frauen und Männer einander lieben können, sondern auch Frauen andere Frauen und Männer andere Männer.«

Natürlich wusste Lili das; wenn ihr Vater nicht fälschte, zeichnete er schlüpfrige Illustrationen, die er vor den Spelunken am Spittelberg verkaufte. Deshalb war ihr bewusst, dass dieses pikante Thema in der Öffentlichkeit nicht besprochen werden konnte. Sollte die Sittenpolizei sie hören, wäre sie schneller im Gefängnis, als sie ihr Kipferl aufessen konnte.

»Unter Künstlerinnen kommt es besonders häufig vor, dass Frauen mit Frauen liiert sind.«

»Ich weiß nicht, wovon Sie reden«, sagte sie mit gespielter Empörung. »Die beiden Künstlerinnen haben miteinander gestritten. Aber sich gewiss nicht …« Sie sprach das Wort nicht aus. Wie kam Rossberg auf diese Idee?

Der Kellner brachte den Kaffee und stellte ihn vor Lili auf den Tisch.

»Danke.«

»Worüber haben sie gestritten?«, wollte Rossberg wissen.

»Das Übliche«, wich Lili aus. Sie musste auf der Hut sein. Der Kommissar würde toben, wüsste er, dass sie sich mit dem Reporter unterhielt. »Künstlerinnen unterscheiden sich da nicht von Künstlern. Sie reagieren rasch beleidigt, wenn ihre Kunstwerke nicht in dem Maße gewürdigt werden, wie sie es sich erhoffen.«

»Sie meinen also, dass eine sich von der anderen herabgewürdigt und beleidigt gefühlt hat?«

»Nein, das habe ich nicht gesagt.«

»Haben die beiden vielleicht andere Kolleginnen brüskiert?«

Jetzt hieß es, besonders vorsichtig zu sein. »Ich habe nichts dergleichen gehört«, log Lili.

»Das ist interessant«, meinte Rossberg. Er stützte sich mit den Ellbogen am Tisch ab und lehnte sich weit zu Lili. Sie konnte gelbe Sprenkel in seinen hellblauen Augen erkennen. »Ich habe gehört, dass Rita Weiß sich sehr wohl abfällig über die Arbeiten ihrer Kolleginnen geäußert hat.«

Lili steckte das letzte Zipferl vom Kipferl in den Mund. »Tatsächlich? Da müssen Sie die anderen Frauen fragen. Ich bin bloß die Putzkraft.«

»Fanny Harlfinger-Zakucka und Helene Gabler haben das beide ausgesagt.«

Lili zuckte mit den Schultern. Sie trank ihren Kaffee. Auch die Melange war einmalig. »Da haben die beiden wohl mehr gehört als ich. Ist ja auch kein Wunder, die Frauen arbeiten gemeinsam. Ich schrubbe bloß den Boden.« Sie schaute auf die Uhr an der Wand. »Ui, schon so spät. Ich muss jetzt unbedingt los. Vielen Dank für das Frühstück. Es war köstlich.« Sie leerte ihre Tasse. Mit der weißen Stoffserviette tupfte sie ihre Lippen ab und stand auf.

»Sie sind ein harter Brocken«, meinte er. Enttäuschung und Bewunderung schwangen in seinen Worten mit. So wie er es sagte, klang es fast wie ein Kompliment. Lili errötete. »Es war mir eine Ehre«, fügte er hinzu, stand auf und deutete eine Verbeugung an. Nun schoss noch mehr Blut in Lilis Wangen.

Sie bedankte sich noch einmal, dann verließ sie zügig das Kaffeehaus. Als sie auf die Straße trat, lief sie beinahe in einen anderen Mann hinein. Sie schaute hoch und blickte in die dunklen Augen von Max von Krause. Das Braun war fast schwarz, so finster blickte er drein.

»Einen schönen guten Morgen.« Lili versuchte, möglichst fröhlich zu klingen.

»Sie haben gerade mit Herbert Rossberg gefrühstückt.«

Lili drehte sich um. Der Reporter beglich soeben die Rechnung, lügen war zwecklos. »Was ist daran verboten, sich von einem Mann zum Frühstück einladen zu lassen? Ich habe nichts gestohlen. Sie können meine Taschen durchsuchen.« Sie griff in ihre Schürzentaschen und drehte sie nach außen. Ein Knopf rollte auf den Boden. Lili kniete sich danach und steckte ihn wieder ein.

Von Krauses Gesicht blieb verschlossen. »Sie kommen jetzt mit mir auf die Wache.«

»Sie haben nicht das Recht, mich mitzunehmen.«

»Sie wollen mir erklären, welche Rechte ich habe?« Er zog seine rechte Augenbraue hoch.

»Warum soll ich mitkommen?«

»Ich will haargenau wissen, was Sie dem schmierigen Reporter erzählt haben.« Er fasste sie am Oberarm und zog sie mit sich.

»Aua!«

Er ließ sie wieder los, und sie rieb sich die Stelle.

»Sie sind schuld, wenn ich heute zu spät zur Arbeit komme«, beschwerte sie sich.

»Damit kann ich leben.«

Lilis Groll gegen den Kommissar wuchs. »Und dass ich nie wieder im Casa Piccola frühstücken kann«, sagte sie bitter.

Das Gesicht des Kellners klebte an der Fensterscheibe. Fassungslos starrte er seiner Kundin nach, die ganz offensichtlich von einem Polizeibeamten abgeführt wurde. So schnell konnte das Blatt sich wenden. Eben noch der Hauch einer feinen Dame und schon wieder die Brut vom Ratzengrund.

29

Elisabethpromenade, Polizeipräsidium

»Wieder einmal willkommen bei der Polizei!« Max von Krause wies ihr einen Sessel in dem spartanisch eingerichteten Büro zu. »Eigentlich hatte ich gehofft, dass ich Sie hier nie wieder sehen werde.«

Trotzig ließ sich Lili auf den Sessel plumpsen. »Ich habe auch nicht vorgehabt, hier zu landen. Ich hab mir nix zuschulden kommen lassen.« Sie fand es immer noch ungerecht, dass er sie mitgenommen hatte. Dabei hatte der Tag so gut begonnen. Langsam, aber sicher ging ihr der Kommissar mit seiner Kleinlichkeit kräftig auf die Nerven. Völlig wurscht, wie interessant seine Augen waren.

Lili saß mit dem Rücken zur Wand. Sie verschränkte die Arme vor der Brust und ließ ihren Blick über den ordentlich zusammengeräumten Schreibtisch gleiten. Auf einem der Stapel Papiere entdeckte sie etwas, das ihr Herz stillstehen ließ. Es war der Pass, den sie vor ein paar Tagen fertiggestellt hatte. Das köstliche Frühstück stieß ihr sauer auf. Ob von Krause wusste, dass sie das Dokument gefälscht hatte? War das der Grund, warum er sie mitgenommen hatte? Eiskalter Schweiß bildete sich auf ihrer Stirn. Sie löste die Arme und erfasste ihre Schürze. Nervös knetete sie den Stoff.

»Schießen Sie los!«, forderte von Krause grimmig. Er selbst blieb stehen und lehnte sich gegen seinen Schreibtisch.

Meinte er den gefälschten Pass? »Womit?«, stotterte Lili.

»Na, mit dem, was Sie Rossberg erzählt haben.« Er durchbohrte sie schier mit seinen dunklen Augen.

»Ich hab ihm nichts erzählt«, sagte Lili wahrheitsgemäß. »Er hat mir Fragen gestellt nach Männern, die die beiden toten

Frauen getroffen haben. Aber davon weiß ich nichts. Das habe ich Ihnen auch schon gesagt. Dann wollte er wissen, ob die beiden ein Liebespaar gewesen waren.«

Gegen ihren Willen schielte sie immer wieder zu den gefälschten Dokumenten. War das ein fieses Spiel? Wähnte er sie vorerst in Sicherheit, um dann eiskalt zuzuschlagen?

Von Krause schien die Vorstellung von zwei sich liebenden Frauen nicht zu schockieren. »Und?«, fragte er ungeduldig.

»Ich glaube nicht, dass die beiden sich liebten. Die haben sich gehasst. Aber das habe ich Rossberg nicht verraten, und dann bin ich aufgestanden und gegangen.«

»Und das soll ich Ihnen glauben?«

Lili zuckte möglichst gleichgültig mit den Schultern. Es galt, gelassener zu wirken, als sie war. So wie sie es jahrelang beim Stehlen am Naschmarkt gemacht hatte. Lili war eine gute Schauspielerin. Auf dieses Talent musste sie sich auch jetzt verlassen. Ihr Problem lag auf dem Schreibtisch, ganz oben auf dem Stapel. Es leuchtete ihr förmlich entgegen. Sie musste bloß so tun, als sei es nicht da. Dann war alles in Ordnung.

»Wenn Sie mich eben angelogen haben, werde ich es in der Abendausgabe lesen«, schnaufte von Krause ärgerlich.

»Wieso gehen Sie davon aus, dass ich etwas verraten hätte? Genauso gut kann irgendeine andere Frau aus der Werkstätte dem Reporter Informationen zuflüstern.« Angriff war immer die beste Verteidigung.

Von Krause schwieg. Seine Augen waren nun nicht mehr ganz so dunkel.

»Aber vielleicht ist es gut, dass ich hier bin.« Lili fasste in ihre Umhängetasche aus Stoff. Ablenkung. Sie musste den Kommissar mit anderen Fragen beschäftigen. »Ich wollte Ihnen ohnehin etwas zeigen.« Sie beugte sich zum Schreibtisch. Konnte dieses verflixte Dokument nicht weiter unten im Stapel liegen?

Langsam wickelte sie die Scherben aus, die sie am Donaukanal gefunden hatte, und legte sie auf die Tischplatte. Sie drehte sich weg vom Pass.

Von Krause nahm die Scherbe mit den Blüten. »Wo haben Sie die her?«

»Ich habe sie am Donaukanal gefunden.«

»Am Donaukanal?«, wiederholte er.

»Es kam mir seltsam vor, dass eine der Figuren fehlte. Ausgerechnet die mit dem Blütenkorb. Leopoldine musste sie mitgenommen haben, als sie am Donaukanal war. Vielleicht wollte sie die Figur verkaufen oder verschenken. Und als sie überfallen wurde, ist ihr die Figur wohl aus den Händen gefallen und am Boden zerbrochen. Ich hab mir beim Suchen einen der Splitter in die Handfläche gerammt.«

»Die Scherbe kommt mir bekannt vor. So als hätte ich etwas Ähnliches schon mal gesehen«, sagte Max von Krause. »Gibt es mehrere von diesen Figuren in der Werkstätte?«

Lili nickte. »Ich glaube, dass exakt die gleiche Figur im Palais Falkenstein steht.«

Erstaunt zog der Kommissar die Augenbrauen hoch. »Wann waren Sie im Palais Falkenstein?«

»Ich war dort noch nie«, sagte Lili. »Meine Nachbarin ist Küchenhilfe bei der Gräfin. Sie hat die Blumen erkannt.«

Von Krause fuhr vorsichtig mit dem Zeigefinger über die Veilchen. »Ihre Nachbarin könnte recht haben«, meinte er beeindruckt. »Vielleicht stammt die Scherbe wirklich von einer ähnlichen oder sogar von der gleichen Figur.« Er legte die Scherbe weg und griff nach der weißen, spitzen. »Werden immer mehrere gleiche Figuren angefertigt?«

»Nein. Jedes Stück ist ein Unikat. Deshalb sind die Kunstwerke so teuer«, erklärte Lili. Sie wies auf die Initialen auf der großen Scherbe. »Das sind die Anfangsbuchstaben von Leopoldines Namen. Eigentlich müsste gleich daneben auch das Monogramm der Werkstätte zu finden sein, aber es ist nicht da.«

»Vielleicht war es irgendwo anders auf der Figur.«

»Oder Leopoldine hat es absichtlich nicht aufgestempelt«, meinte Lili.

»Was hätte das der Künstlerin gebracht?« Von Krause legte die Scherbe zurück auf die Tischplatte.

»Ich nehme an, dass sie der Wiener Werkstätte nichts hätte abgeben müssen und alles allein verdient hätte.«

»War Fräulein Hammerl in Geldnöten?«

Lili zuckte mit den Schultern. »Sie vielleicht nicht, aber wer weiß, wem sie sich verpflichtet fühlte.« Wieder schielte sie zu dem gefälschten Pass.

Der Kommissar fasste sich ans glatt rasierte Kinn und strich darüber. »Die Figur, die ich im Palais Falkenstein gesehen habe, hatte auch nur einen Stempel. Genau wie der Lampenschirm im chinesischen Salon.«

Die Information erstaunte Lili nicht. Sie hatte fast damit gerechnet. Leopoldine hatte ihre Werke in der Werkstätte hergestellt, ihre eigene Signatur im Stil der Werkstätte entworfen, das Geld für ihre Gegenstände aber allein einkassiert. Das war raffiniert. Hatte sie deshalb sterben müssen?

»Reichen die zwei Scherben, um festzustellen, ob es sich um zwei identische Figuren gehandelt hat?«, wollte Max von Krause wissen.

»Ich fürchte, dass Sie mehrere benötigen.«

»Wissen Sie noch, wo Sie die Scherben gefunden haben?«

»Auf der Höhe der Maria-Theresien-Brücke.«

»Na dann!« Der Kommissar stieß sich vom Tisch ab. »Worauf warten wir noch? Kommen Sie, wir sehen nach, ob noch weitere Scherben oder andere Beweismaterialien dort liegen.«

»›Wir‹?«, fragte Lili. »Ich muss in die Werkstätte. Ich habe eine ordentliche Arbeit. Können Sie sich nicht daran erinnern?«

»Die Untersuchungen der Mordfälle haben im Moment Vorrang.«

Lili vergaß die gefälschten Dokumente auf seinem Schreibtisch. Empört stemmte sie die Hände in die Hüften. »Sie glauben wohl, alles bestimmen zu können? Ich muss in die Arbeit. Wenn ich einfach nicht erscheine, wird man glauben, ich sei eine unzuverlässige Person, und ich verliere meine Anstellung wieder.«

Der Kommissar schien nachzudenken. Schließlich sagte er: »Ich werde Carel in die Werkstätte schicken. Er soll Bescheid geben, dass Sie der Polizei bei wichtigen Ermittlungsarbeiten helfen müssen.«

»Hm.« Lili wiegte den Kopf. »Wichtige Ermittlungsarbeiten.« Das klang gut. Damit konnte sie leben. Vor allem dann, wenn die Ermittlungen außerhalb dieses Büros, weit weg von gefälschten Dokumenten am Schreibtisch, stattfanden.

30

Franz-Josefs-Kai, Donaukanal

Während des Tages bot der Donaukanal ein völlig anderes Bild als nachts. Keine Spur von Nachtschwärmern, Betrunkenen oder Frauen, die auf der Suche nach zahlenden Freiern waren. Jetzt war der gepflasterte Weg entlang des Wassers eine Flaniermeile, auf dem wohlsituierte Damen mit ihren Gesellschafterinnen spazierten. Die eine oder andere hatte ein kleines Hündchen dabei. Fast alle schützten ihr Gesicht vor der Sonne mit seidenen Sonnenschirmen. Gouvernanten führten die ihnen anvertrauten Kinder aus. Botenjungen sausten mit oder ohne Handkarren an den Herrschaften vorbei. Hier und dort war eine Dienstmagd zu sehen, die den Weg zum Markt mit einem kleinen Bummel verband.

Lili lief neben dem Kommissar her. Die beiden bahnten sich einen Weg durch die Menschen, die weniger Eile hatten als sie. Unterhalb vom Schwedenplatz drehte ein Straßenmusikant sein Werkel. Als er Max von Krause erblickte, hörte er augenblicklich auf und suchte das Weite.

»Wieder ein Werkelmann ohne Lizenz«, brummte er. »Ich frage mich, woran die Burschen erkennen, dass ich Polizeibeamter bin.«

Lili warf ihm einen Blick von der Seite zu. »Versteh ich auch nicht«, sagte sie. »Eigentlich sehen sie nicht wie ein Polizist aus.«

»Sondern?«

»Eher wie ein hochnosada Schnösel.«

Seine Mundwinkel zuckten. »Und wie sehen Polizisten aus?«

Lili hob die Schultern. Sie konnte dem Kommissar nicht

erklären, dass Menschen, die ständig auf der Hut waren und das Gesetz etwas breiter auslegten, als vom Kaiser vorgesehen, die Hüter desselbigen eben erkannten. Es war ein Wissen, das man mit der Muttermilch mitbekam. Es bewahrte einen vor gröberen Problemen. Leider ging die Rechnung nicht immer auf. Manchmal wurden auch die Vorsichtigsten unvorsichtig, und dann passierten Missgeschicke wie ihr Malheur am Naschmarkt.

»Hier wären wir!« Lili blieb stehen. »Hier habe ich die Scherben gefunden.«

»Sind Sie sicher? Im Dunkeln sieht alles ein bisschen anders aus.«

»Die Brücke und der Doppeladler verändern sich auch nachts nicht. Ich bin mir völlig sicher. Hier habe ich mir die Hand aufgeschnitten.« Sie hielt dem Kommissar ihre Schnittwunde entgegen.

Er ließ den Blick über das Kopfsteinpflaster gleiten. Lili tat es ihm gleich. Sie schalt sich eine unvernünftige Närrin. Bei Tageslicht war die Suche erheblich einfacher.

»Hier!« Sie winkte den Kommissar zu sich. »Da ist noch eine Scherbe. Sie ist winzig klein, aber sie stammt eindeutig von einem glasierten Keramikgegenstand.«

»Ich habe auch eine!«, rief von Krause. Er ging in die Knie und hob eine Scherbe auf. Dann kam er zu Lili. Mit akribischer Genauigkeit suchten die beiden den Boden ab.

»Was gibt's denn da Spannendes?« Eine Straßenverkäuferin stellte sich zu ihnen. In einem Bauchladen trug sie kandierte Nüsse in Papierstanitzeln mit sich. Auch sie machte sich daran, mitzuhelfen. Wohl in der Hoffnung, ein wertvolles Schmuckstück oder eine Münze zu finden.

»Keramikscherben«, sagte Lili.

»Ach so.« Sie wollte weitergehen.

»Es sind wichtige Scherben«, meinte Lili. »Vielleicht helfen sie, einen Mörder zu finden.«

»Wirklich?«, sagte die Frau interessiert.

Max von Krause bedachte Lili wieder mit einem grimmigen Blick. »Und Ihnen soll ich glauben, dass Sie Rossberg nichts erzählt haben?«

»Drei Paar Augen sehen mehr als zwei.«

Und tatsächlich, kaum dass Lili ihren Satz ausgesprochen hatte, rief die Nussverkäuferin: »Hier ist zwar keine Scherbe, aber das könnte Blut sein. Kommen Sie schnell und schauen Sie!«

Mit einem Satz waren Lili und der Kommissar bei der Frau. Zuerst konnte Lili den winzigen Fleck nicht ausmachen, aber beim genauen Hinsehen erkannte sie eine kleine braune Spur. Wenn das Blut wirklich von Leopoldine stammte, grenzte es an ein Wunder, dass es noch nicht von einem Tier weggeschleckt oder einem Fußgänger verwischt worden war. Es war Glück, dass es in den letzten Tagen nicht geregnet hatte.

»Ich dachte, Poldi sei erwürgt worden«, sagte Lili leise.

Die Straßenverkäuferin hörte sie dennoch. »Meiner Seel!«, rief sie. »Ist hier die arme junge Frau auf grausame Weise erwürgt und in den Donaukanal geworfen worden?« Sie bekreuzigte sich dreimal hintereinander, um sicherzugehen, dass das Unglück nicht auch sie heimsuchte.

»Sie haben uns sehr weitergeholfen«, sagte von Krause. »Jetzt muss ich Sie bitten, weiterzugehen. Vielen Dank.«

»Na, sicher ned. Ich will wissen, was mit der armen Frau noch alles passiert ist. Von Messerschnitten und anderen Grauslichkeiten war in der Zeitung nichts zu lesen.«

Max von Krause verdrehte die Augen und sah Lili böse an. So als sei sie für die Phantasie der Nussverkäuferin verantwortlich. »Niemand hat von einem Messer gesprochen«, sagte er streng. »Bitte gehen Sie weiter und behalten Sie die Information für sich.«

»Damit noch eine arme Frau draufgehn muss?« Die Verkäuferin richtete sich auf und rückte ihren Bauchladen zurecht. »Ich werde bestimmt nicht schweigen. Die Wienerinnen sollen erfahren, was hier passiert ist. Damit es kein weiteres Opfer gibt. Gnadenlos zugestochen und brutal aufgeschnitten hat der Mörder die arme Leich. Und dann hat er sie in den Donaukanal geworfen. Die Fische haben die Eingeweide der Toten ausgezuzelt. Mei, grausig ist so was. So furchtbar grausig.«

Lili fragte sich, woher die Frau diese abscheulichen Bilder nahm. Sie schien die Vorstellung zu genießen. Mit Sicherheit kannte in spätestens einer Stunde die gesamte Innenstadt ihre blutige Theorie vom Tod der armen Leopoldine.

»Machen Sie sich bitte nicht lächerlich. Dieser winzige Blutfleck ist kein Hinweis auf ein blutiges Massaker.« Max von Krause bemühte sich um Schadensbegrenzung.

Jedoch ohne Erfolg. Das neue Wort beflügelte die Vorstellungen der Verkäuferin. »Blutiges Massaker«, wiederholte sie genüsslich. Dann hob sie ihre Röcke und eilte davon. »Das muss ich der Annemarie am Fischmarkt erzählen.«

Kaum dass sie weg war, drehte sich Max von Krause verärgert zu Lili. »Da sehen Sie, was Sie mit Ihrer Gedankenlosigkeit angerichtet haben. Nicht nur Rossberg, sondern ganz Wien wird sich auf diese absurde Theorie stürzen.«

»Die Frau hat immerhin den Blutfleck gefunden«, erinnerte Lili den Kommissar. »Vielleicht war ja doch ein Messer im Spiel.«

»Möglich ist alles. Sie hatte eine Schnittwunde im Gesicht. Direkt bei der Wange. Sie kann sich die Verletzung aber auch im Wasser zugezogen haben.« Mit einem Mal verfinsterte sich sein Blick noch weiter. »Haben Sie nicht gesagt, dass Sie sich auch verletzt haben? Vielleicht stammen die Blutspuren von Ihnen.«

Lili schluckte. Ja, natürlich. An diese Möglichkeit hatte sie nicht gedacht.

»Wo genau sind Sie gestürzt?«

Sie errötete und senkte beschämt die Stimme. »Vielleicht hier.« Sie zeigte auf den Fleck. Max von Krause stieß die Luft aus, nahm seinen Hut ab und raufte sich das dunkle Haar. Er sagte nichts. Das war nicht notwendig. Lili konnte auch so sehen, was er dachte.

Sie ging zur Uferkante und spähte ins Wasser. Unbeeindruckt plätscherte das Wasser vorbei. Sanfte Wellen schlugen gegen die aufgehäuften Steine unterhalb der Kaimauer. Lili kniff die Augen zusammen, um besser zu sehen. Hing an einem der Steine ein kleiner roter Stofffetzen? Beherzt hob sie ihre Röcke und kletterte über die Mauer. Geschickt landete sie auf einem der großen Felsen.

»Was zum Teufel machen Sie da?« Max von Krause stand am Rand und sah ihr nach.

Lili sprang von Stein zu Stein. Als Kind hatte sie das stundenlang gemacht. Sie hatte nichts an Geschicklichkeit verlernt.

»Passen Sie auf!«, forderte von Krause. »Ich will Ihnen nicht nachspringen und Sie aus dem Wasser fischen müssen.«

»Keine Sorge, ich kann schwimmen!«

Ihre Antwort schien ihn zu verblüffen. Nur wenige Menschen beherrschten diese Fertigkeit. Jedes Jahr ertranken unzählige Menschen in den Flüssen, Teichen und Seen des Landes.

Schon hatte Lili ihr Ziel erreicht. Sie langte nach dem Stoffstück. Es bestand kein Zweifel. Es stammte von Leopoldines Kleid. Die Künstlerin hatte sich selbst einen Rock aus einem Stoff genäht, den Helene für sie bedruckt hatte. Nicht ganz so elegant, aber genauso sicher kehrte Lili zurück zum Ufer. Von Krause reichte ihr die Hand, die sie dankbar ergriff. Mit einem kräftigen Ruck zog er sie hoch. Seine muskulösen Unterarme sahen nicht nur stark aus, sie waren es auch.

»Danke.« Sie gab ihm ihren Fund.

»Was ist das?«

»Ein Stück von Leopoldines Kleid.«

»Sind Sie sicher?«

»Es muss ein Loch in ihrem Rock sein«, sagte Lili. Sie wischte sich die sandigen Hände an ihrer Schürze ab. »Womit bewiesen wäre, dass Poldi hier erwürgt worden ist. Und ihre eigene Keramik dabeigehabt hat, die bei dem Überfall in die Brüche gegangen ist.«

Von Krauses Augen waren nun wieder hellbraun. Es war erstaunlich, wie schnell sie die Farbe wechseln konnten. Er steckte das Stückchen Stoff und die weiteren Scherben ein und meinte: »Das alles ergibt keinen Sinn, oder?«

Lili war so erstaunt, dass er die Frage an sie richtete, dass sie für einen Moment sprachlos war. Erst nach einer Weile stimmte sie ihm zu. »Ich kann auch noch keinen Sinn erkennen. Aber ich trau mich wetten, dass Poldis Tod irgendetwas mit ihrer Keramikfigur zu tun hat.«

Von Krause schien über ihre Worte ernsthaft nachzudenken. Dann sagte er: »Sie können jetzt Ihrer ehrlichen Arbeit nachgehen.«

»Zu großzügig!« Lili hatte gehofft, dass er sie an seinen Gedanken teilhaben ließ. Aber stattdessen schickte er sie weg wie ein kleines, lästiges Mädchen. Dann eben nicht, dachte sie verärgert. Ich finde den Mörder auch allein.

31

Herrengasse, Café Reil

»Ich muss Ihnen mitteilen, dass eine Beschwerde gegen Sie eingebracht wurde.« Oberkommissar Sobotka legte die Zeitung zur Seite auf den Tisch, neben zwei leere Tassen Kaffee und einen Teller, auf dem sich noch der Rest eines Topfenstrudels befand.

»Von Gustav Weiß?«, riet Max.

»Ja, er behauptete, Sie hätten unangemessene Fragen gestellt.«

»Wie soll ich einen Mörder finden, wenn ich nicht fragen darf?«

»Sie müssen aufpassen, von Krause.« Sobotka blickte über den Rand seiner Lesebrille. »Der Mann ist einflussreich. Wenn er Sie vernichten will, dann wird er das tun. Ganz egal, welchen Namen Sie tragen und aus welcher Familie Sie stammen. Ich werde nicht meine schützende Hand über Sie halten können.«

Max verzog bitter den Mund. Er hatte auch nicht damit gerechnet, dass Sobotka das tun würde. Ganz im Gegenteil. Es war ihm eine Freude, seinem Mitarbeiter mit dem lästigen »von« im Namen eins auswischen zu können.

»Meine Aufgabe ist es, den Mörder seiner Tochter zu finden«, verteidigte sich Max. »Der Mann sollte mich unterstützen und mir jede erdenkliche Hilfe angedeihen lassen. Stattdessen legt er mir unnötige Prügel zwischen die Füße. Das Gleiche gilt für die Gräfin von Falkenstein und ihren überheblichen Diener. Sie will einen gestohlenen Ring wiederhaben. Es war mehr als gedankenlos und geradezu fahrlässig, das wertvolle Schmuckstück einfach in ein Kästchen zu legen, das man nicht versperrte. Wenn Sie mich fragen, hat sie damit potenzielle Diebe zum Verbrechen eingeladen.«

»Sie glauben, dass das Schmuckstück absichtlich unbeaufsichtigt war?« Sobotkas Interesse war geweckt.

»Es ist auf alle Fälle sehr seltsam. Der Rubin war mehrere Tausend Kronen wert.«

»Hm.« Sobotka strich sich nachdenklich über den Wangenbart.

»Es ist außerdem sehr ärgerlich, dass die Gräfin sich nicht kooperativ zeigt. Auch was den Ankauf der Skulpturen der Wiener Werkstätte betrifft.«

»Was haben die denn mit dem Diebstahl zu tun?«

»Wahrscheinlich nichts.«

»Oh mein Gott, von Krause. Was tun Sie eigentlich den ganzen Tag?« Sobotka senkte die Stimme. Er schaute über seine Schulter, so als fürchtete er Mithörer. »Die Zeitungsartikel zu den Todesfällen werden immer abenteuerlicher. Wenn es nicht bald gelingt, den Mörder zu fassen, kippt die Stimmung in der Stadt. Man schimpft gegen die Polizei und zieht uns durch den Kakao. Wenn es so weitergeht, sind wir bald die Lachnummer von Wien. Es wird einen Sündenbock geben, und der werde gewiss nicht ich sein.«

Max war klar, was das hieß. Er würde dieser Bock werden, sollte es ihm nicht gelingen, rechtzeitig die Schuldigen ausfindig zu machen.

Sobotka schlug das Blatt vor sich auf. »›Eine blutig mordende Bestie läuft durch unser schönes Wien und tötet junge, hübsche Frauen auf brutale Weise. Bringen Sie Ihre Töchter in Sicherheit, sonst ist Ihre vielleicht morgen schon das nächste Opfer. Was machen die zuständigen Beamten? Sie sitzen im ehemaligen Café Griensteidl und trinken Kaffee.‹«

»Das steht da?« Max konnte seine Verwunderung nicht überspielen. Ebenso wenig ein winziges boshaftes Grinsen.

»Nichts daran ist witzig!«, blaffte Sobotka ihn verärgert

an. »Woher hat der Halunke die Informationen? Es steht ihm nicht zu, einen Beamten des Kaisers wegen der Wahl seines Arbeitsplatzes zu kritisieren.«

»Ich weiß es nicht«, sagte Max wahrheitsgetreu.

»Ich will, dass Sie auf der Stelle losgehen und all diese unerfreulichen Kriminalfälle lösen. Am Ende der Woche müssen die Namen von zwei Mördern, einem Dieb und einem Fälscher auf meinem Tisch liegen. Wenn nicht, sind Ihre Tage in meiner Abteilung gezählt. Dann lasse ich Sie in irgendein Dorf in Siebenbürgen versetzen.«

Max fragte sich, wie sein Vorgesetzter ausgerechnet auf Siebenbürgen kam. Wahrscheinlich hatte er eben einen Artikel über die Gegend im Südosten der Monarchie gelesen.

»Lösen Sie die Fälle dann selbst?«

»Ich habe diese impertinente Frage nicht gehört«, empörte sich Sobotka. »Und jetzt verschwenden Sie nicht Ihre oder meine kostbare Zeit.«

»Was werden Sie tun?«, wollte Max wissen.

»Ich werde all diese Zeitungen durcharbeiten.« Sobotka wischte mit der Stoffserviette über seine glänzende Stirn. »Das ist eine äußerst beschwerliche Aufgabe, das kann ich Ihnen versichern.«

Max fehlten die Worte. Er starrte seinen Vorgesetzten mit offenem Mund an.

»Warum stehen Sie hier noch rum, von Krause? Worauf warten Sie? Gehen Sie los und verhaften Sie die Schuldigen.«

Max zögerte. »Sind weitere gefälschte Dokumente aufgetaucht, von denen ich noch nichts weiß?«

»Keine Ahnung. Sitzen Sie oder ich im Büro auf der Elisabethpromenade?«

Max fragte sich, warum Sobotka noch nie Probleme wegen seiner mangelnden Arbeitsmoral bekommen hatte. Rossberg war der Erste, der mit seinem Artikel den Missstand aufgegriffen hatte. Wäre Max nicht so schlecht auf den Mann zu sprechen gewesen, hätte er jetzt so etwas wie Sympathie für ihn empfinden müssen. Rossberg war es gewesen, der ihm die Auflösung seines allerersten Falls bei der Kriminalpolizei beinahe vereitelt hätte. Der Groll darüber saß immer noch tief.

Max drehte sich zum Gehen, als dem Oberkommissar noch etwas einfiel. »Ach ja. Da war noch etwas.«

»Und zwar?«

»Am Spittelberg sind erneut ekelhafte Illustrationen aufgetaucht.« Wieder senkte Sobotka die Stimme. »Nackte Frauen in sehr eindeutigen, skandalösen Stellungen.«

»Dafür ist die Sittenpolizei zuständig.«

»Sie haben uns um Hilfe gebeten, und ich habe sie zugesagt.«

»Ich fürchte, dann werden Sie sich um die Sache kümmern müssen«, sagte Max. »Ich bin bis über beide Ohren mit Arbeit eingedeckt.«

Noch bevor Sobotka protestieren konnte, flüchtete Max aus dem Kaffeehaus. Er konnte den verblüfften Blick seines Vorgesetzten förmlich in seinem Rücken spüren. In Zukunft würde er Sobotka öfter widersprechen, es fühlte sich gut an.

32

Magdalenengrund, Ratzengrund

Franz Feigl saß tief über den Tisch gebeugt. Zwei flackernde Petroleumlampen sorgten für ausreichendes Licht. Auf der linken Seite des Tisches lagen jungfräulich weiße Kartonstücke in Postkartenformat, der Stapel auf der rechten Seite war mit raschen Tuschzeichnungen versehen.

Lili griff nach der obersten Karte. Sofort legte sie sie wieder zurück. So als haftete den Zeichnungen Schmutz an, wischte sie sich die Finger an ihrer Schürze ab. »Igitt, Papa. Das ist ekelhaft.«

Franz Feigl hob entschuldigend die Hände. »Es bringt mir Geld, und ich muss nicht so genau arbeiten wie beim Fälschen.«

»Aber es ist mindestens genauso gefährlich.«

»Wen regen ein paar nackte Frauen auf?«

»Deine Frauen werden von Generälen und Leutnanten von hinten genommen.« Lili verzog angewidert das Gesicht. »Und sie tun so, als würde es ihnen gefallen. Das ist grauslich, Papa.«

»Ich kann damit meine Schulden bezahlen.«

»Weißt du eigentlich, wie viele Dienstmädchen unfreiwillig schwanger werden? Wie viele Fabrikarbeiterinnen und Wäscherinnen ihre Körper verkaufen müssen, damit sie überleben können? Mit diesen Zeichnungen machst du dich über die armen Frauen lustig.«

»Wer genug zum Essen hat, der kann über die Moral nachdenken. Wir haben den Luxus nicht.«

»Es geht dir nicht ums Essen. Da, schau!« Lili stellte ihren Korb auf dem wackeligen Tisch ab. Sie holte eine karierte Stoffserviette heraus. Kalter Braten und eine dicke Scheibe

Brot waren darin eingewickelt. Beides stammte von gestern. Franz Feigl hatte die Köstlichkeiten nicht angerührt.

»Hast du schon wieder Spielschulden?« Lili setzte sich zu ihm. Ein nackter Frauenhintern leuchtete ihr entgegen. Sie drehte die Karte mit der schlüpfrigen Illustration um.

Ihr Vater antwortete nicht. Unbeirrt zeichnete er weiter. Lili erfasste seine Hand. Er machte einen ungeplanten Strich über das beste Stück eines Generals und fluchte.

»Papa, ich hab dir eine Frage gestellt. Hast du schon wieder Spielschulden? Du hast versprochen, dass du damit aufhörst.«

Er legte den Stift zur Seite und hob den Kopf. Wieder einmal waren seine Augen blutunterlaufen. Sie tränten. Wahrscheinlich hatte er schon am Nachmittag damit begonnen, Hochprozentiges in sich zu schütten.

»Ich hatte eine Glückssträhne.«

»Papa, was soll das? Du hast versprochen, dass du keine Karte mehr anrührst.« Lili schlug wütend mit der flachen Hand auf die Tischplatte. Ihr Schlag war so heftig, dass die Lampen wackelten und ein Stift auf den Boden rollte. Im flackernden Licht der tanzenden Flamme bückte sich Lili danach. Sie legte den Stift zurück.

»Es war bloß ein einziges Blatt, das gefehlt hat.« Er hob den rechten Zeigefinger. Er zitterte, genau wie seine Lippen.

Wenn ihr Vater in diesem erbärmlichen Zustand war, konnte Lili nicht lange böse auf ihn sein. »Wie viel ist es diesmal?« Beschämt schaute er auf die unfertige Zeichnung. »Wie viel?«

»Wenn ich die Zeichnungen alle verkaufe, bin ich die Schulden wieder los. Du musst nichts von deinem Lohn dazugeben.«

»Wenn du beim Verkauf erwischt wirst, sitzt du im Gefängnis. Also sag endlich, wie hoch du dich verschuldet hast.«

Stur schüttelte er den Kopf. »Das ist meine Angelegenheit, und ich kümmere mich um sie, Lili. Schließlich bin ich auch nicht der einzige Mann, der Spielschulden hat.«

Sie schloss die Augen. Es hatte keinen Sinn. Er würde von seiner Meinung nicht abrücken.

»Erst neulich hat Schelling, ein Leutnant der Kavallerie, eine Pechsträhne gehabt und eine Partie nach der anderen verloren.«

»Der Mann muss bestimmt keine schlüpfrigen Zeichnungen verkaufen, um seine Schulden zu begleichen.« Lili schnaufte laut.

»Irgendwas hat er auch verscherbelt«, widersprach ihr Vater. »Das sag ich dir.«

»Wie kommst du auf den Gedanken?«

»Er hat den Schuldeneintreiber wochenlang vertröstet. Niemand hat mehr geglaubt, dass er bezahlt. Wir haben ihn schon mit einem eingeschlagenen Schädel im Wienfluss schwimmen sehen. Aber dann ist er auf einmal mit so viel Gnedl in der Tasche gekommen, dass irgendetwas so faul daran sein muss, dass es zum Himmel stinkt. An dem Abend hat er eine Glückssträhne gehabt.«

»Du weißt, dass diese Strähnen nie lange anhalten.«

»Ich weiß, der Dagobert hat schon am nächsten Abend wieder Geld verloren.«

Der Name löste eine Erinnerung bei Lili aus. »Dagobert Schelling? Leutnant der Kavallerie? Hatte er eine Verlobte?«

Lilis Vater zuckte mit den Schultern. »Ob sie seine Verlobte war, weiß ich nicht. Aber es gab eine Frau in seinem Leben. Zumindest hat er damit angegeben. Aber eher so, als würde er sie ausnehmen, nach Strich und Faden. Ich glaube ja, dass er auch die vielen Kronen ihr zu verdanken hat.«

»Hat er den Namen der Frau genannt?«

»Nein, bloß, dass sie ein weltfremdes Weib mit einem Gebiss wie ein Pferd sei. Dass sie den ganzen Tag Töpferarbeiten macht, auf die sie mächtig stolz ist.«

Lilis Herz setzte für einen Moment aus, nur um dann doppelt so schnell weiterzuklopfen. »Hat er sonst noch etwas über die Frau gesagt?«

»Warum interessiert dich die Liebschaft von dem Leutnant so sehr?« Misstrauisch kniff Franz Feigl die Augen zusammen. »Hast du etwa Verbindungen zu dem Mann?« Er hob mahnend die Hand. »Du weißt, dass ich mich nicht in dein Liebesleben einmische. Aber lass die Finger von Schelling. Der ist kein Guter. Er ist ein Hallodri und ein Spieler.«

»So wie du?«

Franz Feigl verzog den Mund. »Ich war nicht immer ein trinkender Spieler.«

Lili hielt ihre Antwort zurück. Seit sie ihren Vater kannte, war er genau das. Sie liebte ihn trotzdem.

»Hast du eine Liebschaft mit dem Schelling?«

»Nein, natürlich nicht«, widersprach Lili. »Ich kenn den Leutnant nicht einmal.«

»Warum interessierst du dich dann so für ihn?«

»Weil die junge Frau, die er so schamlos ausgenommen hat, erwürgt aus dem Donaukanal gefischt wurde. Sie hat in der Wiener Werkstätte gearbeitet. Ich habe sie gemocht. Und die Töpferarbeiten, wie dieser Schelling so abschätzig sagt, waren Kunstwerke, mit denen sie Geld verdiente.«

»Wie kommst du darauf, dass sie die Geliebte von Dagobert Schelling war?«

»Eine ihrer Kolleginnen hat den Namen Dagobert genannt. Ich hab ihn mir gemerkt, weil er mich an die Puppenspieler erinnerte, die früher im Hinterhof für uns Kinder gespielt haben.«

»Es gibt viele Dagoberts in dieser Stadt, Lili«

»Wie viele Dagoberts, die Leutnant bei der Kavallerie sind und eine Geliebte haben, die töpferte, gibt es wohl?« Lili machte eine Pause und fügte dann hinzu: »Leopoldine hatte wirklich große Zähne. Aber sonst war sie eine sehr hübsche Person.«

»Nicht jede junge Frau kann so gut aussehen wie du, Lili.«

»Danke, Papa. Aber ich meine es wirklich ernst. Wann hat dieser Schelling seine Spielschulden beglichen?«

»Keine Ahnung, vor ein paar Tagen.«

»Probier, dich zu erinnern, Papa.«

Franz Feigl stützte die Ellbogen am Tisch ab und legte das unrasierte Kinn in seine Hände. »Er hat vorgestern seine Spielschulden beglichen, und am Tag davor war er nicht zum Spielen gekommen. Das weiß ich so genau, weil es der Abend war, an dem ich so viel …« Er beendete seinen Satz nicht.

»… verloren hast?«

Er nickte geknickt.

»Das war der Abend, an dem Leopoldine erwürgt wurde.«

Franz richtete sich wieder auf. »Lili, das bedeutet alles gar nichts. Du hast einfach zu viel Phantasie. Das war immer schon so. Als Kind hast du dir Geschichten ausgedacht und die anderen damit im Hof unterhalten. Vielleicht wärst du eine gute Schauspielerin geworden. Aber das hier ist echt und real. Du kannst einen unschuldigen Mann nicht eines Mordes bezichtigen.«

»Ich beschuldige gar niemanden«, entgegnete Lili. »Ich denke bloß laut nach. Und es sind eine Menge seltsamer Zufälle. Ich frage mich, wie der Mann zu so viel Gerstl gekommen ist. Was hat er verkauft?«

»Vielleicht hat er ein Schmuckstück der Töpferin verscherbelt«, riet Franz Feigl. »So was gibt's viel öfter, als man glaubt.«

»Ich wünschte, wir hätten auch eine Kette oder eine Brosche zu verkaufen«, seufzte Lili. »Dann müsstest du nicht so widerliches Zeug zeichnen.« Sie zeigte auf die Karten.

»So einfach ist das gar nicht, wertvollen Schmuck loszuwerden«, meinte Franz Feigl. »Simon hat mir erzählt, dass einer der Goldschmiede im Judenviertel ein Schmuckstück zum Kauf angeboten bekommen hat, das er nicht annehmen wollte. Es war ihm zu heikel.«

Simon war ein Straßenhändler in den Tuchlauben. Er verkaufte vom Rasiermesser über den Nähnadelsatz bis zur Bodenbürste zum Scheuern so gut wie alles. Simon wusste über die Neuigkeiten im Viertel Bescheid. Über geplante Hochzeiten war er ebenso informiert wie über Begräbnisse oder bevorstehende Geburten oder Geldsorgen von kleinen Ladenbesitzern.

»Was hat man ihm angeboten, und vor allem: Wer hat es getan?«

»Bin ich die Polizei? Du stellst Fragen!«

»Vielleicht war es das Schmuckstück, das im Palais Falkenstein gestohlen wurde.«

»Was auch immer es war, es geht uns nichts an. Mehr weiß ich dazu auch nicht, Lili.« Franz Feigl ergriff seinen Stift erneut. »Außerdem: Eine Krähe hackt der anderen kein Auge aus.«

»Ich bin keine Krähe«, empörte sich Lili.

»Du bist die Tochter von einer.«

Lili antwortete nicht. Eine weitere Frage beschäftigte sie. »Hat dieser Dagobert auch noch von anderen Frauen gesprochen? Andere, mit denen er sich getroffen hat?«

»Nicht dass ich mich daran erinnern würde.«

»Was nicht viel aussagt«, seufzte Lili. »Bei deinem Fuselkonsum.«

»Das hab ich jetzt überhört«, brummte Franz beleidigt. Er betrachtete seine Zeichnung. »Was mach ich mit dem elendslangen Strich?«

»Schmeiß die Karte weg, sie ist grauslich.«

»Auf gar keinen Fall! Ich sitze seit einer halben Stunde daran.« Franz legte den Kopf schräg und grübelte. »Ich könnte eine Peitsche daraus machen.«

»Igitt, Papa. Das ist grindig.«

»Horch weg und schau weg.«

»Das versuch ich.« Lili setzte ihren kleinen Strohhut erneut auf.

»Wo willst du jetzt noch hin?«

»Zur Polizei.«

»Wie bitte?« Vor Schreck fiel Franz der Stift aus der Hand, und ein weiterer Strich verunstaltete seine Karte.

»Ich muss dem Kommissar von diesem Dagobert erzählen und davon, dass er seine Spielschulden auf wundersame Weise beglichen hat.«

»Lili, hast du völlig den Verstand verloren? Das kannst du nicht machen! Niemand geht freiwillig zur Polizei. Du bist am Ratzengrund aufgewachsen. Mit der Kiberei zusammenzuarbeiten, das ghört sich einfach nicht.«

»Wenn ich damit helfen kann, einen Mörder dingfest zu machen, muss ich zur Polizei.«

Mit einem Mal schien Franz Feigl völlig ausgenüchtert. »Lili, die Kunst von uns kleinen Ganoven ist es, sich nicht erwischen zu lassen und unauffällig durchs Leben zu gehen. Die Polizei ist unser Feind, vergiss das nie.«

»Ich habe eine ehrliche Arbeit«, verteidigte sich Lili.

»Du hast vor ein paar Tagen erst einen Pass gefälscht.«

»Das hab ich für dich getan.«

»Denkst du, dass das einen Herrn Polizisten interessiert? Jeder ist sich selbst der Nächste.«

Nervös kaute Lili auf ihrer Unterlippe. Ihr Vater hatte völlig recht. Max von Krause würde nicht mit der Wimper zucken, wenn er sie einsperrte. Aber wie konnte Lili schweigen, wenn sie vielleicht den Namen von Leopoldines Mörder kannte? Oder zumindest von einem Mann, der zum Mörder führen konnte?

Was wusste sie überhaupt? Leopoldine verkaufte der Gräfin von Falkenstein Figuren. Es war zu klären, ob sie das mit oder ohne Erlaubnis der Wiener Werkstätte getan hatte. Sowohl Leopoldine als auch Rita waren bei der Abendveranstaltung gewesen, bei der ein kostbarer Ring verschwunden war. Am nächsten Tag hatte Leopoldine die Gräfin aufgesucht, um ihr weitere Kunstobjekte zu verkaufen. Das hatte Helene ihr erzählt. Konnte es sein, dass Leopoldine den Ring an sich genommen, in einer ihrer Figuren deponiert und am nächsten Tag die Figur, in der der Ring versteckt war, gegen eine identisch aussehende leere eingetauscht hatte? Aber wofür wäre Leopoldine so ein Risiko eingegangen? Was, wenn sie das wertvolle Schmuckstück ihrem Geliebten, dem verschuldeten Leutnant der Kavallerie, gegeben hatte? Und warum hätte der Leutnant sie dafür umbringen sollen? Und wie passte Ritas Tod in diese Geschichte?

Nun, es war nicht ihre Aufgabe, Mordfälle zu lösen. Mit diesen Fragen musste sich der Herr Kommissar herumschlagen. Lili nahm ihren Umhang vom Haken.

»Was, wenn ich dir verbiete, zur Polizei zu gehen?« Franz Feigl stand auf.

»Papa, mach dich nicht lächerlich.«

Er setzte sich wieder. In all den Jahren, in denen er Lili allein mehr schlecht als recht erzogen hatte, war es ihm nie gelungen, ihr irgendetwas zu verbieten. Nicht einmal, als sie drei gewesen war und allein drei Häuser weitergelaufen war, um dort einem Marionettenspieler zuzuschauen.

»Und wenn ich dich darum bitte?«

»Es geht hier nicht um einen Trickbetrug oder um gefälschte Dokumente, es handelt sich um Mord. Ich muss dem Kommissar von diesem Leutnant erzählen. Mein Gewissen zwingt mich.«

»Pfeif auf dein Gewissen.«

»Das kann ich nicht.«

Franz Feigl schüttelte den Kopf. »Diesen krankhaften Drang nach Wahrheit und Gerechtigkeit hast du gewiss nicht von mir. Der stammt von deiner Mutter.«

Wie immer, wenn Franz Feigl Lilis Mutter erwähnte, zuckte sie zusammen. Er sprach nur ganz selten von ihr, und wenn er es tat, immer nur Gutes. Lili wünschte, sie hätte Gudrun Feigl kennenlernen dürfen. Alles, was sie von ihr besaß, waren ein alter Kamm und eine billige Brosche, die sie wie einen kostbaren Schatz in einer Zündholzschachtel unter ihrem Bett aufbewahrte.

»Erwähne weder das Lokal noch die Kartenspieler.«

»Ich bin ehrlich, aber nicht dumm.«

Lili musste sich eine gute Geschichte ausdenken, um ihren Vater und sich selbst zu beschützen. Aber wenn sie eines konnte, dann war es Geschichten erfinden. Sie hatte eine blühende Phantasie. Sie nahm ihren Hut und den Umhang wieder ab und hängte beides zurück auf den Haken.

»Doch nicht zur Polizei?« Franz Feigl wirkte erleichtert.

»Oh ja«, entgegnete Lili. »Aber erst morgen. Ich muss mir zuerst zurechtlegen, was ich dem Herrn Kommissar erzähle.«

33

Elisabethpromenade, Polizeipräsidium

Den ganzen Tag hatte Lili über eine gute Geschichte nachgedacht. Wie konnte sie Max von Krause von Leutnant Schelling erzählen, ohne dabei zu erwähnen, dass ihr Vater in einem der Hinterzimmer einer Spelunke am Spittelberg sich dem illegalen Kartenspiel hingab? Der Name Franz Feigl durfte auf gar keinen Fall genannt werden. Die Gefahr, dass der Kommissar dahinterkam, womit sich ihr Vater über Wasser hielt, war zu groß. Am Ende des Tages hatte sie mehrere unglaubwürdige Geschichten zusammengereimt, von denen eine haarsträubender klang als die andere. Schließlich hatte sie sich für eine Version entschieden, bei der sie die Information am Markt aufgeschnappt hätte. Wer konnte ihr beweisen, dass es nicht so gewesen war? Sie würde von Krause sagen, zwei Marktständerinnen zugehört zu haben. Leider konnte sie sich nicht mehr erinnern, wie die ausgesehen hatten. Lili hoffte inständig, dass der Kommissar nicht zu viele Fragen stellen würde und sich einfach über den Namen des Leutnants freute.

Beim Empfang im Erdgeschoss fragte sie nach Kommissar von Krause.

»Bedaure, der ist im Moment außer Haus. Wollen Sie auf ihn warten?« Ein rundlicher Polizist in Uniform saß hinter einem Schalter und wickelte ein Butterbrot aus einer Serviette.

»Wann wird er wieder hier sein?«, wollte Lili wissen.

Genussvoll biss er in sein Abendbrot. »Kann isch nischt schagen.« Er antwortete mit vollem Mund. »Aber der Politscheidiener Noschak ischt da.«

»Kann ich diesen Noschak sprechen?«

Der Polizist schluckte und spülte mit einer Melange nach. »Novak. Er heißt Novak.«

»Völlig egal, wie er heißt. Ich will mit ihm reden.« Lili hatte schlecht geschlafen und den ganzen Tag darüber gegrübelt, ob es richtig war, sich an die Polizei zu wenden. Jetzt wollte sie die Angelegenheit so rasch wie möglich hinter sich bringen.

Der Uniformierte biss erneut von seinem Brot ab. »Schetschen Schie schich.«

Widerwillig nahm Lili auf der schmalen Holzbank neben zwei Hausierern und einer Prostituierten Platz.

»Na, ham s' dich auch erwischt?« Die Frau mit den rot gefärbten Haaren und dem übertrieben tiefen Ausschnitt zwinkerte Lili zu. Ein hässlicher blauer Fleck auf ihrem rechten Oberarm legte Zeugnis darüber ab, dass entweder einer ihrer Freier oder die Polizei unsanft mit ihr umgegangen war.

»Nein, ich bin da, um eine Aussage zu machen.«

»Was willst der Polizei denn zuflüstern? Willst eine von uns anzeigen, weilst dich dann besser fühlst? Oder hast es auf die illegalen Hausierer abgesehen?«

Lili hatte im Moment keine Nerven für ein Streitgespräch. Wütend drehte sie sich zu der Hübschlerin. Was auch immer die Frau Böses erlebt hatte, sie sollte ihren Unmut nicht auf Lilis Schultern abladen, die waren im Moment mit anderem Schrott beladen. »Sag mir einen Grund, warum ich mich dann besser fühlen sollte.«

Erstaunt über die Wut der Antwort, wich die Frau zurück. »Schon gut, ich wollt dir nicht zu nahetreten.«

»Dann halt einfach deinen Mund. Ich hab meine eigenen Probleme.«

Schweigend saßen die vier nun auf der Bank, starrten auf das abgetretene Blumenmuster auf den Fliesen am Boden oder die graue Wand. Es dauerte schier eine Ewigkeit, bis der kleine Polizeidiener kam, den Lili bereits kannte. Er trug denselben schäbigen Anzug mit den ausgefransten Hosenbeinen wie bei ihren letzten Begegnungen. Lili ahnte, dass der Mann ein ähnlich ärmliches Leben führte wie sie selbst und die drei neben ihr auf der Bank.

»Liliane Feigl?«, fragte er.

»He, Süße, du hast nicht gesagt, dass du so einen schönen Namen hast.« Die Hübschlerin grinste Lili zu. »Bist du die Tochter vom Franz?«

Am liebsten hätte Lili der Frau gegen das Schienbein getreten. Warum erwähnte sie den Namen ihres Vaters? Zum Glück schien Carel Novak die verräterischen Worte nicht gehört zu haben. Er winkte Lili mit sich, die ihm in den ersten Stock folgte. Der Prostituierten schenkte er keine Beachtung. Lili kannte das kahle, unpersönliche Büro bereits. Nicht ein einziges Bild oder eine gerahmte Fotografie gab Auskunft über den Menschen, der hier arbeitete. War ihr das aufgefallen, als sie schon mal hier gesessen war? Der kleine, freundliche Mann wies ihr genau denselben Sessel an wie beim letzten Mal. So viel war in der Zwischenzeit passiert. Sie setzte sich.

»Was kann ich für Sie tun?«

»Eigentlich wollte ich Kommissar von Krause sprechen, aber da Sie mit ihm zusammenarbeiten, kann ich die Sache genauso gut Ihnen mitteilen.«

Er wartete geduldig.

»Ich habe zwei Marktfrauen zugehört, wie sie sich über eine Sache unterhalten haben, die vielleicht wichtig sein könnte.«

»Zwei Marktfrauen?«

Lili nickte. Carel Novak glaubte ihr kein Wort. Der Mann war nicht dumm. Sie war froh, dass er es war, der ihr jetzt gegenübersaß, und nicht Max von Krause, der sie mit seinen dunklen Augen so lange beharrlich anschauen würde, bis sie reden würde. Carel Novak war im Vergleich harmlos. Er wusste, dass sie log, aber er verurteilte sie deshalb nicht, und er verlangte auch nicht, die Wahrheit zu erfahren.

»Na, dann legen Sie mal los und erzählen Sie mir von den Marktfrauen.«

Seine Stimme klang ein klein wenig ironisch, aber das war alles. Damit konnte Lili gut umgehen. Sie teilte dem Polizeidiener ihre Theorie mit, berichtete von den zwei identischen Figuren mit den Löchern, von der Tatsache, dass Leopoldine am Abend der lebenden Bilder im Palais Falkenstein gewesen war und auch am Tag danach. Dass sie sich mit einem Leutnant namens Dagobert Schelling getroffen hatte, der überraschenderweise seine Spielschulden hatte begleichen können.

»Die Marktfrauen wussten von Spielschulden, die ein Leutnant hatte? Interessant.«

»Wann waren Sie das letzte Mal auf einem Markt? Die Frauen wissen schier alles«, verteidigte sich Lili.

Carel Novak machte sich Notizen. Als Lili mit ihren Ausführungen fertig war, legte er seinen Stift zur Seite. »Sie wollen also, dass Kommissar von Krause sich diesen Dagobert Schelling genauer ansieht. Habe ich das richtig verstanden?«

»Ja«, sagte Lili. »Er oder Sie. Das ist mir gleich. Es ist doch sehr seltsam, dass der Mann, kurz nachdem ein wertvolles Schmuckstück verschwunden war, seine Spielschulden begleichen konnte.«

»Wie heißt der Goldschmied, dem ein Schmuckstück angeboten wurde?«

»Das weiß ich nicht«, sagte Lili wahrheitsgemäß. »Simon Rosenblatt kann Ihnen weiterhelfen.«

»Das sind eine Menge Informationen, die Sie da haben, Fräulein Feigl.«

»Ja. Marktfrauen sind geschwätzig.«

»Gewiss doch.«

Noch bevor der Polizeidiener weitere Fragen stellen

konnte, stand Lili auf. »Ich muss jetzt gehen. Habe noch eine Menge Arbeit zu erledigen. Ich empfehle mich!«

»Der Herr Kommissar hat bestimmt noch Fragen an Sie.« Lili hatte befürchtet, dass so etwas kommen würde. »Wo findet Kommissar von Krause Sie?«

»Na, wo schon? In der Werkstätte, dort arbeite ich.« Lili öffnete die Tür und verließ fast fluchtartig die Polizeistation. Nie hätte sie gedacht, dass es so schwer sein könnte, ehrlich zu sein.

Elisabethpromenade, Polizeipräsidium

»Warum hast du die Frau gehen lassen?« Max hielt Carels Notizen in der Hand. »Es ist doch offensichtlich, dass sie noch mehr weiß. Die Geschichte über die Marktfrauen ist an den Haaren herbeigezogen. Das erkennt ja ein Blinder, dass die Frau gelogen hat.«

»Sie ist extra zu uns gekommen, um mit Ihnen, Verzeihung, mit dir zu sprechen«, sagte Carel. Der Polizeidiener hatte sich immer noch nicht an die vertrauliche Anrede gewöhnt. »Es wäre nicht recht gewesen, sie dafür zu bestrafen.«

»Es geht nicht ums Bestrafen, sondern ums Beschützen. Wer weiß, ob die Frau sich nicht in Gefahr befindet.«

»Daran hab ich nicht gedacht«, gab Carel zu.

Max ließ sich auf den Sessel hinter seinem Schreibtisch plumpsen. »Gut, lass uns überlegen.« Er legte Carels Notizen zur Seite. »Ich werde ins Judenviertel gehen und nach diesem Simon Rosenblatt suchen. Du erkundigst dich nach einem Dagobert Schelling. Mal sehen, ob es diesen Leutnant bei der Kavallerie gibt.«

Max zog seine Schreibtischlade auf. Er holte das Medaillon von Leopoldine Hammerl heraus und reichte es Carel. »Es ist nicht viel auf dem Foto zu erkennen«, gab er zu. »Aber vielleicht hilft es dir trotzdem weiter.«

Carel ließ das Schmuckstück in die Tasche seiner schäbigen Jacke gleiten.

»Wenn die Vermutungen von Liliane Feigl wirklich stimmen, ist sie uns einige Erklärungen schuldig.« Max stand wieder auf. »Und wenn nicht, dann auch.«

Judenplatz

Die Gegend rund um den Judenplatz war seit dem Mittelalter der jüdischen Bevölkerung vorbehalten gewesen. Die Synagoge und die kleinen Geschäfte, die von Juden geführt wurden, gehörten ebenso zum Stadtbild wie der Stephansdom. Daran konnte auch die Tatsache nichts ändern, dass zweimal in der Geschichte Wiens Juden auf brutale Weise aus dem Stadtbild vertrieben worden waren. Leider stiegen in den letzten Jahren die Ressentiments wieder dramatisch an. Das war dem Bürgermeister Dr. Karl Lueger geschuldet, der keine Gelegenheit ausließ, gegen die jüdischen Mitbürger zu hetzen und einen Keil in die Wiener Stadtbevölkerung zu treiben. Auf diese Weise konnte er bequem von den eigentlichen Problemen der Stadt ablenken.

Max ging den Fleischmarkt entlang, stieg die Stufen hinauf und gelangte in die Judengasse. Schon an der Ecke zum Hohen Markt traf er auf einen Hausierer, der genau den Beschreibungen entsprach, die er erhalten hatte. Ein dunkelhaariger, kleiner Mann in einem langen Mantel mit einem Holzkasten vor dem Bauch, in dem er seine Ware feilbot: Zahnbürsten, Rasiermesser und Knöpfe aus Horn.

»Sind Sie Simon Rosenblatt?«

»Ich habe mir nichts zuschulden kommen lassen.«

Es war erstaunlich, dass der Hausierer in Max sofort einen Polizisten erkannte, obwohl er Zivilkleidung trug.

»Das habe ich auch nicht behauptet.«

»Was wollen Sie dann von mir?« Rosenblatt kramte nach einem Ausweis. »Hier ist meine Bewilligung. Ich darf auf der Straße verkaufen.«

Max streckte ihm abwehrend die Hände entgegen. »Glauben Sie mir, ich bin nicht an Ihnen interessiert.«

»Sondern?« Misstrauisch musterte der Straßenverkäufer ihn.

»Ich bin auf der Suche nach einem Leutnant der Kavallerie, der einen wertvollen Ring verkaufen wollte.«

Simon Rosenblatt machte einen Schritt rückwärts. Abwartend sah er Max an.

»Können Sie mir verraten, wem er das Schmuckstück verkaufen wollte?«

»Warum?«

»Weil man eine junge Frau erwürgt aus dem Donaukanal gefischt hat und der Mann möglicherweise irgendwie mit dem Verbrechen in Verbindung steht.«

»Mord?«

Normalerweise gab Max nicht so viele Details preis, aber er wollte rasch zu seiner Information kommen, und der Mann schien ehrlich zu sein. Natürlich war es denkbar, dass er sich irrte. Aber für gewöhnlich ließ ihn seine Menschenkenntnis nicht im Stich.

»Ja.«

Wie erwartet verloren die eingefallenen Wangen jede Farbe. Der Hausierer kratzte sich an der hohen Stirn. »Was für eine hässliche Geschichte.«

»Wem wurde der Ring angeboten?«

Der Hausierer kaute nervös auf seiner Unterlippe. Er schien mit sich zu hadern, schließlich sagte er: »Ich habe gehört, dass man Jakob Silberstein ein Schmuckstück verkaufen wollte.«

»Wo finde ich Jakob Silberstein?«

»Am Hohen Markt, Ecke Rotenturmstraße. Das ist gleich hier vorn.«

»Ich weiß, danke.«

»Wie heißen Sie?«

»Max von Krause.«

Der Hausierer nickte. »Sie sind mir einen Gefallen schuldig, Herr Kommissar mit dem adeligen Namen!«

»Solange es keiner ist, der gegen das Gesetz verstößt.« Max tippte sich an den Hut und verabschiedete sich.

Schon nach wenigen Schritten hatte er den kleinen, unscheinbaren Laden des Goldschmieds erreicht. Wie passend, dass ein Goldschmied Silberstein hieß. Max stieg die drei Stufen hinunter ins Souterrain und öffnete die Tür. Eine helle Glocke ertönte und kündigte seinen Besuch an. Es dauerte einen Moment, bis Max' Augen sich an das Halbdunkel im Laden gewöhnt hatten. Hinter einer Theke aus Holz saß ein Mann über einen Tisch gebeugt. Eine gebogene Speziallampe versorgte die Arbeitsfläche mit ausreichend Licht. Als er Max sah, richtete er sich auf. Er musterte ihn vom Scheitel bis zur Sohle und schien sich nicht sicher zu sein, ob ein potenzieller Kunde oder ein Beamter des Kaisers vor ihm stand.

»Kann ich Ihnen weiterhelfen?«

»Guten Tag, ich hoffe es.« Max nahm seinen Hut ab.

Jakob Silberstein stand von seinem Arbeitsplatz auf. Jetzt erst sah Max, dass er an einer filigranen Kette mit einem aufklappbaren Medaillon arbeitete. Das Schmuckstück ließ er im Schein der Lampe liegen. Es erinnerte Max an das Schmuckstück, das er bei der toten Leopoldine Hammerl gefunden hatte.

»Haben Sie diese Kette angefertigt?«

Der Goldschmied, ein kleiner Mann mit einem kugelrunden Bauch und Beikeles, Locken an seinen Schläfen, die sein Gesicht rechts und links flankierten, verneinte. »Dieses Stück repariere ich bloß.«

»Aber Sie fertigen auch eigenen Schmuck an?«

»Selbstverständlich. Wonach suchen Sie?«

»Nach einem Mann, der Ihnen vor ein paar Tagen einen wertvollen Ring mit einem außergewöhnlichen Rubin angeboten hat.«

Misstrauisch verschränkte Jakob Silberstein die Arme vor der Brust. Er kniff seine Augen zusammen. »Wer hat Ihnen geflüstert, dass mir jemand ein solches Schmuckstück zum Kauf angeboten hat?«

»Wien ist eine Großstadt und gleichzeitig ein Dorf. Derartige Informationen verbreiten sich rasch.« Max machte eine Pause. Dann wiederholte er seine Frage. »Wurde Ihnen so ein Ring angeboten?«

»Eine Menge Leute kommen zu mir, um ihre Schmuckstücke in Geld einzutauschen«, sagte Silberstein. »Gold ist der Werkstoff, mit dem ich arbeite. Daher ist nichts falsch daran, Ketten, Ringe und Broschen zu kaufen.«

»Ich habe nicht gesagt, dass Sie etwas Unrechtes getan hätten«, beruhigte Max den alten Mann. »Ich versuche den Mord an einer jungen Frau aufzuklären. Jeder Hinweis, den ich bekommen kann, bringt mich dem Täter näher.«

Jakob Silberstein wirkte betroffen. »Ich habe den Ring nicht gekauft, weil ich ahnte, dass er auf illegalem Weg in die Hände des jungen Manns gelangt ist. An Mord habe ich keine Sekunde gedacht.«

»Können Sie mir den Verkäufer und das Schmuckstück beschreiben?«

»Den Namen kenne ich nicht. Es war ein Leutnant der Kavallerie. Ein schneidiger junger Mann. Er hat in der Vergangenheit immer wieder Schmuckstücke vorbeigebracht. Angeblich Erbstücke seiner Tante. Ich habe sie stets angenommen. Es war nichts Besonderes, einfache Ketten, Ringe oder Broschen. Diesmal war es etwas anderes. Der Ring war ein ganz anderes Kaliber. Ich habe hier sehr selten mit solchen Edelsteinen zu tun, aber ich kann Ihnen versichern, dass der Rubin von außergewöhnlicher Größe und Reinheit war. Ich bin ein ehrlicher Goldschmied. Mit illegalen Geschäften will ich nichts zu tun haben. Deshalb habe ich den Leutnant weggeschickt.«

»Aber Sie haben es nicht der Rede wert gefunden, zu uns zu kommen und uns von dem Schmuckstück zu erzählen?«

»Ich hatte keine Beweise für ein Verbrechen, sondern bloß mein schlechtes Gefühl. Das reicht nicht, um jemanden zu vernadern.«

»Schon gut, ich will Ihnen keinen Vorwurf machen.« Max holte sein Notizheft aus seinem Sakko. »Wann war der Leutnant bei Ihnen?«

»Ich erinnere mich nicht mehr genau. Es kann aber nicht allzu lange her sein.«

»Ist der Leutnant jemals mit einer jungen Frau gekommen? Hat er von einer Verlobten erzählt?«

»Nein, aber er wollte vor einem halben Jahr, dass ich ihm ein altes Medaillon poliere. Nichts Wertvolles. Eine sehr einfache Arbeit. Ich habe es mit ein paar kleinen Gravuren verschönert, damit es nicht gar so armselig aussah.«

»Würden Sie dieses Schmuckstück wiedererkennen?«

»Selbstverständlich. Ich habe meine Initialen am Rand eingearbeitet.«

»J. S.« Max schlug sich mit der flachen Hand gegen die Stirn. Manchmal sah er das Offensichtliche nicht.

»Ist alles in Ordnung?«, fragte der Goldschmied.

»Ja, Sie haben mir sehr weitergeholfen«, sagte Max.

36

Spittelberg, »Fröhliche Waldfee«

Seit Stunden hockte Franz im dunklen, verrauchten Hinterzimmer der »Fröhlichen Waldfee«. Weder die schlechte Luft noch die Stimmung in der Spelunke erinnerte an Fröhlichkeit oder eine Waldfee. Franz hatte aufgehört, die Becher Bier und Hochprozentigeres zu zählen, die er in sich geschüttet hatte. Sein Hirn war längst vernebelt. Seine Sprache verwaschen und wirr. Vorhin waren ihm die Karten aus den Fingern geglitten und zu Boden gesegelt, sodass seine Spielgegner sie sehen konnten. Trotzdem hatte er auf eine neue Runde bestanden. Irgendwann musste das Glück doch auf seine Seite springen. Niemand verlor ewig.

»Ich werde gewinnen«, lallte er schwankend. Und streckte die zitternde Hand nach neuen Spielkarten aus.

»Franz, es reicht jetzt. Lass es gut sein. Du hast genug für heute.«

»Ich weiß selbst, wann es genug ist.« Die Wände der Spelunke schienen sich zu bewegen. Sie rückten näher zu Franz.

»Nein, das weißt du nicht«, widersprach der Mann vor ihm. Er hatte zwei Gesichter. Oder waren es drei? Sie drehten sich schnell im Kreis und führten einen wilden Tanz auf.

»Bleib stehen«, forderte Franz. Er hielt sich mit beiden Händen an der Tischplatte fest. Jetzt drohten die Wände auf ihn zu stürzen. Auch der Boden schwankte. So musste es sich auf einer Galeere anfühlen. Mit einer Hand fasste Franz nach seinem Becher, griff daneben und schielte mit wirrem Blick auf die leeren Finger.

»Geh nach Hause zu deiner Tochter.«

»Die Lili, die Lili, die …« Franz hatte vergessen, was Lili

machte. Er richtete sich auf. »Ah!« Es fiel ihm wieder ein. »Die Lili, die fängt einen Mörder, die ist nicht zu Hause.«

»Du redest bloß wirres Zeug. Leg dich hin und schlaf deinen Rausch aus.«

»Ich bin nicht betrunken.«

Lautes Lachen war die Antwort.

Franz wollte beweisen, dass er recht hatte. »Ich schwör es. Die Lili kennt den Mörder von der Erwürgten im Donaukanal.« Er schlug mit der Faust auf den Tisch. »Sie wird den Mann ins Gefängnis bringen, nach ihrer Arbeit. Sie ist so fleißig.«

»Deine Lili arbeitet?«

»Ja, in einer Werkstätte … in einer Wiener Werkstätte …« Weiter kam er nicht. Die Worte kosteten ihn all seine Kraft. Augenblicklich sackte sein Kopf zu seinem Arm auf die Tischplatte. Schlief er etwa hier und jetzt ein?

Jemand fasste ihn an den Schultern. Jemand anders an den Füßen. Er wollte sich dagegen wehren. Wollte protestieren. Er musste das verspielte Geld zurückgewinnen. Aber sein Mund gehorchte ihm genauso wenig wie sein Körper. Nichts schien mehr zu funktionieren. Die Gedanken kreisten genauso schnell wie die Gesichter über ihm. Er schloss die Augen. Ließ sich tragen. Besser, er schlief ein paar Minuten, dann würde es ihm wieder besser gehen. Franz bekam noch mit, wie man ihn auf die schmale, harte Holzbank in der Wirtsstube legte. Die Wirtin breitete eine nach Fusel stinkende Decke über ihm aus. Die Mona war eine Gute. Er lächelte sie an. Dann fiel er in einen tiefen, dumpfen Schlaf.

Von dem Leutnant, der am Nebentisch trotz seiner Glückssträhne nicht weiterspielte, sondern aufstand und rasch die Wirtsstube verließ, bekam Franz nichts mehr mit.

37

Alser Straße, Palais von Krause

»Schon wieder Karfiol in Bröseln?«

Max saß vor dem weich gekochten Gemüse, das in gold-
gelbe Semmelbrösel gewälzt war. Seit Tagen servierte Hedi
nichts anderes. Es war eine billige Speise. Und gegen Ende
des Monats wurde das Geld im Hause von Krause jedes Mal
knapp. Auch das kostbare Porzellan aus der Wiener Porzel-
lanmanufaktur konnte nicht darüber hinwegtäuschen, dass
eine Arme-Leute-Speise am Tisch stand.

»Gemüse ist gesund«, sagte Adele von Krause.

Wie immer war sie so elegant gekleidet, als würde sie gleich
zu einer Abendveranstaltung im Sacher verabredet sein. Kerzengerade saß sie vor ihrem Teller und schnitt die kleinen
Röschen in winzige Teilchen, die sie mit der silbernen Gabel
aufspießte und mit stoischer Miene aß. Max wusste, dass auch
sie den Bröselkarfiol verabscheute.

»Es gibt doch auch andere Speisen, die günstig sind«, sagte
Max. »Wie wäre es einmal mit Kaiserschmarren oder Kraut-
fleckerln oder Reisfleisch?«

»Wir haben keine Milch, und der Reis ist uns auch aus-
gegangen.«

Max seufzte. Er schob den Karfiol von einer Seite des Tellers auf die andere, aber auch dort sah er nicht besser aus.
»Vielleicht sollten wir die Hälfte der Wohnung vermieten«,
schlug er vor. »Wir brauchen keine fünf Schlafzimmer –«

»Auf gar keinen Fall!« Seine Mutter schnitt ihm das Wort
ab. »Wir haben bereits alle anderen Stockwerke unseres Palais
verloren. Solange ich lebe, wird der zweite Stock im Besitz
unserer Familie bleiben.«

Es war zwecklos. Max gab es auf. Jedes Mal, wenn er das heikle Thema anschnitt, beendete seine Mutter das Gespräch, bevor es begonnen hatte.

Max schob seinen Teller zur Seite. Er nahm die Serviette vom Schoß und legte sie daneben.

Auch seine Mutter begnügte sich mit der halben Portion. »Ich war heute Nachmittag bei Gräfin von Falkenstein.«

»Ach ja?«

»Sie hatte mich schon vor Wochen zur Jause eingeladen. Bisher bin ich der Einladung nie nachgekommen. Sie ist eine furchtbare Angeberin. Aber heute Nachmittag war die Gelegenheit günstig.«

Max verzog ärgerlich den Mund. »Du warst neugierig.«

»Das auch«, gab Adele von Krause zu. Sie betupfte ihre schmalen rot geschminkten Lippen mit der Serviette. Dann legte auch sie das weiße Stoffstück zur Seite.

»Mutter, wie oft soll ich dir noch sagen, dass du dich nicht in polizeiliche Angelegenheiten einmischen sollst?«

»Das tue ich doch gar nicht.« Sie schüttelte den Kopf. »Mit keinem Wort habe ich den Diebstahl erwähnt.« Sie lächelte verschmitzt. »Das brauchte ich nicht, Linda hat freiwillig das ganze Desaster geschildert.«

»Hat sie etwas Interessantes von sich gegeben?«

Nun wirkte Adele von Krause zufrieden. »Siehst du, ich wusste es. Du bist auch neugierig.«

»Ich bin nicht neugierig, Mutter. Das ist meine Arbeit. Ich untersuche einen Diebstahl und zwei Mordfälle.«

Energisch wedelte Adele mit der Hand. »Erinnere mich nicht ständig daran, dass du diesen entsetzlichen, nicht standesgemäßen Beruf, der unter deiner und unserer Würde ist, ergriffen hast.«

»Was hast du erfahren?« Max ging nicht auf ihr Jammern ein.

»Nichts, was für dich relevant sein könnte.«

»Na, dann werde ich mich jetzt zurückziehen, auf mich wartet noch Arbeit. Ich bin noch mit meinem Kollegen verabredet.«

Max wollte aufstehen, als Adele doch etwas einfiel. »Wusstest du, dass auch Linda Geldsorgen hat?«

»Hat sie dir das gesagt?«

»Nicht direkt«, meinte Adele. »Aber durch die Blume.«

»Kannst du konkreter werden?« Max setzte sich wieder.

»Vielleicht sind dir die neuen Figuren aufgefallen, die auf ihrer Kommode stehen.«

»Die aus der Wiener Werkstätte.«

»Sie stammen bloß von einer Künstlerin aus der Wiener Werkstätte.«

»Was ist mit den Keramiken?«

»Linda ist ganz versessen auf die Objekte aus der Werkstätte. Am liebsten würde sie sich ein ganzes Zimmer von Koloman Moser gestalten lassen. Aber dazu fehlt ihr das Geld. Im Moment reichte es nur für die armseligen Figuren und ein paar andere Objekte.«

»Wie hat sie ihre Veranstaltung mit den lebenden Bildern finanziert?«, wollte Max wissen. Er erinnerte sich an das üppige Büfett. Auch die zahlreichen Bediensteten waren ihm noch lebendig im Gedächtnis.

»Die Gäste mussten Eintritt zahlen. Mit dem Gewinn bezahlt Linda ihren Haushalt für die nächsten Wochen. Ihrem Personal zahlt sie so gut wie keinen Lohn.«

Das war die Erklärung dafür, dass alle so missgelaunt waren. Die Idee mit dem Eintritt fand Max gut. Er sagte es auch.

Adele stimmte ihm zu. »Ich überlege, ob wir ebenfalls einen ähnlichen Abend anbieten können.«

»Und was willst du den Gästen servieren? Bröselkarfiol?«

»Mach dich nicht lächerlich«, schimpfte Adele von Krause. »Ich denke ernsthaft über eine anregende Veranstaltung nach. Man kann damit auch etwas Geld verdienen.«

Max schwante Schlimmes. Er sah sich schon in seinem eigenen Wohnzimmer verkleideten Schauspielern dabei zusehen, wie sie ein Bild nachstellten. Wenn er Pech hatte, überredete seine Mutter ihn dazu, selbst bei der Clownerie mitzumachen.

»Linda ist genug Geld übrig geblieben, um noch weitere Kunstgegenstände zu kaufen. Sie hat mir gesagt, dass die verstorbene junge Frau am Tag nach der Abendveranstaltung noch einmal bei ihr war, um neue Objekte zu bringen. Ich nehme an, dass es eine weitere Figur war. Aber vielleicht hat sie auch etwas anderes geliefert.«

»Leopoldine Hammerl war am Tag nach den lebenden Bildern noch einmal im Palais Falkenstein und hat eine Lampe gebracht. Sie hängt im chinesischen Salon.«

»Ja, richtig. Die habe ich gesehen. Ein äußerst eigenwilliges Objekt. Aber über Geschmack lässt sich nicht streiten.« Sie zuckte mit den Schultern. »Die Figuren sind ebenfalls abscheulich. Sie verunstalten ihre Eingangshalle. Keine Ahnung, warum sie daran Gefallen findet. Mit klassischer Kunst hat das nichts zu tun.«

»Vielleicht bist du einfach zu altmodisch.«

»Unsinn.« Empört richtete Adele von Krause sich auf. »Das will ich nicht gehört haben. Ich bin sehr wohl modern. Diese Figuren sind einfach misslungen. Und damit basta.«

»Du entschuldigst mich, ich muss los!« Max stand auf und wandte sich zum Gehen.

»Wohin willst du zu dieser Uhrzeit noch?«

»Das habe ich doch schon gesagt. Ich treffe mich mit Carel am Spittelberg.«

Adele von Krause griff sich theatralisch an die Stirn. »Womit habe ich das nur verdient, dass mein Sohn sich nachts am Spittelberg herumtreibt?«

»Es ist Teil meines Berufs. Jemand muss die Verbrechen aufklären, damit das Böse nicht die Oberhand gewinnt.«

»Gott muss sich irren«, sagte Adele überzeugt. »Es gibt keinen Grund, mich dermaßen hart zu bestrafen.«

Bevor seine Mutter weiterjammern konnte, ergriff Max die Flucht.

38

Neustiftgasse, Wiener Werkstätte

Seit einer Stunde war Lili allein in der Werkstätte. Wie jeden Abend hatte sie die Arbeitstische geschrubbt, vergessene Wasserbehälter entleert, Pinsel gereinigt und den Boden ordentlich gefegt. Sorgfältig hängte sie die nassen Putzfetzen im Beserlpark zum Trocknen auf. Die Sonne war längst untergegangen, und es war Zeit, nach Hause zu gehen. Aber was sie dort erwartete, war wenig erfreulich. Ob ihr Vater schon zurück war? Die letzten Abende hatte er so tief ins Glas geschaut, dass er den ganzen Tag über Kopfschmerzen gehabt, kübelweise Wasser getrunken hatte und im Selbstmitleid zerflossen war. Es machte also nichts, wenn Lili erst spät nach Hause kam. Dann, wenn er fest schlief.

In der geputzten Küche holte sie sich den restlichen Kaffee, goss ihn gemeinsam mit Milch in ein Häferl und schlenderte damit ziellos durch die Werkstätte. Dabei stellte sie sich vor, wie es wohl wäre, selbst an einem der Tische zu arbeiten. Was würde sie am meisten reizen? Die Antwort war einfach. Lili wollte Muster entwerfen, genau wie Helene es tat. Hübsche Blumengirlanden, die sich um Vögel und Bäume wanden. Reife Äpfel und Trauben, die so knackig und frisch aussahen, dass man den Wunsch verspürte, auf der Stelle hineinzubeißen. Weiße Orangenblüten auf dunkelgrünem Untergrund neben leuchtenden Orangen. Muster, die kleine idyllische Geschichten einer besseren Welt erzählten und zum Träumen einluden.

Sollte sie es wagen? Auf Helenes Arbeitsplatz lag ein aufgeschlagener Skizzenblock. Lili könnte das Blatt hinterher fein säuberlich abtrennen, niemand würde es bemerken. Sie spürte, wie das Kribbeln in ihren Fingern stärker wurde. Mit jeder Faser ihres Körpers wollte sie zeichnen. Statt der großen Gasleuchten entzündete sie bloß die kleine Petroleumlampe. Das Licht würde ihr völlig ausreichen. Lili stellte die Lampe und das Häferl mit dem kalten Kaffee auf die saubere Tischplatte, nahm Helenes Skizzenblock, spitzte einen der weichen Bleistifte und setzte sich. Die feinen Holzspäne schob sie zu einem ordentlichen kleinen Haufen zusammen und trug ihn in der offenen Hand gleich zum Mistkübel.

Erneut nahm sie Platz. Das weiße Blatt lag jungfräulich vor ihr. Lili malte sich aus, sie sei eine der Künstlerinnen in der Werkstätte. Allein die Vorstellung machte etwas mit ihrer Körperhaltung. Sie richtete sich auf und fühlte sich großartig. Wie jemand, der sein Lebensziel erreicht hatte und ausschließlich das tun durfte, wofür sein Herz schlug.

Lili setzte den Stift an. Die geschwungenen Linien entstanden wie von selbst. Ein graziöser Tulpenkopf setzte sich neben den anderen. Ihre Stängel webte Lili zu einem kunstvollen Zopf zusammen. Die Zwischenräume füllte sie mit schwungvoll geneigten Blättern auf. Obwohl es nur graue Striche auf dem Papier waren, sah Lili bereits ein Muster in zarten, pastelligen Farben: ein helles Zitronengelb und ein weiches Lila neben frühlingshaftem Rosarot. Sie war so auf ihr Tun konzentriert, dass sie nicht hörte, wie die Tür zum Hinterhof sich öffnete. Lili hatte sie zuvor nicht abgesperrt. Auch die leisen Schritte nahm sie nicht wahr. Erst als ein Schatten sich aus der Dunkelheit löste und in den Lichtkegel der Petroleumlampe trat, schrie sie erschrocken, sprang auf und machte einen Satz rückwärts. Der Sessel kippte krachend um.

»Halt den Mund, sonst drück ich ab.«

Ein Mann in Militäruniform stand vor ihr. In der Rechten hielt er einen Revolver. Der Lauf der Waffe war auf Lilis Brust gerichtet. Sie hielt den Atem an. Ihr Herz raste, und ihre Gedanken arbeiteten auf Hochtouren.

»Sie sind Dagobert«, stieß sie hervor.

»Gut geraten, du kleine Ratte.« Er machte einen Schritt auf sie zu, fasste brutal nach ihrem Kinn und drehte ihr Gesicht ins Licht. Er zwang ihren Kopf in den Nacken. »Schade um dich, für eine Ratte bist du erstaunlich hübsch. Wir hätten eine Menge Spaß haben können.«

Lili wurde übel. Immer noch richtete er die Waffe auf ihren Brustkorb. Er war groß, stattlich gebaut, mit einem imposanten Schnauzbart und blondem Haar unter der Militärkappe. Seine Nase war eine Spur zu breit, und seine Lippen waren zu dünn, um wirklich hübsch zu sein. Am meisten schreckten sie seine hellen Augen ab. Sie waren eiskalt. Lili war klar, dass er sie töten würde. Noch nie in ihrem Leben hatte sie so viel Angst gehabt. Kalter Schweiß rann ihr unter den Achseln den Körper entlang.

Zeit, sie musste Zeit gewinnen. »Sie sind der Verlobte von Leopoldine.«

Der Mann lachte. Es war ein kehliger, grausiger Klang, der nichts Humorvolles hatte. »Glaubst du wirklich, ich hätte diese hässliche Urschel geheiratet?«

Er ließ ihr Kinn los. Der Druck auf Lilis Kehle ließ nach. Sie konnte den Kopf wieder gerade halten.

»Nie im Leben hätte ich sie auch nur angerührt. Sie gefiel mir so gar nicht.«

Ungeniert musterte er Lili vom Kopf bis zu den Zehen. Mit seinem gierigen Blick schien er sie auszuziehen. Lili wünschte, sie könnte sich dagegen wehren. Mit einem Mal fühlte sie sich nackt.

»Du bist da ein ganz anderes Kaliber.« Er fuhr sich mit der Zunge über die schmalen Lippen.

Lili wurde noch übler. Der kalte Kaffee in ihrem Magen stieß ihr sauer auf.

»Vielleicht sollten wir zwei uns noch ordentlich miteinander vergnügen, bevor ich dir eine Kugel durchs Hirn jage. Damit du mit schönen Gedanken ins ewige Paradies entgleitest.« Mit der leeren Hand fasste er sich an den Schritt. »Oh ja, das werden wir tun.«

Weglaufen, fuhr es Lili durch den Kopf. Ich muss weglaufen. Besser eine Kugel im Rücken, als unter diesem Mann am Boden zu liegen. Aber ihre Beine waren wie gelähmt. Sie starrte auf den Lauf des Revolvers und fühlte sich wie ein Kaninchen, das seinem Angreifer hilflos ausgeliefert war, unfähig, sich auch nur einen Zentimeter zu rühren.

»Wie haben Sie es gemacht?«, fragte sie leise.

»Was gemacht?«

»Die beiden Frauen dazu zu bringen, Ihnen zu vertrauen?«

Wieder lachte er. Diesmal hallte der Klang gespenstisch durch die Werkshalle. »Glaubst du wirklich, ich hätte beide getötet? Du bist doch nicht so schlau, wie ich dachte.«

Lili kniff die Augen zusammen. »Wer, wenn nicht Sie?« Aus Erfahrung wusste sie, dass Gauner gern über ihre vermeintlichen Erfolge redeten. Sie konnten selten mit ihren Taten angeben, da sie Gefahr laufen würden, erwischt zu werden.

»Leopoldine hat Rita umgebracht. Diese Rita war selbst schuld. Die eingebildete Schnepfe hat geglaubt, dass sie allmächtig wäre. Da hat sie sich ordentlich geirrt. Leopoldine war aus einem anderen Holz geschnitzt als sie. Poldi hätte für mich alles getan.« Er verzog den Mund zu einer Grimasse. »Eigentlich jammerschade, dass ich sie aus dem Weg räumen musste. Aber sie wusste zu viel.« Er schüttelte den Kopf. »Und sie hätte verlangt, dass ich sie heirate. Ich hätte sie nicht ewig hinhalten können.«

»Warum hat Leopoldine Rita umgebracht?«

Lili spielte weiter auf Zeit. Möglichst unauffällig sah sie sich aus den Augenwinkeln um. Womit konnte sie sich wehren? Gab es irgendetwas, was sich als Waffe einsetzen lassen würde? Solange er den Revolver auf sie gerichtet hielt, konnte sie sich nicht bewegen. Warum nur hatte sie die Werkstätte zuvor so ordentlich zusammengeräumt? Ein Besen, ein Druckmodel, eine Schere, alles könnte ihr jetzt helfen. Doch all diese Dinge lagen sauber verstaut in den Regalen und Kästen.

»Ich brauchte Geld.«

»Sie hatten Spielschulden.«

Er grinste und legte dabei erstaunlich weiße Zähne frei. »Genau wie dein Vater. Er hat mir übrigens verraten, wo ich dich finde. Der gute Franz ist im Rausch doch sehr redselig.«

»Oh nein …« Lilis Schultern sackten nach unten. Was hatte ihr Vater nur ausgeplaudert?

»Poldi hat mir geholfen, die Schulden zu begleichen. Sie hatte einen wunderbaren Plan. Seit Monaten belieferte sie Gräfin von Falkenstein mit ihren Figuren. Poldi gab sie zu einem niedrigeren Preis her. Hätte die Gräfin sie über die Werkstätte gekauft, hätte sie doppelt so viel bezahlen müssen.«

»Leopoldine riskierte ihre Anstellung«, sagte Lili fassungslos.

Wieder lachte er. »Sie dachte, dass sie bald meine Frau sein würde.«

Lili konnte der Logik nicht folgen. Selbst wenn sie mit dem reichsten Mann der Stadt verheiratet wäre, würde sie eine Anstellung in der Wiener Werkstätte niemals an den Nagel hängen.

»Und das Geld für ihre Skulpturen gab sie Ihnen?«

Nun lachte er so lauthals, dass Lili es wagte und einen vorsichtigen Schritt zur Seite machte.

Augenblicklich verstummte Dagobert Schelling. Der Anschlag des Revolvers klickte. »Einen verdammten Schritt, und du bist tot.«

Lili gehorchte, sie hielt in der Bewegung inne.

»Natürlich reichte das Geld dieser lächerlichen Figuren nicht aus. Ich habe Poldi versprochen, dass wir heiraten. Vorher würde ich unbedingt meine Schulden hinter mir lassen wollen. ›Die Marie muss stimmen‹, hab ich gesagt. Diesen Blödsinn hat sie mir geglaubt. Die Aussicht auf eine Zukunft mit mir hat sie recht findig werden lassen.« Er grinste selbstgefällig. »Die Gräfin hat regelmäßig die seltsamsten Veranstaltungen in ihrem Palais organisiert. Sie war von der Sicherheit in ihren eigenen vier Wänden so überzeugt, dass sie weder ihre Schätze bewacht noch den wertvollen Dingen ihrer Gäste ausreichenden Schutz gewährt hat. Wie einfältig diese Person doch ist.« Er rollte seine hellen Augen.

»Poldi hat also den Ring gestohlen.«

»So war es, mein Täubchen.« Er schnalzte genüsslich mit der Zunge. »Poldi hat den Ring in einem unbeobachteten Moment an sich genommen. Ein heikles Unterfangen, aber sie war sehr geschickt. Dann hat sie das Schmuckstück im Inneren ihrer eigenen Keramik versteckt und sich aus dem Staub gemacht.«

In Lilis Kopf ratterten die Gedanken. Alles ergab nun einen Sinn. Und sie verstand, warum es die Figur in doppelter Ausfertigung gab. »Am nächsten Tag hat sie der Gräfin andere Objekte geliefert. Dabei hat sie die Figur mit dem kostbaren Ring gegen eine leere, die völlig identisch war, eingetauscht.«

»Genau so war es. Du bist doch nicht so dumm, wie ich eben noch annahm.«

»Rita war auch bei der Veranstaltung. Sie muss sie dabei beobachtet haben, und dann hat sie Leopoldine erpresst«, stieß Lili hervor.

»Die einfältige Rita glaubte tatsächlich, dass sie sich so ihre Stellung in der Werkstätte sichern könnte. Sie wollte von Poldi kein Geld, davon hatte sie mehr als genug. Sie verlangte von ihr Entwürfe und Ideen für Kunstwerke, die sie als ihre eigenen ausgeben konnte, weil sie selbst nichts zustande brachte.«

Lili schwirrte der Kopf.

»Sie hat nicht damit gerechnet, dass meine Poldi sich nichts sehnlicher wünschte, als endlich einen stattlichen Mann an ihrer Seite zu haben. Sie liebte mich abgöttisch. Zu schade, wäre sie doch nur nicht so hässlich gewesen.«

»Poldi war nicht hässlich«, widersprach Lili.

Die Kälte in seiner Stimme ließ Lili erschaudern. »Poldi hat mit Rita kurzen Prozess gemacht. Sie wollte sich von ihr nicht erpressen lassen. Als sie sich in der Werkstätte trafen, um das Geschäftliche zu besprechen, hat sie sie von hinten überrascht und mit einem Holzklotz erschlagen.«

»Das war der Grund, warum Leopoldines Entwürfe auf dem Tisch lagen. Sie waren die Bezahlung«, flüsterte Lili.

Sie wollte einfach nicht glauben, dass die nette Leopoldine zu so einer Tat imstande gewesen war. Sie musste vor Liebe völlig den Verstand verloren haben. Wie sonst konnte man einer Kollegin den Kopf einschlagen? Und dafür ausgerechnet den sorgfältig angefertigten Model einer anderen Künstlerin benutzen?

»Als Leopoldine Ihnen die Skulptur mit dem Ring übergab, haben Sie sie erwürgt und in den Donaukanal gestoßen.« Lili fügte das letzte Kapitel der Tragödie hinzu. »Dabei ist die Figur auf den Boden gefallen und zerschellt.«

»So ein ungeschicktes Ding auch«, sagte Schelling. »Um ein Haar wäre der Ring dabei ins Wasser gerollt. Zum Glück habe ich ihn gefunden und meine Spielschulden damit beglichen. Ich bin wieder ein freier Mann.« Er grinste wölfisch und breitete die Arme aus. »Und jetzt werde ich dir und mir ein kleines Vergnügen gönnen, bevor ich dich zu deinen beiden Freundinnen schicke.« Er zerrte an seiner Hose herum.

Panisch schaute Lili nach allen Seiten.

»Wenn du dich auch nur einen Zentimeter bewegst, pfeif ich darauf, dich zu vögeln.«

Nur zu gern verzichtete Lili darauf.

»Los, zieh dich aus«, forderte er.

Lili schüttelte den Kopf. Sollte er sie doch gleich erschießen.

»Ich sag's nicht noch einmal.« Seine Stimme klang jetzt heiser.

Lili verschränkte mit entschlossenem Blick die Arme vor

der Brust. Völlig unerwartet machte er einen Satz auf sie zu und schlug ihr mit der flachen Hand ins Gesicht. Sie taumelte zurück. Der Schmerz hallte in ihrem Kopf. Er breitete sich über ihren ganzen Körper aus. Sie rappelte sich auf, doch da war er schon über ihr, hatte beide Hände um ihren Hals gelegt und drückte zu. Sie strampelte, versuchte, sich zu wehren. Ohne Erfolg, sein Körper war schwer, und er war kräftig. Lili schnappte nach Luft. Im Versuch, sich aus seinen Händen zu winden, knallte ihr Kopf gegen den harten Fliesenboden. Bunte Kreise blitzten auf, dann hörte sie einen Schuss. Jemand schrie auf.

War sie es selbst? Es folgte Dunkelheit, die sie wie ein weiches, samtenes Tuch auffing und einhüllte. Egal, was passieren würde, sie spürte es nicht mehr, und das war gut.

39

Neustiftgasse, Wiener Werkstätte

Dem nicht ganz unsanften Schlag ins Gesicht folgte ein Schwall kaltes Wasser. Er holte Lili in die Wirklichkeit zurück. Sie blinzelte. Ihr Hals schmerzte, der Kopf dröhnte. Aber sie lebte. Oder doch nicht? Sie hatte gedacht, dass sie eben gestorben war. Sah so das Jenseits aus? Genau wie die Wiener Werkstätte?

»Sie kommen wieder zu Bewusstsein, gut.«

Die Stimme kam ihr bekannt vor. Sie gehörte dem attraktiven Kommissar mit den unergründlichen dunklen Augen. War er ihr etwa ins Jenseits gefolgt?

»Fräulein Feigl, können Sie mich hören?«

Vorsichtig blinzelte Lili. Max von Krause kniete neben ihr. Hatte er sie eben ins Gesicht geschlagen? Und das Wasser? Er hielt ein leeres Glas in seiner Rechten. Der linke Arm hing in seltsamer Haltung von seinem Körper. War da Blut an seinem Hemd? Wo war der Leutnant? Hatte er sie …? Lili versuchte sich aufzurappeln, aber ihr wurde augenblicklich übel. Alles begann sich zu drehen.

»Bleiben Sie liegen. Carel holt Dr. Böhm. Sie brauchen einen Arzt.« Er machte eine Pause. »Und ich wohl auch.«

Lili wollte nicht liegen. Sie öffnete den Mund und brachte nur ein unverständliches Krächzen zustande. Oh mein Gott. War sie für immer stumm?

»Bleiben Sie liegen. Sie haben einen heftigen Schlag auf den Hinterkopf bekommen und wurden beinahe erwürgt.«

Der Kommissar klang ernsthaft besorgt. Wäre Lili nicht so erledigt, hätte sie sich geschmeichelt gefühlt.

»Es ist alles gut«, sagte von Krause. Er stellte das leere

Glas zur Seite, rollte mit dem unverletzten Arm sein Sakko zusammen und stopfte es ungelenk unter ihren Kopf.

Wie ein echter Kavalier. Lili war so schwach, dass sie es nicht genießen konnte. Nie im Leben würde Grete ihr glauben, dass der Kommissar das für sie tat.

»Wir waren rechtzeitig da, um alles mit anzuhören. Zum Glück hat der Mann im Gespräch mit Ihnen gestanden. Er wird für seine Verbrechen hängen.«

Es dauerte einen Moment, bis Lili begriff, was von Krause eben gesagt hatte. »Sie waren die ganze Zeit über da?« Ihre Stimme kehrte zurück. Knarzend, aber verständlich.

»Wir waren im Hinterhof. Die Tür war bloß angelehnt.«

»Und Sie sind nicht früher eingeschritten? Sind Sie völlig herzlos? Wollten Sie, dass der Mann mich umbringt?« Mit einem Mal war Lili wieder völlig klar im Kopf. Ihr Ärger überlagerte die Schmerzen. Für einen Augenblick vergaß sie, wie schwach sie sich fühlte.

»Wir hatten alles fest im Griff.«

»Einen feuchten Dreck hatten Sie! Schauen Sie mich an.«

»Nun, es gab am Ende ein paar unerwartete Schwierigkeiten. Aber es ging alles gut aus.«

»›Unerwartete Schwierigkeiten‹?« Lili war überzeugt, der Mann hatte seinen Verstand verloren. »Ich war quasi tot«, empörte sie sich. »Ich hab das Himmelstor bereits gesehen.«

»Tatsächlich?«

Mit der üblichen Überheblichkeit zog er eine Augenbraue hoch. Bevor Lili ihn deftig beschimpfen konnte, kamen der Polizeidiener und der Arzt zu ihnen. Wie viel Zeit war vergangen, seit sie in Ohnmacht gefallen war? Sie richtete sich erneut auf. Diesmal mit Kopfschmerzen und deutlich weniger Schwindel.

»Bleiben Sie liegen, junges Fräulein!«, forderte der Arzt. Er kam näher und kniete sich ebenfalls zu ihr. Noch bevor er sie untersuchte, meinte er: »Wir werden Sie ins Krankenhaus bringen lassen. Dort werden Sie sich ein paar Tage ausruhen. Sie haben einen schlimmen Schock erlitten.« Dann wandte er sich an Max von Krause. »Sie kommen am besten auch gleich mit.«

»Es ist bloß ein Streifschuss. Nichts Schlimmes.«

»Darf ich Sie daran erinnern, dass ich hier der Arzt bin und entscheide?« Der Doktor klang unerbittlich. »Sie kommen ebenfalls mit.«

»Mein Kopf tut weh«, jammerte Lili. Sie horchte in ihren übrigen Körper. Hätte Schelling sie vergewaltigt, müssten auch andere Regionen schmerzen.

»Auch Ihre Stimmbänder sind in Mitleidenschaft gezogen. Sie dürfen in den nächsten Tagen nur das Allernotwendigste sprechen, Fräulein.«

»Das wird dem Fräulein nicht leichtfallen!«, meinte von Krause.

Lili wollte protestieren, aber Dr. Böhm legte ihr den Zeigefinger auf den Mund. »Nicht reden. Sonst bleibt Ihnen vielleicht die heisere Stimme, und das wollen Sie doch nicht.«

Oh nein, dachte Lili. Sie würde klingen wie die Hexe aus dem Kasperlstück. Apropos Kasperlstück. Wo war der Leutnant mit dem Namen des bösen Drachen? Sie verdrehte Augen und Kopf, so gut es ging. Da entdeckte sie ein Häufchen Elend am anderen Ende des Raums. Der Kommissar und sein Polizeidiener hatten ganze Arbeit geleistet. Dagobert Schelling war gefesselt und geknebelt. Eines seiner Augen war zugeschwollen. Zimperlichkeit konnte man den beiden nicht vorwerfen. Wenigstens das hatten sie hingekriegt, wenn sie sie schon in Gefahr gebracht und viel zu lange mit ihrem Einsatz gewartet hatten.

»Hier, schlucken Sie das!« Dr. Böhm holte ein dunkelgrünes Fläschchen aus seiner Arzttasche. Er zählte Tropfen auf einen Löffel und schob ihn ihr ohne weiteren Kommentar in den Mund.

Ein ekelhaft bitterer Geschmack breitete sich auf Lilis Zunge aus. »Welche Schwierigkeiten haben sich ergeben?«, wollte sie schläfrig wissen.

Von Krause antwortete nicht.

Der Polizeidiener Novak trat näher. »Die verdammte Katze vom Nachbargrundstück hat sich plötzlich von hinten angeschlichen. Wir waren für einen winzigen Moment abgelenkt, und genau da hat Schelling sich auf Sie gestürzt. Kommissar von Krause ist dann einfach in die Halle gelaufen, um Schlimmeres zu verhindern. Schelling hat auf ihn geschossen. Den Rest kennen Sie.«

»Was für ein heldenhaftes und selbstloses Verhalten«, lobte der Arzt.

»Pah«, stieß Lili aus. »Von wegen.«

Mit einem Mal überkam sie eine bleierne Müdigkeit. Waren das die Tropfen aus dem kleinen Fläschchen? Sie hörte die Stimmen der Männer nur noch aus weiter Ferne. Jemand verlangte nach einer Trage. Sie wurde hochgehoben und zugedeckt. Als man sie in den grünen Heinrich schob, war sie längst tief und fest eingeschlafen.

40

Spitalgasse, Allgemeines Krankenhaus

Die nächsten Tage verbrachte Lili im Krankenhaus. Sie durfte nur das Notwendigste sprechen, wurde mit kräftigender Suppe und frischem Brot versorgt und langweilte sich bereits am zweiten Tag so sehr, dass sie am liebsten aufgestanden und gegangen wäre.

Ihr Vater kam sie besuchen. Franz Feigl hatte seinen Rausch ausgeschlafen und konnte sich an nichts mehr erinnern. Dass er damit angegeben hatte, Lili würde einen Mörder überführen, war ihm völlig entfallen. Ein schlechtes Gewissen wegen seiner Trunksucht schien er dennoch zu haben.

»Ich schwöre dir, ich fass keinen Alkohol mehr an«, versprach er hoch und heilig.

Lili waren Aussagen wie diese vertraut. Für gewöhnlich brach er seine Versprechen schon nach wenigen Tagen. Mit Glück würden die guten Vorsätze diesmal etwas länger anhalten, aber Lili machte sich keine großen Illusionen. Irgendwann würden ihn die Traurigkeit und die Leere wieder einholen. Beides würde er versuchen mit Schnaps zu besiegen.

Am zweiten Tag kam zuerst Herbert Rossberg vorbei. Er hatte einen großen Blumenstrauß dabei.

»Sind die für mich?«

»Selbstverständlich. Sie sind die Heldin von Wien!«

Er setzte sich an ihr Bett und wollte alles noch einmal detailgetreu erzählt bekommen. Lili schmückte ihr kleines Abenteuer mit zusätzlicher Dramatik aus. Es war nicht schwierig, aus Dagobert Schelling eine hässliche Bestie mit entstellter Fratze und sabberndem Mund zu machen.

Rossberg war begeistert. Er notierte jedes ihrer Worte auf

seinem Notizblock. »Wenn Sie gesund sind, hoffe ich, dass ich Sie wieder ins Kaffeehaus einladen darf.«

»Sie dürfen«, sagte Lili großzügig. Sie fing an, ihre neue Rolle zu genießen.

Er küsste ihr doch tatsächlich erneut die Hand, als er sich von ihr verabschiedete. Lili kicherte nervös. Die Grübchen auf seinen Wangen waren entzückend.

Kaum war er gegangen, betrat Max von Krause den Saal. Sein Arm war in einer Schlaufe, er sah mitgenommen aus.

»Was machen Sie hier?«, fragte Lili. »Ich hab nix Verbotenes getan. Kann ich gar nicht. Ich lieg im Bett.«

»Ich bin hier, um nachzusehen, wie es Ihnen geht.«

»Und ich dachte schon, Sie wollen sich bei mir dafür entschuldigen, dass Sie mich nicht früher aus der gefährlichen Lage geholt haben.«

»Das auch«, sagte er mit einem schiefen Lächeln.

»Haben Sie nun alle Verbrechen aufgeklärt?«, fragte sie.

»Das wird in Wien nie der Fall sein«, antwortete von Krause. »Ein besonders ärgerlicher Fall liegt immer noch auf meinem Schreibtisch. Es geht um dreiste Fälscherei von amtlichen Dokumenten.«

Lili erinnerte sich schlagartig. Ihr wurde nun so heiß, dass sie am liebsten die Decke weggeschlagen hätte, um an etwas Frischluft zu gelangen.

»Es ist nur eine Frage der Zeit, bis ich den oder die Fälscher der Pässe ausfindig mache«, sagte von Krause überzeugt. »Diese Ganoven verraten sich meist irgendwann selbst.«

»So wird es wohl sein«, sagte Lili leise. »Wie kam es eigentlich, dass Sie und Ihr Mitarbeiter genau zum richtigen Zeitpunkt in die Werkstätte gekommen sind?«

»Es war ein glücklicher Zufall«, gestand der Polizist. »Wir haben herausgefunden, dass Schelling ein wertvolles Schmuckstück verkaufen wollte. Also haben wir den Leutnant gesucht. Sein Mitbewohner kannte den Namen des Lokals am Spittelberg, in dem er regelmäßig verkehrte. Dort wollten wir ihn abfangen, aber er kam uns auf dem Weg dorthin entgegen, er hatte es offenbar sehr eilig. Dann fanden wir es noch interessanter, ihm zu folgen, und als uns klar wurde, dass er in die Wiener Werkstätte unterwegs war, haben wir uns im Hintergrund gehalten, um nicht von ihm bemerkt zu werden. Wir wollten wissen, was er dort vorhatte. Und den Rest kennen Sie selbst.«

Der Kommissar schaute auf die Blumen auf Lilis Nachtkästchen. Rossbergs Karte steckte darin, und sein Blick verfinsterte sich. »Der Schmierfink lässt wohl keine Gelegenheit aus.«

»Sie müssen zugeben, dass sich die Geschichte lohnt, erzählt zu werden. Und diesmal sind Sie einer der Helden.«

»Mir wäre lieber, der Mann schreibt über Theatervorstellungen oder Blumenschauen.«

»Die sind nicht so spannend«, meinte Lili.

Auch der Kommissar hatte einen Blumenstrauß dabei. Er war deutlich kleiner als der von Rossberg. Von Krause stellte den großen Strauß frech aufs Fensterbrett und seinen eigenen auf Lilis Nachtkästchen. Dann verabschiedete er sich und wünschte ihr eine baldige Genesung.

Von Krause, Rossberg und Lilis Vater blieben nicht die einzigen Besucher. Am dritten Tag kam Helene ins Krankenhaus. Sie brachte Lili das beste Geschenk: eine ganze Schachtel Konfekt. Es waren die Süßigkeiten, die Lili am Naschmarkt bewundert hatte.

»Sind die für mich?«

»Ja, natürlich. Wir sind alle so stolz auf dich.« Helene zog einen Sessel heran, schob ihn neben das Bett und setzte sich. »Alle Zeitungen überschlagen sich mit Lob für dich.« Helene zwinkerte. »Ein Reporter scheint ganz besonders von dir begeistert zu sein.«

Lili errötete. »Herbert Rossberg?«

»Genau der. Du hast großen Eindruck bei ihm hinterlassen.«

Lili antwortete nicht.

»Sind die Blumen da von ihm?«

»Die sind vom Kommissar.« Lilis Herz schlug schneller. »Die am Fensterbrett von Rossberg.«

»Da scheinst du ja gleich zwei Verehrer zu haben«, sagte Helene lachend. »Nein, im Ernst: Was du getan hast, war heldenhaft. Ohne deine Hilfe hätte die Polizei niemals die Morde aufklären können.« Helene schob sich eine blonde Strähne hinters Ohr. »Ich kann immer noch nicht glauben, dass Leopoldine Rita erschlagen hat. Was für eine entsetzliche Vorstellung.«

»Ich kann es auch nicht fassen«, stimmte Lili ihr zu. Ihre Stimme war fast wiederhergestellt. Sie klang eine Nuance tiefer, aber das war nicht störend. Im Gegenteil, Lili mochte die Veränderung.

»Ich habe übrigens meinen Notizblock angesehen.«

Nun schoss so viel Blut in Lilis Wangen, dass sie glühten. »Ich werde dir das Blatt ersetzen und auch einen neuen Stift kaufen, sobald ich meinen Lohn habe«, sagte sie schnell.

»Was redest du da?« Helene grinste. »Das Muster, das du entworfen hast, ist außerordentlich. Hundertmal besser als alles, was ich in den letzten Wochen zustande gebracht habe.«

»Wirklich?« Lili richtete sich im Bett auf.

»Ja, und du weißt es ganz genau. Ich habe es Koloman Moser gezeigt. Er konnte nicht glauben, dass eine einfache Putzfrau zu so einem Entwurf fähig ist.«

Lili lag eine böse Bemerkung auf der Zunge.

»Sobald du wieder gesund bist, will er dich kennenlernen. Ich fürchte, dass er dich offiziell keine Entwürfe anfertigen lassen wird, da du keine Kunstausbildung hast.«

Lili hatte nichts anderes erwartet. Dass Helene von ihren

Entwürfen begeistert war, war mehr, als sie zu hoffen gewagt hatte.

»Aber wie heißt das Sprichwort so schön: ›Steter Tropfen höhlt den Stein.‹ Irgendwann wird er einsehen müssen, dass du Talent hast.«

Helenes Optimismus war ansteckend. Lili schöpfte Hoffnung.

»Eines Tages wirst du eine große Künstlerin«, meinte Helene mit glaubhafter Überzeugung. »Du wirst uns anderen alle in die Tasche stecken, Lili.« Helene lachte fröhlich.

»Das will ich doch gar nicht«, sagte Lili. »Ich wäre schon damit zufrieden, wenn ich hin und wieder ein Muster zeichnen darf und vielleicht einmal eines davon gedruckt wird.«

»Deine hübschen Tulpen werden gedruckt.«

Hatte Lili sich eben verhört?

»Koloman hat sie mit ein paar geometrischen Formen ergänzt, die es meiner Meinung nach gar nicht gebraucht hätte. Und er wird niemals zugeben, dass es aus der Feder seiner Putzfrau stammte. Aber er will es drucken lassen.«

Lili verzog die Lippen. »Und wer hat es offiziell entworfen?«

Auch Helene zog eine Grimasse. »Koloman nennt einfach keinen Namen. Es stammt bloß aus der Wiener Werkstätte und wird verkauft.«

Es war pure Freude, die Lili empfand. Ihr Muster würde für die Wiener Werkstätte verkauft werden. Auch wenn niemand jemals erfuhr, dass es aus ihrer Feder stammte. Die Vorstellung, dass das Muster sie vielleicht überlebte, fühlte sich großartig an.

»Und …!« Helene machte eine lange Pause. Sie sah Lili geheimnisvoll an. Ganz offenbar gab es noch eine Neuigkeit.

»Was, ›und‹?«

»Du kriegst einen Teil des Erlöses, wenn dein Entwurf Käufer findet.«

»Ich werde an meinem Muster verdienen?«

»Ja!« Helene nickte. »Koloman war zuerst erstaunt, dass ich ein Gehalt für dich einforderte, aber dann sah er ein, dass es nur fair und gerecht ist, wenn du gleich viel Geld bekommst, wie wir es tun.«

»Das glaub ich nicht«, sagte Lili.

»Es ist aber so!«

Trotz des brummenden Kopfes umarmte Lili Helene stürmisch. »Du bist die Beste. Danke!«

»Das tun Freundinnen füreinander«, sagte Helene.

Freundinnen. Es klang besser als alles, was Helene bisher gesagt hatte. Auch als Helene längst gegangen war, sorgte es für ein warmes Gefühl in Lilis Bauch.

Sie wickelte eines der Bonbons aus und steckte es sich in den Mund. Der mollig süße Geschmack von Nougat breitete sich auf ihrer Zunge aus. Es war der pure Luxus, auch wenn sie ahnte, dass ihr Vater wieder trinken und Schulden machen würde, Oskar Hecht nicht ewig im Gefängnis sitzen und Max von Krause ihr womöglich eines Tages auf die Schliche kommen würde. Sie schob all diese Widrigkeiten zur Seite und genoss den Augenblick. Gerade jetzt war das Leben schön, und das allein zählte.

NACHWORT

Die Idee für den Schauplatz dieses Krimis lieferte die Ausstellung »Die Frauen der Wiener Werkstätte«, die 2021 im MAK in Wien gezeigt wurde.

In der Ausstellung würdigte man die Frauen, deren Leistungen bis heute unterschätzt werden. Wesentliche Impulse und zentrale künstlerische Qualität der Wiener Werkstätte sind weiblicher Kreativität zu verdanken. Es waren Kunstgewerblerinnen, die in der Werkstätte ihren Traum von künstlerischer Tätigkeit verwirklichen durften. Ansatzweise waren sie auch innerhalb der Wiener Werkstätte mit Vorurteilen konfrontiert, dass Frauen und Kunst nicht zusammenpassten. Auch in der Öffentlichkeit herrschte große Skepsis gegenüber Frauen, die sich mit Kunst beschäftigten. Das Kunststudium war ihnen bis ins Jahr 1919 verwehrt.

An der Akademie der bildenden Künste war man der Meinung, »dass Frauen nur selten mit schöpferischem Geist auf dem Gebiet der großen Kunst ausgestattet seien«. Man nahm Frauen nicht fürs Studium auf, weil man Angst hatte, der »Dilettantismus würde überhandnehmen und das männliche Element zurückgedrängt werden«.

Bis auf die beiden Mordopfer und meine Protagonistin Lili Feigl habe ich den Frauen in diesem Buch Namen von Künstlerinnen gegeben, die tatsächlich in der Wiener Werkstätte tätig waren. Manchmal habe ich Vor- und Nachnamen neu zusammengestellt. Die Objekte, die beschrieben wurden, können alle in der Dauerausstellung im MAK besichtigt werden.

Jetzt bleibt mir nur noch zu hoffen, dass Sie Lili Feigl, Max von Krause und Herbert Rossberg ebenso ins Herz schließen werden, wie ich es bereits getan habe. Ich würde die drei zu gern in ein weiteres Abenteuer schicken.

Wie immer möchte ich mich am Schluss bedanken: Mein besonderer Dank gilt meinem leider viel zu früh verstorbenen Verleger, Hejo Emons. Als er und seine Frau Ulrike Emons 2021 in Wien waren und ich ihm beim gemeinsamen Abendessen von der Idee erzählt habe, meinte er sofort: »Das machen wir!«

Ein großes Danke an Nina Schäfer, die die schönsten Cover am Buchmarkt gestaltet. An meine Lektorinnen Stefanie Rahnfeld und Christine Derrer sowie meine Agentin Franka Zastrow. Danke an meine Tochter Ida und meine Freundin Eva Radakovics, die superschnell Probe gelesen haben. Und wie immer: Danke an alle Buchhändler*innen, Bibliothekar*innen, die meine Bücher empfehlen.

Das allergrößte Dankeschön geht an Sie, liebe Leser*innen. Es ist mir eine große Freude, Sie unterhalten zu dürfen.

Herzlichst
Ihre Beate Maly

Lesen Sie weiter

BEATE MALY

TOD AM SEMMERING

Semmering, 1922

»Schade, dass wir die Landschaft nicht sehen können. Es heißt, dass man vom Zug aus einen atemberaubenden Ausblick auf die Berge hat.« Ernestine Kirsch, Lehrerin im Ruhestand, hielt ihr Gesicht so dicht an die Scheiben des Waggonfensters, dass ihr Atem sie beschlug und ihre spitze Nase darin einen Abdruck hinterließ. »Nicht einmal die Umrisse eines Berges. Nichts außer Dunkelheit«, seufzte sie enttäuscht und ließ sich in den weich gepolsterten weinroten Sitz des Erste-Klasse-Waggons plumpsen.

Trotz ihrer neunundfünfzig Jahre war sie eine neugierige und unternehmungslustige Frau geblieben. Weder die entbehrungsreichen Jahre des Krieges noch die schwere Lungenkrankheit, die sie kurz danach für Monate ans Bett gefesselt hatte und für ihre frühzeitige Pensionierung verantwortlich war, hatten ihre Lebenslust schmälern können. Jeder Tag war ein neues Abenteuer, dem sie voller Freude entgegenblickte, wie die Kinder, die sie jahrelang unterrichtet hatte.

»Sie werden noch genug Möglichkeiten haben, sich am Panorama der Berge zu erfreuen«, meinte Anton Böck. Er schaute aus dem Fenster, wo helle Flocken in rasend schnellem Tempo an den Scheiben vorbeizogen und sich am unteren Rand des

Fensters in einer dicken Schicht sammelten. Er konnte immer noch nicht fassen, dass er gerade mit der Südbahn, die vor dem Krieg noch Franz-Josefs-Bahn geheißen hatte, in Richtung Semmering unterwegs war, um dort in einem Luxushotel an einem Tangotanzkurs teilzunehmen. Er, der zwei linke Füße hatte, wenn es ums Tanzen ging, einen Walzer von einer Polka nicht unterscheiden konnte und sich sein ganzes Leben lang vor dem Tanzen gedrückt hatte.

Schuld an seinem Entschluss war Ernestine. Sie war die außergewöhnlichste Frau, der Anton in den letzten dreißig Jahren begegnet war. So lange war es nun schon her, dass seine Frau bei der Geburt ihrer einzigen Tochter gestorben war. Ernestines Talent, Menschen zu begeistern, und der plumpen Überrumpelung seiner Tochter und seiner Enkeltochter hatte er es zu verdanken, dass er nun zwei Tage lang seinen alten, steifen Körper zu argentinischen Rhythmen bewegen musste. Noch vor einer Woche hätte er jeden ausgelacht, der ihm davon erzählt hätte. Immer noch war ihm nicht ganz klar, wie es den drei Frauen gelungen war, ihn zu dieser unseligen Unternehmung zu überreden. Anton lehnte sich zurück, verschränkte die Arme vor der Brust, schloss die Augen und ließ den Nachmittag in seiner Apotheke noch einmal Revue passieren.

Es war einer jener eiskalten grauen Januartage gewesen, die man am liebsten mit einem guten Buch und einer Tasse Tee hinter dem Ofen verbrachte. Aber statt einen ruhigen Nachmittag zu genießen, hatte Anton in seiner Apotheke gestanden, die er seit vielen Jahren gemeinsam mit seiner Tochter Heide führte. Heide war im vorletzten Kriegsjahr schwanger und in den letzten Kriegstagen Witwe geworden. Nun war sie, wie viele andere junge Frauen, eine Mutter, die ihr Kind ohne Vater großziehen musste. An diesem Nachmittag war sie mit Rosa, Antons geliebter Enkeltochter, beim Friseur gewesen. Anton hatte allein im Verkaufsraum gearbeitet. Er hatte Unmengen von Lutschtabletten und Hustensaft verkauft, was in dieser Jahreszeit ganz normal war. Dabei hatte er nicht bemerkt, dass es draußen bereits dunkel geworden war.

Als er auf seine alte Wanduhr schaute, stellte er überrascht fest, dass es kurz vor sechs war und er bald Feierabend machen konnte. Aber dann öffnete sich noch einmal die Eingangstür. Wie immer läutete die helle Glocke, und Ernestine Kirsch, seine Untermieterin, trat mit rosigen Wangen und Begeisterung in den Augen ein. Ungefragt nahm Anton die Dose mit den Pfefferminzbonbons vom Regal, öffnete sie, leerte die weißen Bonbons auf seine präzise Apothekerwaage und füllte zehn Dekagramm in eines der gestreiften Papiersäckchen, die er seit Kriegsende von einem befreundeten Papierwarenhersteller bezog. Seit fünfzehn Jahren wohnte Ernestine in der kleinen Mansardenwohnung über seiner Apotheke, und genauso lang kaufte sie bei ihm Pfefferminzbonbons. Bis auf die Zeit ihrer Lungenkrankheit konnte Anton sich nicht daran erinnern, dass sie jemals etwas anderes gekauft hätte.

Ernestine zog ihre braunen Lederhandschuhe aus, nahm ihren kleinen gefütterten Hut ab und legte beides auf die hölzerne Theke vor sich. Ihre gelockte Kurzhaarfrisur stand ihr wirr vom Kopf ab, aber so etwas kümmerte die pensionierte Lehrerin nicht.

»Sie können sich nicht vorstellen, was mir gerade passiert ist«, sagte sie aufgeregt. Ihre hellblauen Augen strahlten ihn an, und wie immer, wenn sie das taten, fühlte Anton, wie sein Herz eine Spur schneller schlug. So als hätte es vergessen, dass es mit seinen sechzig Jahren zu alt für romantische Schwärmereien war.

»Sie wissen doch, dass ich die Kinder des Süßwarenherstellers Rosenstein unterrichte«, sagte Ernestine.

Natürlich wusste Anton davon. Die winzige Pension, die Ernestine vom Staat bekam, reichte kaum für die Miete, die sie ihm jeden Monat bezahlte, auch wenn er bloß eine lächerlich kleine Summe verlangte. Deshalb verdiente sie Geld mit Nachhilfestunden.

Bevor Anton die Dose mit den Bonbons wieder verschloss, hielt er sie Ernestine entgegen. Sie griff dankend hinein, steckte ein weißes Bonbon in den Mund und redete etwas undeutlicher weiter.

»Das Ehepaar hat eine Einladung zu einem Tangotanzkurs erhalten, der unter dem Motto ›Wir tanzen für die gute Sache‹ steht. Ein Teil der Einnahmen soll einer Wohltätigkeitseinrichtung zugutekommen, die Kriegswaisen unterstützt.«

Anton hatte davon gehört. Die Bankierswitwe Rosalia Schwarz hatte die Veranstaltung organisiert. Sie war bekannt für ihr soziales Engagement, das sie jedoch immer mit eigenen Interessen und guter Unterhaltung kombinierte.

»Frau Rosenstein hat sich gestern den Knöchel gebrochen und liegt jetzt mit einem dicken Verband im Bett.«

»Die Arme«, sagte Anton mitfühlend. Er selbst hatte sich als Kind das Schienbein gebrochen und wochenlang furchtbare Schmerzen gelitten.

»Ja, das ist traurig.« Ernestine nickte. Aber ihre empathischen Worte passten so ganz und gar nicht zu ihrem glücklichen Gesichtsausdruck. Sie hatte noch mehr zu erzählen. »Damit die Karten nicht verfallen, hat Frau Rosenstein sie mir geschenkt.«

Vertraulich beugte sie sich über die Theke. Ihr Atem roch nach Pfefferminz. »Herr Rosenstein ist über die Entwicklung nicht unglücklich. Er wollte nicht an dem Tanzkurs teilnehmen und wirkte richtig erleichtert, als er mir die Karten überreichte.«

Falls Ernestine Unverständnis und Betroffenheit erwartete, musste Anton sie enttäuschen. Er konnte den Mann sehr gut verstehen. Wer wollte schon freiwillig ein ganzes Wochenende tanzen? Doch er bemühte sich, seine Gefühle zu verbergen, und schwieg.

»Zwei der berühmtesten Tanzlehrer aus Argentinien reisen an. Ist das nicht wunderbar?«

»Hm.«

Offenbar entging Ernestine die steile Falte auf seiner Stirn, denn sie fuhr unbeirrt fort: »Jetzt habe ich diese wertvollen Karten für ein luxuriöses Wochenende im feinsten Hotel in den Bergen und brauche einen Tanzpartner.«

»Ich bin sicher, Sie werden jemanden finden«, sagte Anton voller Zuversicht. Er sah sich selbst nicht als potenziellen Tanzpartner. Nie im Leben hätte er gedacht, dass sie ihn meinen könnte.

Aber genau in dem Moment betraten Heide und Rosa den Verkaufsraum. Wieder ertönte die Glocke. Die beiden hatten die letzten Sätze mitgehört.

»Papa, das ist doch eine wunderbare Gelegenheit für einen Urlaub im Schnee«, sagte Heide. Sie schüttelte den gefrorenen Regen von ihrem Mantel und nahm den Hut ab. In den letzten zwei Jahren hatte sie einen Teil ihrer Traurigkeit abgelegt und ihre alte Lebensfreude wiedergefunden. Sie war eine sehr attraktive Frau mit dem dichtesten blonden Haar, das Anton je gesehen hatte.

Rosa und sie glichen sich wie ein Ei dem anderen. Auch Rosa hatte eine wilde blonde Mähne, die selbst die allerkräftigsten Haarspangen nicht bändigen konnten. Mit jedem Tag, den Rosa älter wurde, wuchsen ihre Neugier und ihre Energie. Beides hatte eine ansteckende Wirkung auf alle, die sich in ihrer Nähe aufhielten.

»Opa, lernst du dort tanzen?«, fragte die Fünfjährige, umarmte Anton und versuchte ihn dazu zu bewegen, sich mit ihr zu drehen.

»Nun ja. Ich weiß nicht …«

– Leseprobe –

245

»Wir haben hier alles im Griff. Du brauchst dir keine Gedanken um die Apotheke zu machen und kannst einfach nur ausspannen«, erklärte Heide.

Anton runzelte die Stirn. Hatte er eben etwas überhört? Soweit er sich erinnern konnte, hatte Ernestine ihn nicht gefragt, ob er sie begleiten wollte. Außerdem passten die Worte »tanzen« und »ausspannen« nicht zusammen. Sie schlossen einander aus.

Nun schlüpfte Heide aus ihrem Mantel. »Das Panhans ist berühmt für gutes Essen. Angeblich kocht dort einer der berühmtesten Köche Europas. Er hat jahrelang in Paris gelebt und versteht sich auf die Haute Cuisine. Der Tanzkurs findet doch im Panhans statt? Habe ich recht, Fräulein Kirsch?«

Sie nahm auch ihrer Tochter den Mantel ab und trug nun beide Kleidungsstücke zur Garderobe im hinteren Teil der Apotheke. Als sie zurückkehrte, blinzelte sie Ernestine verschwörerisch zu. Wieder hatte Anton das Gefühl, etwas verpasst zu haben.

»Ja, das stimmt«, sagte Ernestine rasch. »Der Koch im Hotel Panhans am Semmering soll wahre Wunder in der Küche vollbringen. Jeden Abend bereitet er ein fünfgängiges Menü zu und kredenzt die erlesensten Weine.«

Es war kein Geheimnis, dass Anton ein leidenschaftlicher Koch und Genießer war. Anzusehen war es ihm nicht. Er war sein ganzes Leben lang groß und hager gewesen. Seit über dreißig Jahren passten ihm dieselben Hosen und Hemden. Zum Leidwesen seiner Tochter, die ihn gern in moderneren Kleidungsstücken gesehen hätte.

»Fräulein Kirsch«, begann er etwas unbehaglich. »Sie suchen einen Tanzpartner, und ich muss Ihnen gestehen, ich kann nicht tanzen.«

»Niemand dort kann Tango tanzen«, beruhigte ihn Ernestine. »Es ist ein Anfängerkurs. Alle nehmen daran teil, um den Tanz kennenzulernen.«

– Leseprobe –

»Opa, tanzt du dann auch mit mir?«

Anton sah seine Enkeltochter an. Die hüpfte aufgeregt auf und ab und fand die Vorstellung eines tanzenden Großvaters ganz wundervoll. Offenbar fegte sie in ihrer Phantasie mit ihm bereits zu exotischen Klängen übers Tanzparkett.

»Fräulein Kirsch, nehmen Sie meinen Opa mit auf den Semmering?«

Eine Stimme in Antons Kopf schrie laut und alarmiert: Nein! Doch eine andere sagte mindestens genauso laut und hartnäckig: Das ist die Gelegenheit. Wann wirst du jemals wieder von einer Frau wie Ernestine Kirsch zu einem gemeinsamen Wochenende eingeladen? Aber hatte sie ihn überhaupt gefragt?

»Natürlich nehme ich deinen Opa mit!«, sagte Ernestine bestimmt.

Damit war die Sache wohl ausgemacht.

Sie beugte sich noch weiter über die Theke und ergriff voller Begeisterung seine Hand.

Wieder schlug Antons Herz einen ungewohnten, aber nicht unangenehmen Rhythmus, und mit einem Mal fand er die Aussicht, ein Wochenende lang Tango zu tanzen, gar nicht mehr so schrecklich.

»Wie schön, Papa, das Wochenende wird dir gefallen«, sagte Heide. »Wir helfen dir beim Packen. Du brauchst einen guten Anzug und ein Paar ordentliche Tanzschuhe.«

»Ich habe einen guten Anzug.«

Heide verdrehte die Augen und versicherte Ernestine: »Keine Sorge, Fräulein Kirsch. Rosa und ich werden das Packen übernehmen.«

»Ich kann gut allein packen«, wehrte sich Anton.

Aber da hatten die drei Frauen schon beschlossen, dass Heide in den nächsten Tagen einen Termin beim Schneidermeister Fritsch ausmachte.

»Du brauchst zwei neue Hemden.«

– Leseprobe –

Anton schüttelte empört den Kopf, jedoch ohne Erfolg.

Zwei Tage später war er gemeinsam mit Heide, Rosa und Ernestine im Ankleideraum von Meister Fritsch gestanden und hatte nicht nur zwei Hemden, sondern auch einen sündhaft teuren Anzug bestellt.

Dieser Besuch lag nun zwei Wochen zurück, und die Kleidungsstücke befanden sich ordentlich zusammengefaltet in seinem Koffer, der in der Gepäckablage über ihnen lag.

Das Rattern eines Geschirrwagens holte ihn aus seinem Halbschlaf und seinen Erinnerungen zurück in den Waggon. Etwas benommen rappelte er sich auf. Ein rundlicher Mann schob einen niedrigen Wagen vor sich her. Darauf befanden sich mehrere silberne Kannen und Becher aus teurem Porzellan.

»Darf ich Ihnen etwas zu trinken anbieten?«, fragte er höflich. Dabei verrutschte die steife Mütze seiner weinroten Bahnuniform, die noch aus der Zeit vor dem Krieg stammte. Man hatte bloß das kleine Wappen an der Stirnseite der Mütze ausgetauscht: Statt des Doppeladlers der Monarchie zierte jetzt der einköpfige Greifvogel der Republik den Beamten der Südbahn.

Anton nahm den Geruch von Kaffee wahr.

»Eine Tasse heiße Schokolade mit einer Prise Zimt und reichlich Zucker für mich«, bestellte Ernestine.

»Für mich auch, bitte«, sagte Anton.

Kurz darauf hielt Anton eine dampfende Tasse mit der cremigsten Trinkschokolade in der Hand, die er je probiert hatte. Reisen im Waggon der ersten Klasse war purer Luxus.

– Leseprobe –

Beate Maly
TOD AM SEMMERING
Broschur, 272 Seiten
ISBN 978-3-95451-995-8

Österreich 1922. Im Grandhotel Panhans am Semmering trifft sich die feine Gesellschaft zu einem wohltätigen Tanzkurs. Doch der schöne Schein trübt sich, als einer der Gäste vegiftet wird. Inmitten eines Schneesturms ist das Hotel von der Außenwelt abgeschnitten, die Polizei unerreichbar und ein Entkommen unmöglich – auch für den Mörder. Die pensionierte Lehrerin Ernestine Kirsch und ihr Begleiter Anton Böck machen sich daran, den dramatischen Vorfall aufzuklären – und stoßen auf ein noch viel entsetzlicheres Verbrechen.

»Beate Maly versteht es, vergangene Zeiten plastisch und überaus spannend zum Leben zu erwecken.« Der Monat

www.emons-verlag.de

Beate Maly
TOD AN DER WIEN
Broschur, 272 Seiten
ISBN 978-3-7408-0221-9

Wien 1923. Ermittlungen inmitten des Wiener Faschings. Mitten in
der Ballsaison verunglückt Operettendiva Hermine Egger im Theater an der Wien tödlich. Die pensionierte Lehrerin Ernestine Kirsch
glaubt nicht daran, dass die von ihr bewunderte Sängerin einem
tragischen Unfall zum Opfer gefallen ist: Sie vermutet einen Mord.
Gemeinsam mit ihrem Freund Anton Böck ermittelt sie zwischen
Opernhäusern und Kaffeehäusern – und begibt sich damit in töd-
liche Gefahr …

»Perfektes Feeling, feiner Humor und zwei geniale Hauptcharaktere.«
nieohnemeinbuch.de

www.emons-verlag.de

Beate Maly
MORD AUF DER DONAU
Broschur, 272 Seiten
ISBN 978-3-7408-0456-5

1923, entlang der Donau: Auf einer Luxuskreuzfahrt von Wien nach
Budapest stirbt ein Gast. Zuerst sieht es so aus, als wäre ihm die
Szegediner Fischsuppe nicht bekommen, doch die mitreisende
pensionierte Lehrerin Ernestine Kirsch und ihr Freund Anton Böck
haben ihre Zweifel: Einige der Passagiere scheinen ein Motiv für
einen Mord zu haben. Gemeinsam gehen sie der Sache auf den
Grund – und damit dem Mörder fast in die Falle …

*»Ein spannendes, trotzdem humorvolles, angenehmes Lesevergnü-
gen, das Lust auf weitere Abenteuer der beiden Hobby-Detektive
macht.«* dbz – Donaustädter Bezirkszeitung

www.emons-verlag.de

Beate Maly
TOD IN BADEN
Broschur, 256 Seiten
ISBN 978-3-7408-0659-0

Baden bei Wien, 1924: Die pensionierte Lehrerin Ernestine und
ihr Freund, der Apotheker Anton, fahren zur Erholung ins Kur-
hotel Sauerhof. Das heilende Schwefelwasser zieht prominente
Gäste aus aller Welt an. Doch nicht für jeden ist der Aufenthalt
gesundheitsfördernd: Als eine Leiche im Kurpark gefunden wird,
ist Ernestines und Antons Neugierde geweckt. Wer trachtet den
Kurgästen nach dem Leben?

www.emons-verlag.de

Beate Maly
MORD IM AUWALD
Broschur, 256 Seiten
ISBN 978-3-7408-0918-8

Sommer 1924: Um der Hitze Wiens zu entfliehen, mieten Anton
und Ernestine eine Badehütte im Strombad Kritzendorf, Treffpunkt
namhafter Künstler und Intellektueller. Doch aus der entspannten
Sommerfrische wird nichts, denn einige der wohlhabenden Gäste
hüten dunkle Geheimnisse. Als ein berühmter Maler unter fragwürdigen Umständen stirbt, ist Ernestines Neugier geweckt und
Antons Ruhe endgültig dahin.

www.emons-verlag.de

Beate Maly
MORD AUF DEM EIS
Broschur, 256 Seiten
ISBN 978-3-7408-1202-7

Winter 1924: Während die Stadt im Schnee versinkt, verbringen
Ernestine und Anton viel Zeit im Wiener Eislaufverein und vergnügen sich beim beliebten Rundtanz. Doch die winterliche Idylle
wird jäh zerstört, als eine junge Eiskunstläuferin ermordet wird.
Ernestines und Antons detektivisches Gespür ist gefragt, und die
beiden stürzen sich in einen neuen Fall, der erschütternder nicht
sein könnte.

*»Beste Unterhaltung auf höchstem Niveau. Wieder schafft es Beate
Maly, durch viele genau recherchierte historische Details das Wien
der Zwischenkriegszeit lebendig werden zu lassen.«*
dbz – Donaustädter Bezirkszeitung

www.emons-verlag.de

Beate Maly
MORD AUF DER TRABRENNBAHN
Broschur, 240 Seiten
ISBN 978-3-7408-1585-1

Frühling 1925: Ernestine und Anton besuchen gern und regelmäßig die Wiener Trabrennbahn in der Krieau. Sie liebt die flirrende Stimmung, den Nervenkitzel beim Wetten und das illustre Publikum. Er begeistert sich mehr für die Jause in der Meierei. Als es während eines Rennens zu einem tragischen Unfall kommt, der tödlich endet, ist Ernestines Neugier geweckt. Für ihren Geschmack profitieren deutlich zu viele Menschen vom Tod des angeblich Verunglückten ...

»Die Miss Marple der Wiener Zwischenkriegszeit ist wieder unterwegs.«   Wiener Zeitung

www.emons-verlag.de

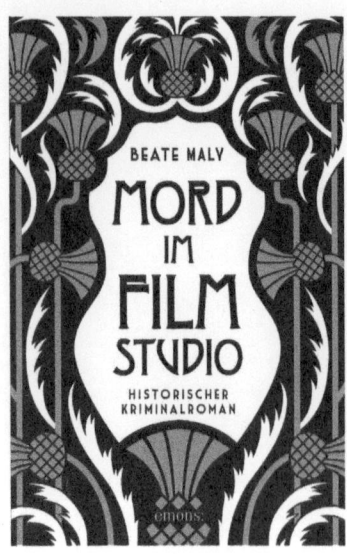

Beate Maly
MORD IM FILMSTUDIO
Broschur, 240 Seiten
ISBN 978-3-7408-1736-7

Wien 1925: Im Schönbrunner Schlosstheater wird »Der Rosen-
kavalier« gedreht. Die Filmmusik stammt von Richard Strauss,
das Libretto von Hugo von Hofmannsthal. Für die aufwendige Produktion werden Tausende Statisten benötigt; auch Ernestine und
Anton sind mit von der Partie. Als am zweiten Drehtag die Haupt-
darstellerin mit einem Seidenschal erdrosselt in ihrer Garderobe
aufgefunden wird, machen sich die beiden auf Spurensuche – und
kommen dem Täter dabei näher, als ihnen lieb ist.

*»Für alle, die historische Krimis lieben und sich gern mit einem
guten Buch und einem Getränk für ein paar Stunden im Sessel
einigeln wollen.«*   Cuxhavener Nachrichten

www.emons-verlag.de